Le Monde
n'est pas prêt

Thierry Brenner

Le Monde n'est pas prêt

Roman

Du même auteur :

Au bout (2019)
ISBN : 978-10-758-9669-9

Au bout du bout (2020)
ISBN : 979-86-812-7189-5

L'intérimaire (comédie déjantée) (2020)
ISBN : 979-86-336-1547-0

Elle est lui (2021)
ISBN : 979-84-594-1823-1

© Thierry Brenner 2022

ISBN : 979-88-492-9659-3

Le Code de la propriété intellectuelle interdit les copies ou reproductions destinées à une utilisation collective. Toute représentation ou reproduction intégrale ou partielle faite par quelque procédé que ce soit, sans le consentement de l'auteur ou de ses ayants cause, est illicite et constitue une contrefaçon sanctionnée par les articles L335-2 et suivants du Code de la propriété intellectuelle.

PROLOGUE

Cinq mois plus tôt quelque part sur la terre...

Le moment qu'il redoutait allait arriver. Le vieil homme prit la main de la jeune fille alitée dans la chambre d'hôpital aux murs blancs. Il sentait les battements de son cœur diminuer, jusqu'à bientôt se rendre insignifiants.

Il savait que l'heure était venue. Toute sa vie il avait rêvé d'accomplir un tel geste, pour faire avancer ses recherches. Mais pas avec celle qui était la prunelle de ses yeux de père, face à tant d'intelligence et d'empathie.

En commettant ce geste, il avait conscience que son quotidien allait changer du tout au tout. Plus rien ne serait désormais comme avant. Il serait contraint de fuir et la personne qui l'attendait à la porte, le mènerait bientôt hors de toute vie sociale, dans un endroit tenu secret où il allait pouvoir poursuivre ses travaux.

Au moment où la jeune malade allait rendre son dernier souffle, il posa délicatement le mystérieux coffret sur le lit, et caressa une dernière fois son visage, les yeux emplis de larmes.

— Tatiana, ma chérie, c'est toi qui me l'a demandé, *malyshka*[1]. C'est plus fort que moi. Pardonne-moi. Le monde n'est pas prêt.

Se redressant en pleurant, et se tournant vers la jeune femme restée sur le pas de la porte, il supplia...

— Fais-le pour moi. Je m'en sens pas la force.

---

[1] Mon bébé d'amour

Le monde n'est pas prêt

1.

Cinq mois plus tard – 18 mai – Alpes Bavaroises – Allemagne

Sur les contreforts du massif du Zugspitze, sa petite boîte ronde et noire à la main, elle approchait du vide. Elle était en train d'en dévisser le couvercle, quand dans son dos, une voix d'homme l'interrompit dans son geste.
— Pas comme ça, Mademoiselle. Avec le vent qu'il fait aujourd'hui, vous allez vous prendre toutes les cendres en pleine gueule.
— C'est vous qui avez raison, dit la jeune femme se ravisant de son geste, j'avais pas fait attention à ça.
— On peut se dire tu, c'est plus sympa. Moi c'est Tom, Tom Berthier. J'arrive de Nantes.
— Enchanté. Alice Weingantz. J'ai fait la promesse à maman de relâcher ce qui resterait d'elle au-dessus de l' Eibsee.
— C'est quoi L'Eibzée?
— Le lac que tu aperçois en bas. Elle aimait tellement s'y balader. Ça lui permettait d'oublier sa chimio si agressive.
— Tu vas pouvoir le faire maintenant, Alice. Le vent a tourné, dit Tom en pointant son index en l'air.
— Merci. *Auf Wiedersehn Mutti. Gute Reisen ins Jenseits,* mumura-t-elle les yeux au bord des larmes.

Le monde n'est pas prêt

Après l'avoir laissé seule en communication spirituelle avec sa mère, il lui glissa à l'oreille...

— Désolé, je comprends pas l'allemand.

— Je lui ai juste dit Au revoir Maman, et je lui ai souhaité un bon voyage dans l'au-delà.

— C'est touchant de tendresse. Dis-toi que tu n'es pas toute seule ici, elle doit être en train d'observer ton geste. Ainsi toi aussi, tu crois à la survivance de l'âme ?

— Totalement. Même si ma voisine me prend pour une folle.

— Tu sais, faut pas en vouloir aux gens. Chacun a le droit de croire ce qu'il veut sur le sujet. Les épreuves de la vie sont là pour nous faire prendre conscience de ça.

— Maman était sûre qu'il y avait un après. Elle m'a toujours élevé selon la philosophie bouddhiste.

— Donc je suppose que ça t'arrive de bouder ?

— Je suis pas aussi zen que tu crois. Des fois je peux carrément même péter les plombs.

— Comme tout le monde.

— Je dois être bouddhiste à mi-temps, lui répondit-elle avec un joli sourire.

— Je vois, chez toi c'est un emploi à temps partiel.

— J'avoue, lui répondit-elle en le fixant droit dans les yeux.

Ce qui troubla Tom, qui en rougit.

— Tu parles plutôt bien ma langue, Alice.

— C'est parce que je suis biculturelle. Mon père est français.

— Il est pas venu ?

— J'ai plus de nouvelles de lui depuis qu'ils se sont séparés après ma dernière année à la *Kindergarten*.

Le monde n'est pas prêt

— La quoi ?
— La maternelle.
— Mais peut-être bien que je t'ennuie avec toutes mes questions.
— Pas du tout, ça me fait oublier un peu mon chagrin.
— Et si on poursuivait cette conversation ailleurs, t'es venue comment ?
— En car depuis Munich. Normalement il n'y a pas d'arrêt prévu ici. Mais quand j'ai expliqué au chauffeur ce que je venais y faire, il a accepté de faire une exception et me déposer sur la route.
— Je vais te ramener, on va prendre mon Van. Il est garé un peu plus bas.
— T'es pressé Tom ? J'aimerais te demander de m'emmener là-haut.
— Où tu voudras, j'ai tout mon temps. Et si ça peut te rassurer, je vais même pas te faire le coup de la panne, car j'ai fait le plein il y a tout juste une heure, lui confia-t-il en souriant.
— J'aimerais vraiment beaucoup te faire découvrir le Eibseeseilbahn à Greinau.
— Une spécialité culinaire du coin ?
— Surprise. Prends la route à gauche qui descend vers le lac.
Il mit le moteur du Van en marche, puis se tournant vers le siège passager, lui demanda…
— Il y a un truc que j'ai pas capté Alice, tu m'as bien parlé d'aller plus haut, alors pourquoi on fait tout le contraire ?
— Cherche pas. On arrive dans dix minutes.

Le monde n'est pas prêt

2.

Moins d'un quart d'heure plus tard– Greinau – Eibsee

— Tourne à droite sur le parking. Arrête-toi-là. On y est.
— C'est quoi ce truc de ouf ?
Tom venait de découvrir l'immense structure qui se tenait face à lui, et qui abritait l'ouvrage monumental qui allait leur permettre de passer de neuf-cent-quarante-huit mètres à deux-mille-neuf-cent-quarante-trois mètres d'altitude, en moins d'une dizaine de minutes. Le téléphérique hors norme du Zugspitze, baptisé ici l'Eibseeseilbahn.
— Tu as pas le vertige au moins ? Lui demanda Alice en sortant du véhicule garé sur le parking.
— Tu rigoles, j'aime trop avoir les fesses en l'air, lui répondit-il en grelottant des dents.
— Noté.
Ils approchèrent des caisses, achetèrent leurs billets, et s'installèrent à l'intérieur de la cabine qui prit rapidement de la hauteur. À voir son visage livide, Tom n'était pas rassuré.
— Tu le regretteras pas, le rassura-t-elle. Et puis tu vas voir la vue qu'on a au sommet.
— Je viens de voir passer un aigle. Il y a un nid pas loin ?
— C'est possible. Ici on trouve toutes sortes de rapaces.
— Moi qui croyais qu'ils étaient dans les banques.
— Tu me fais rire. J'adore ça. Maman m'a appris le second degré. Elle disait que c'était le meilleur moyen d'autodéfense dans la vie.

Le monde n'est pas prêt

— C'est juste.

Rapidement la cabine dans laquelle ils avaient pris place, prenait de la hauteur.

— Tu trouves pas qu'on grimpe un peu vite ?

— Tu disais quoi ? lui demanda-t-elle, affairée à filmer avec son smartphone, le paysage beau à couper le souffle.

— J'ai l'impression qu'ils ont mis les gaz.

— C'est pas étonnant. On grimpe de dix mètres par seconde, et ça décoiffe.

Voilà qui n'était pas pour tranquilliser le jeune trentenaire, impatient de redescendre de l'ouvrage, sans afficher son effroi en quatre par trois aux yeux de la jeune femme.

Le sommet du glacier approchait. Tom mesurait le dénivelé parcouru.

— Tu te rends compte que la ligne du téléph n'est soutenue que par un seul pylône. Ils ont pas réussi à en trouver trois pour le prix de deux sur *Wish*, lui confia-t-il avec un trait d'humour.

— Approche ! De l'autre côté, ce que tu aperçois là c'est l'Autriche.

— On distingue pas franchement la maison natale de Mozart.

— C'est ton téléphone. Il agrandit pas suffisamment l'image, mais on peut pas te reprocher de manquer de culture. Toi au moins tu as entendu parler de Wolfgang Amadeus.

— On m'a même dit que pendant ses temps libres, il construisait des tunnels.

— N'importe quoi. il était musicien, grand Komponist.

Le monde n'est pas prêt

— Tu peux pas comprendre, Alice. La vanne du tunnel c'est un private joke. Si tu avais lu le bouquin que mon pote m'a prêté, tu aurais tout de suite capté.
— Il est de qui ?
— D'un obscur romancier français dont j'ai même pas retenu le nom. C'est te dire s'il est connu.
— Tu sais, moi à part avoir étudié du Victor Hugo au Jean Renoir *Gymnasium,* j' ai pas lu beaucoup d'auteurs français.
— Depuis quand t'apprends Les Misérables dans les gymnases, toi ? Sans doute entre deux enchaînements de sauts carpés, et roulés boulés sur tapis de sol bleu.
— Tom, t'y es pas. *Gymnasium* chez nous ça veut dire Lycée. Mais qu'est-ce que tu fais en Allemagne si tu parles même pas notre langue ?
— Rien. Je bulle pendant un mois.
— Et entre deux bulots ?
— Je fais de la musique. J'ai un studio d'enregistrement à l'ouest de Nantes. J'y compose en M.A.O. et j'écris pour d'autres.
— Et tu en vis ?
— Moins bien que Jeff Bezos et *Jeff de Bruges.*
— Je vois. Pas facile la vie d'artiste. Tu sais, avec Verena ma meilleure cops à Munich, on a pris un commerce…
— En otage ?
— Arrête, me fais pas rire un jour pareil.
— Excuse.
— T'es tout excusé. En fait, toutes les deux on s'est lancé dans une boutique de coiffure pour minous.
— Original.
— Si tu passes en ville, je te montrerai.

Le monde n'est pas prêt

— Je comptais bien y faire un tour demain.
— Ça tombe bien, j'ai libre. Tu sais ce qu'on va faire, on va se donner rendez-vous à l'*Englischer Garten* dans la *Schwabinger Bucht*.
— Et en français dans le texte ?
— Au jardin anglais, dans la partie nord de la baie de Schwabing. À 9 heures, ce sera top.

Elle sortit un stylo de son sac, lui griffonna le nom du lieu sur une feuille de son carnet à spirales, qu'il rangea avec soin dans la poche arrière de son jean.

Au retour ils s'échangèrent leurs numéros de portable, lui son 06 et elle son 017. Il la déposa à l'entrée de la station Neuperlach Süd de *l'U-Bahn*, le métro munichois. Avec changement à Odeonsplatz pour regagner son appartement à quelques encablures du centre olympique, qui avait accueilli les Jeux olympiques d'été de 1972.

NDLR[2]
Bien entendu ces informations vous sont données à titre indicatif, car si vous tenez à vous déplacer jusqu'à Laimer Platz, la ligne est directe et vous n'aurez pas besoin de changer à Odéon.

Tom dénicha un petit coin tranquille à l'extérieur de la métropole, où y parquer son combi et passer la nuit, sans risquer d'être délogé par les nombreuses patrouilles nocturnes de la police allemande.

---
[2]Note de la rédaction. Depuis mon précédent roman ce service a pris l'habitude de surveiller tout ce que j'écris avec un excès de zèle qui frise bien trop souvent le ridicule et sans devoir se faire un lissage brésilien.

Le monde n'est pas prêt

3.

19 Mai – Englischer Garten – Munich – 9h15

En pénétrant dans la partie sud du jardin anglais, Tom comprit qu'il aurait encore du chemin à faire pour atteindre le lieu de rendez-vous fixé par Alice.
Pourvu qu'elle m'ait attendu. Si elle croit que c'est facile de se retrouver là-dedans, c'est encore plus grand que Central Park. Moi qui m'attendais à un truc aux dimensions normales, cette chose godzilienne a plus de trois cent soixante-quinze hectares. J'invente rien, c'est écrit sur le panneau en face de moi.
Le jeune français accéléra le pas sans avoir le temps de s'attarder sur la Maison Rumford, La Tour chinoise, le Monopteros et ses colonnes circulaires. Il traversa la pelouse à toutes enjambées.
Étonné, de la voir étendue intégralement dévêtue, et couchée sur le ventre au milieu de quelques gens dans le plus simple appareil, il ne pipa mot, et non Pippa Middleton.
— *Hallo* Tom. Tu en as mis du temps.
— Si j'avais su que c'était pour un marathon de culs nus, je me serais entraîné avant. T'avais pas un autre parc à me proposer ? Tu vois un truc plus à l'échelle humaine, version mini moi.
— Viens t'asseoir là, dit-elle en se poussant légèrement, lui proposant de partager sa serviette de bains.
— Mais c'est que t'es complètement à poil en plus.

Le monde n'est pas prêt

— J'avais juste oublié de te dire qu'ici c'était le coin naturiste. C'est Maman qui m'a initié aux joies de la nature. Mais si t'aimes pas, Il y en a d'autres endroits dans le parc. Et si ça te gêne vraiment, je peux faire l'effort de me passer un top. Tu veux bien fouiller dans mon sac de plage ?

— C'est bon. Je crois que je vais m'y faire au soleil et réchauffer mon corps.

— Alors qu'est-ce que t'attends pour te mettre à l'aise ?

— Tu trouves pas qu'il fait un peu froid ce matin ?

— Vingt-sept degrés ce matin, et ils annoncent des pointes à trente-deux dans l'après-midi. Si tu préfères transpirer comme un légionnaire, dans le désert à vingt kilomètres de l'oasis la plus proche, après dix-huit heures de marche forcée, c'est ton droit. Si j'étais toi, je ferais sauter ça tout de suite. Et hop !

— Ben justement t'es pas moi, dit-il en lui retirant les mains qui essayaient de le mettre à l'aise.

— Tu vas voir, dans quelques minutes la pelouse sera recouverte de gens nus comme des vers.

— Vers sur vers de Cuba Libre comme dans le tube de *Bandolero*.

NDLR
Précisione. L'abus d'alcool est dangereux pour la santé. À consommer avec moderazion, concepzion, t'as pas besoin d'gueuler dans l'hygiaphone.

— À propos de tube, si tu me passais un peu de monoï sur le dos. Tiens attrape !

Le monde n'est pas prêt

Elle lui envoya le flacon avant qu'il ait le temps de répondre. Habilement, celui-ci fit glisser le liquide tiède dans la paume de sa main droite, et se mit à lui enduire le cou et le haut de ses épaules, avant de s'attarder à sa colonne vertébrale, passer à ses cuisses et ses jambes pour finir par ses pieds, sans oser lui en tartiner les fesses.

— T'aurais pas zappé mon *arch*, Noé ?

— C'est que j'osais pas toucher.

— Tu sais, c'est pas une vache sacrée mon cul. Tu peux envoyer la dose.

Il s'exécuta. Au même moment, d'autres habitués venaient prendre place sur le vaste espace de verdure. Enfin seulement, il accepta d'enlever son tee-shirt et s'allonger à côté d'Alice.

Soudain il sentit quelqu'un lui frapper doucement sur l'épaule. Il releva la tête et se trouva nez à lèvres avec le sexe d'une jeune femme qui parlait allemand.

— *Entschuldigung, du hast etwas verloren.*

— Qu'est-ce qu'elle dit ? demanda-t-il à sa voisine de serviette.

— Elle t'a dit. Excuse-moi tu as perdu quelque chose. Si tu faisais l'effort de lever tes yeux un peu plus haut au lieu de voler en rase-mottes, tu verrais ce qu'elle te tend.

La femme tenait dans sa main le bouchon d'huile qu'il venait d'égarer. Il la remercia en effectuant un geste vertical de la tête. Alice, lui tournant le dos, en profita pour aller piquer une tête dans le lac.

Quelques minutes plus tard, il consentit à quitter son pantalon, exhibant son superbe boxer aux couleurs de l'été indien.

Le monde n'est pas prêt

— Tu vois que t'es déjà mieux comme ça, le complimenta Alice.

— Si tu le dis, c'est que ça doit être vrai, mais on va s'arrêter là.

— Tu dois pas le faire pour moi, mais pour toi.

— Parlons d'autre chose, de ton job par exemple. J'ignorais que les chats avaient leurs propres salons de coiffure à Munich.

Elle émergea de l'eau, tout en lui faisant face, et la surprise de Tom fut totale.

— Ah d'accord… je comprends mieux maintenant le terme coiffeuse pour minous, lui balança-t-il, en constatant qu'elle avait les poils pubiens taillés en forme de papillon.

— Ça, c'est tout le talent de Verena. Le papillon je sais pas faire.

— Essaie le crawl, lui suggéra Tom qui commençait à se décoincer un peu. Toutes les deux, comment vous est venue une idée aussi originale ?

— Pour lutter contre la concurrence.

— Ah parce que vous êtes pas les seules en Bavière à faire ça ?

— Pour le moment si, répondit Alice, mais faudrait pas trop que ça s'ébruite.

— Je capte pas trop pourquoi tu me parles de concurrents sur le marché, si vous détenez la palme de la fourrure naturelle.

— C'est pour lutter contre la généralisation des boutiques d'encre.

— D'encre ? Explique-toi mieux.

Le monde n'est pas prêt

— La plupart des meufs se font raser intégralement pour se faire tatouer aux endroits les plus intimes, et pendant ce temps-là aux States, d'autres cherchent à mettre en valeur leurs poils d'origine, et leurs mecs trouvent ça affreusement laid. Voilà pourquoi Verena et moi, on a abandonné notre métier de coiffeuses pour devenir des sculptrices du poil. Ça te plaît au moins ?

— On peut pas dire que petite chenille, j'rêvais déjà de ça.

— Normal. A toi ça t'irait pas. T'es un peu trop membré pour faire le corps du papillon.

— Parce que tu lis dans les lignes ?

— Dans les boules seulement.

— Hum… Dit-il en se raclant la gorge, ça a pas dû être facile au début ?

— Comme dans tout commerce il y a eu quelques ratés au départ, et puis ça a démarré. Un jour une influenceuse en a parlé sur *tiktok* en montrant nos dessins, et depuis ça n'arrête plus.

— Ça mise en désemplit plus.

— Pas compris.

— Pas grave.

— Tiens. Jette un œil à gauche. Tu vois l'écureuil qui vient de passer à une dizaine de mètres de nous ?

— Où ça ? Je crois que je viens de le rater.

— C'est parce que tu regardais dans les arbres, et pas au bon endroit. Bonjour Madame Mühlgraff, dit-elle en faisant signe de la main, à une femme d'une soixantaine d'années qui marchait sur le chemin.

— Ah d'accord, l'écureuil c'était la mère Mühlgraff.

Le monde n'est pas prêt

— Elle doit passer la semaine prochaine pour une teinture. Sa queue vire de nouveau au gris.

— Tu as l'œil, Alice.

— Et celle-là c'est qui ? Lui demanda-t-il, en découvrant une autre femme passer au loin.

— Tom, on pointe pas comme ça son doigt vers les sexes des tout nus. Ta maman te l'a jamais appris ?

— C'est que j'en ai pas vu beaucoup des comme ça. Mate un peu comme elle est cheum.

— Madame Schlüssbach n'a pas le minou facile. Avec elle, j'en ai eu pour huit heures de travail, sans compter la coloration.

— Et c'est censé représenter quoi son truc ?

— Son animal de compagnie. Un loulou de Poméranie, une variété de chien miniature à cheval entre la Pologne et l'Allemagne.

— Elle a dû souvent faire le grand écart.

— Arrête. Elle va t'entendre.

— Vu la tête qu'elle tire ta cliente, j'aurais plutôt choisi une chauve-souris.

Alice enfouit sa tête dans la serviette. Les contorsions de son corps trahissaient, sans qu'il soit nécessaire d'en déchiffrer la signification, le fait qu'elle venait d'être prise d'un fou-rire incontrôlé.

— Tu as la fesse rieuse, ajouta Tom, avec un sourire grand comme ça.

— C'est l'autre qui risque d'être jalouse maintenant.

— Excuse, je voulais pas la vexer.

— Au lieu de raconter des conneries, tu accepterais, toi, d'être mon premier modèle masculin ?

— Euh… quand les huîtres auront des poils.

Le monde n'est pas prêt

— Vous êtes bien tous pareils les mecs. En plus c'est sans douleur, et avec ce truc que tu me caches encore et qui se met à prendre dangereusement du volume, je pourrais te faire un superbe castor.

— Tu fais bien l'article, mais je préfère réfléchir. Laisse-moi un délai de rétractation d'un mois.

— C'est bon j'insiste pas. Viens te baigner.

Quelques instants plus tard, tous deux se retrouvaient en train de nager dans la baie de Schwabing. Alice plongea sous ses jambes, et en profita pour récupérer le boxer de Tom qu'elle exhiba comme un trophée, en le faisant tourner autour de son poignet.

— Oh non Alice ! Pas cool ça.

— Allez, lâche-toi. Il y a que le premier pas qui coûte. Tu vas voir comme tu vas te sentir mieux comme ça. Et puis surtout tu vas faire honneur au FKK.

— Au Fcaca ?

— En allemand, les initiales de Frei Körper Kultur. La culture du corps libre.

— Libéré, dépoilé.

— Pas dépoilé sinon je perds mon job, lui précisa-t-elle.

— Et comment je vais faire pour sortir de l'eau maintenant ? Les autres vont tous me mater comme des phoques.

— Ça, c'est dans ta tête. Ils te verront même pas. Tu es comme eux maintenant. Tout disparaît ici. Il n'y a plus de rang social. Tu te sens en harmonie totale avec la nature qui t'entoure.

— C'est ça, et bientôt tu vas me dire que je vais me mettre à entendre des flûtes de pan et de la zic de relaxation comme dans un ashram ?

Le monde n'est pas prêt

— Tout dépend de ton niveau d'abandon.
— Mon calbute, c'est déjà fait.
— Le reste va venir.
— Parce que tu comptes aussi me dépecer avec un couteau suisse ?
— Pas encore. J'ai besoin de toi.
— Toi, je vois que tu as une idée derrière la tête. Ton papillon fait déjà la grimace.
— Je t'expliquerai tout ça quand nous serons secs.

Le monde n'est pas prêt

4.

19 Mai – Prison de l'île de Bastøy – Norvège – 14h20

Ce printemps-là, le centre de sécurité minimal hébergeait tout au plus une centaine de détenus. L'île de Bastøy, qui était devenue la première prison écologique au monde, après avoir fait office de centre pour jeunes délinquants jusqu'à la fin des années soixante, se voulait à dimension plus humaine.

Située dans un fjord à une vingtaine de kilomètres des côtes norvégiennes, cette île atypique comporte des fermes écolo et de petites maisonnettes aménagées, où travaillent et vivent le temps de leur rédemption, les prisonniers. Ici pourtant ni grilles, ni tours de surveillance.

Certains de ces hommes sont des condamnés en fin de peine, prêts à être réinsérés dans la société. D'autres, qui n'ont pas commis les mêmes délits, vont y séjourner tout au plus un mois, histoire d'apprendre à se responsabiliser.

Peter, vingt-sept ans, faisait partie de cette deuxième catégorie d'individus, depuis qu'il avait amerri ici suite à un excès de vitesse sur l'autoroute d'Oslo. Vingt-six kilomètres-heure de dépassement, qui lui avaient valu ce court séjour dont il se serait bien passé, car on ne plaisante pas avec la vitesse en Norvège. Ce dix-neuf mai, alors qu'il achevait son avant-dernier jour de détention, il était en train de préparer sa valise quand l'un des surveillants fit irruption dans sa chambre.

Le monde n'est pas prêt

— Alors Peter, content de réintégrer le monde libre ?

— Heureux surtout de pouvoir revoir ma petite sœur, Olaf. Elle m'a tellement manqué.

— Allons, ta détention n'a pas été trop rude. Tu sais l'importance qu'on attache à ça sur l'île.

— Le confort de la chambre était quand même un peu spartiate, à côté de la prison ultra moderne de Halden, dont m'a parlé Markus qui achève sa lourde peine ici. Je savais pas que là-bas, les prisonniers disposaient d'autant de services.

— C'est vrai que le gouvernement a fait fort, Peter. Dans chaque cellule le condamné bénéficie d'un écran plat, un réfrigérateur, et une salle de bains privée.

— Vous oubliez le gymnase, les coachs sportifs, la bibliothèque, et le studio d'enregistrement. Un véritable traitement de luxe.

— Peut-être bien, mais le taux de récidive ici n'est que de vingt pour cent à la sortie. Si on compare à ce qui se passe aux États-Unis, c'est trois fois moins de rechutes. N'oublie pas que notre pays n'est pas là pour sanctionner, mais pour travailler à la réhabilitation de l'individu et permettre sa réinsertion dans les conditions optimales. Dis-moi Peter, tu n'as pas été maltraité chez nous ?

— Non, mais ça veut pas dire pour autant que je compte y revenir.

— C'est bien. Tu es l'exemple parfait de notre méthode. Tu sais maintenant que tu dois adapter ton comportement à la société, et pas le contraire. En sortant demain matin, assure-toi de n'avoir rien oublié. Le bateau navette t'attendra à 8h au débarcadère.

Le monde n'est pas prêt

Peter fit un dernier tour de l'île qui ne faisait que deux kilomètres carrés. Demain il savourerait le parfum de la liberté.

*

Nuit du 19 au 20 mai – île de Bastøy – Maisonnette de Peter

Alors qu'il était encore assoupi, la porte de sa chambre venait de s'ouvrir
— Toi, tu viens avec nous, dit une voix. Enfile ces sapes tout de suite.
— Markus, t'es pas bien, toi. Pourquoi tu me réveilles à 6 heures du mat ? Tu sais bien qu'on me libère aujourd'hui.
— M'oblige pas à cogner, Peter. Tu nous suis et sans crier, ou on risque fort de repêcher ton corps au large des rochers.
— C'est qui le gars qui se cache derrière toi ?
— Sors de là, il t'a vu ! Dit Markus à son complice.
— Tobias, s'écria Peter qui venait de le reconnaître, qu'est-ce que tu prépares comme coup avec Markus ?
— Une évasion, répondit celui-ci. J'ai encore deux ans à tirer ici, et Markus onze. Ce plan, c'est moi qui l'ai fait. J'ai réussi à me faire passer pour le directeur en imitant sa voix, plutôt dans les medium-grave. Le capitaine de la navette n'y a vu que du feu. Attention, il accostera plus tôt que prévu pendant que tout le monde dormira encore. Après j'en fais mon affaire.

Le monde n'est pas prêt

— On a dit pas de violence, Tobias. Sinon je laisse tomber, dit Markus.
— Et c'est lui qui dit ça ? Dit Peter à Tobias, ce taré voulait quand même m'envoyer nourrir les poissons deux minutes plutôt. Comment tu peux lui faire confiance ?
— En attendant, on se casse. Le bateau se pointe au loin…

*

Un jour plus tôt – Baie de Schwabing – Munich

Une fois être sortie de l'eau, Alice avait avait accepté de rendre son caleçon à Tom. Elle savait qu'elle avait à lui réclamer un service, et il était préférable qu'il soit bien concentré sur ses mots.
— Tom, est-ce que tu accepterais de m'aider ?
— Ça dépend du niveau de difficulté exigé par la mission. Si c'est pour me faire faire le tour à poil du jardin anglais, compte pas trop dessus.
— C'est bien d'un tour dont il est question, mais en Norvège.
— Chez les vikings. Mais pourquoi ?
— Faut que je retrouve mon frère. Ça fait un mois qu'il est parti et il rentre demain.
— Et il a pas d'auto, lui aussi ?
— On lui a confisquée. Excès de vitesse.
— Pas bien ça. Et ça lui arrive souvent ?
— C'est la première fois.

Le monde n'est pas prêt

— Je dis ça, parce que s'il faut le récupérer à Ushuaïa la prochaine fois, ça va être chaud.

— Si tu es d'accord, tu peux coucher au quartier olympique cette nuit. Le lit est pas très large, mais je prends pas beaucoup de place.

— Elles m'étonneront toujours, ces allemandes. Une conception particulière du bed, fuck, and breakfast.

— T'en connais d'autres que moi, Tom ?

— T'es la première à te lâcher comme ça. Si j'ai bien compris, tu me laisses pas vraiment le choix. Je vais devoir nourrir le papillon.

— Et t'imagines même pas comme c'est vorace un lépidoptère.

— T'es pas contre un petit hors d'œuvre avant d'attaquer le menu best touffe ?

Et sans lui laisser le temps de répondre, il colla sa bouche sur ses lèvres qui n'attendaient que ça.

Le monde n'est pas prêt

5.

20 Mai – Fjord de l'île de Bastøy – Norvège – 6h27

Tout s'était passé comme les fuyards l'avaient imaginé. Le capitaine du bateau n'avait rien vu venir, et s'était laissé prendre au piège que ceux-ci lui avaient tendu. Le temps que se réveillent les gardes de Bastøy, ils auraient tout le loisir de regagner le continent.

— Qu'est-ce qu'on fait du capitaine ? demanda Markus à Tobias.

— Il nous sert plus à rien. Faut le liquider.

— Pas d'accord. On le renvoie vers l'île, proposa Peter.

Après rapide concertation, il fut accepté qu'aucun mal ne serait fait au vieux loup de fjord. De quoi passablement alléger le casier judiciaire du jeune homme en cas de ré-arrestation. Le frère d'Alice obtint gain de cause, avec toutefois un léger aménagement à la parole donnée, que Markus lui cacha jusqu'à la dernière minute, le temps pour Tobias d'aller enchaîner le brave homme à son gouvernail, pour plus de sûreté.

— Et maintenant on fait quoi ? demanda Peter.

— Toi l'informaticien, trouve-nous un moyen pour nous tirer de là au plus vite, lui ordonna Tobias.

*

Le monde n'est pas prêt

20 Mai – Pont de l'Øresund – Malmö – Suède – 8h34

Les deux tourtereaux avaient roulé toute la nuit depuis Munich. Le smartphone d'Alice venait d'émettre un message. Verena lui demandait pourquoi elle n'était pas présente à l'ouverture de la boutique ce matin. Elle crut plus judicieux de l'appeler, sachant que Tom ne comprendrait rien à ce qu'elle allait confier à sa meilleure copine en allemand.

— *Hallo* Verena, tu m'excuses, mais j'avais oublié de te dire que Peter serait libéré aujourd'hui. Tu sais, on a roulé toute la nuit pour être à l'heure à Horten au point de rendez-vous.

— Tu as dit On. T'es partie en stop ? L'interrogea celle-ci.

— C'est qui ? demanda Tom au volant.

— C'est Verena. Roule ! On a des trucs à se dire entre girls.

— Il est comment ? demanda Verena à Alice.

— Tu vois l'acteur qui a joué Jock dans le spin off de *Der nackte Mann*[3] ? C'est tout lui.

— Alors ton mec, ça doit être une vraie bête de sexe au lit.

En entendant un mot qu'il n'avait aucun mal à reconnaître dans la langue de Goethe, que pourtant il ne maîtrisait pas, Tom se tourna vers sa passagère et lui dit…

— Vous parlez de moi les filles ?

— Non. D'un acteur d'une série que tu connais pas en France. T'occupes et accélère ! On va être en retard.

---
[3]L'homme nu

Le monde n'est pas prêt

— Je peux mettre la sono au moins ?
— Pas trop fort quand même, sinon j'entends plus Verena.

Une radio locale suédoise diffusait *Ohne dich*, un titre marquant des années 80 interprété par le groupe *Münchener Freiheit*, un des dignes représentants de la *Neue Deustche Welle*, la nouvelle vague allemande, qui avait vu l'éclosion d'artistes comme Nena, Major Tom, Falco et autres idoles adulées de toute une génération, qui dépoussiérait la musique de leurs parents et grands-parents, plus habitués à la *Schlager Musik*.

— T'as pas dû t'ennuyer avec lui, Porcinette, ironisa Verena.
— On pas eu beaucoup de temps pour approfondir le sujet, car on devait tailler la route ce matin, alors on est passé direct live au plat principal sans commander l'entrée. T'aurais vu comme il m'a fait crier comme une bête. Et encore, on en qu'au prequel.[4]
— Comme je te connais, tu comptes pas en rester là.
— Je vais quand même pas zapper si la série me plaît.
— Tu lui as dit de faire gaffe aux antennes, au moins. Tu sais que j'ai passé du temps dessus.
— Trop tard. Je crois que tu vas devoir me refaire mon brushing. Même ma culotte n'arrive plus à les garder en l'air.
— Tu ferais mieux de la balancer. Si tes antennes sont retombées, elle te sert plus à rien maintenant. Tu fais chier Alice. Qui c'est qui va se retaper tout le taf comme dab ? C'est encore cette bonne poire de Verena.
— C'est pas tous les jours qu'on rencontre un coup pareil. Je te souhaite d'en trouver un comme ça.

---
[4] Épisode d'une série dont l'action se situe avant ceux déjà diffusés

Le monde n'est pas prêt

— Pour le moment, c'est pas d'actu. J'ai mon Sanjay sous la couette, et j'ai pas envie d'en changer.

— Avoue que tu le kiffes surtout pour ses petits plats indiens.

— Ouais, mais pas que. Il est tendre avec moi et il dit oui à tout.

— La laisse autour de son cou, c'est pas obligé. Dit Alice qui la taquinait.

— Faut que je te laisse maintenant, il y a la Wertenschlager qui vient d'arriver pour que je lui retaille son panda. Patience, Irma, dit-elle à la cliente qui venait de faire son entrée dans la boutique, je suis à vous dans deux minutes. Bye bye *Liebling*.

Se tournant vers le conducteur, Alice lui demanda à la manière d'une enfant agitée, qui part en vacances pour un long trajet avec ses parents…

— On arrive quand, Tommy ? C'est long. Je m'ennuie.

— Profite du pont. Tu te rends compte qu'on vient de voyager sous l'eau depuis la sortie de Copenhague, en empruntant le tunnel Drogden jusqu'à l'île artificielle de Peberholm, une île qui a été construite dans le détroit de l'Øresund. Pendant que vous discutiez ensemble, j'ai fait mes recherches.

— Je m'en tape Chéri, c'est trop long. Je veux voir mon frère. Et d'abord tu devrais pas faire ça en conduisant, c'est dangereux. Donne-moi ton smartphone. Hop, confisqué !

— T'en as vu beaucoup des ouvrages comme ça, où on passe à la fois sous terre et sur la mer ? Regarde cette vue incroyable qu'on a de là-haut.

Le monde n'est pas prêt

— Le péage était pas mal non plus. Soixante euros, ça fait un peu cher le manège. Même à soixante mètres au-dessus de la mer.

— Tu veux qu'on partage ?

— Laisse tomber. Tout ça c'est à cause de moi, dit Alice en s'excusant de sa nervosité. Ça fait un mois que j'ai pas vu Peter.

— Rassure-toi ! On sera à Horten dans quelques heures. La Norvège n'est plus très loin. Même si on arrive en retard, il attendra un peu. Après trente jours de détention, c'est pas ça qui va le décourager.

— T'as raison Tommy, approuva-t-elle, en lui embrassant la joue côté passager.

Il est vrai qu'à moins d'être une contorsionniste avertie, la manœuvre pour atteindre sa joue gauche aurait relevé de l'exploit. Soudain, elle ouvrit la vitre côté passager.

— Qu'est-ce que tu fais encore ?

— Je balance ma petite culotte rose.

— Tu te crois où ? À Schwabing ? Arrête ça tout de suite, Alice !

— Trop tard. T'avais qu'à faire attention à mes antennes au lieu d'en faire des tresses avec tes gros doigts, na na na.

— J'ai pas tout capté.

— Moi si.

— Bravo pour la pollution sur les plages suédoises, Mademoiselle from München. Tu mérites même pas le pavillon bleu.

— T'inquiète. Un bateau viendra la ramasser et en fera son pavillon.

— Son pavillon peut-être, mais sa résidence secondaire, y'a pas intérêt.

- 35 -

Le monde n'est pas prêt

6.

20 Mai – Prison de Bastøy – Norvège – Une demi-heure plus tôt

À peine réveillés, les gardiens de l'île-prison s'aperçurent que trois individus manquaient à l'appel. Markus, Tobias et Peter. Pourquoi diable ce dernier s'était-il échappé alors qu'il allait être libéré ce matin même ? Une énigme qui préoccupait tout le monde sur place.

Ils n'eurent pas le temps de se pencher sur le problème. Le bateau navette fonçait en direction de l'île.

— Qu'est-ce qui se passe ? s'inquiéta le directeur du centre de détention, le vieux loup de mer est devenu fou ?

— On dirait que son moteur s'est emballé. On doit intervenir au plus vite ou il va se crasher sur nous, dit Olaf.

— Démarrez le hors-bord. Plus une seconde à perdre.

Le bateau, lancé à une vitesse de plus de trente-cinq nœuds, se dirigeait vers eux. La collision semblait inévitable. C'était sans compter sur l'héroïsme d'Olaf, qui s'en approchait au plus près. Jugeant l'acte possible, celui-ci coupa son propre moteur avant de s'agripper à l'échelle de l'embarcation. Gravissant les barreaux, puis s'emparant du gouvernail, il le fit tourner à tribord pour le dévier de sa trajectoire, avant d'en couper les gaz.

Il délivra le vieil homme de ses liens, et d'un air rassurant lui dit…

Le monde n'est pas prêt

— Tout va bien capitaine, je maîtrise la situation.

Le vieux marin était sonné. Il avait beaucoup de peine à recouvrer ses esprits. Depuis quarante années qu'il effectuait cette traversée, jamais un incident de la sorte ne s'était encore produit.

Sur les berges, prisonniers et gardiens applaudissaient Olaf pour cette démonstration de courage. Une fois rapatrié sur l'île, l'homme à barbe blanche leur raconta ce qui s'était passé.

— Vous voyez bien que Peter n'y est pour rien, leur assura Olaf. J'en étais sûr, Monsieur le directeur, ils ont dû le forcer à ligoter le capitaine.

— Il faut prévenir toutes les autorités, ordonna le directeur du centre, activez la surveillance du fjord. Je m'occupe de la police côtière et de celle des frontières. Les deux autres sont dangereux.

— Ils doivent être déjà loin maintenant, ajouta le gardien.

Il ne croyait pas si bien dire. Le bureau de Horten les informa au petit matin d'un casse survenu dans une boutique du centre-ville, avec au menu, disparition de téléphones, cartes SIM, et ordi portable dix-sept pouces de dernière génération. Muni d'un tel équipement, et grâce aux connaissances de Peter, leur échapper allait être aussi facile pour les ex-condamnés, que résoudre le plus complexe des escape game.

C'était déjà au frère d'Alice que l'administration de Bastøy avait fait appel lors du bug, qui il y a quinze jours, les avait privés de toute communication avec le continent. Un problème qu'il avait magistralement résolu, usant de toutes ses capacités cérébrales, lui valant les félicitations de l'équipe du service informatique.

Le monde n'est pas prêt

*

20 Mai – Port de Horten – Norvège – 14h02

Alice et Tom venaient de sortir du Van et se dirigeaient vers l'embarcadère, quand ils furent stoppés par un flic norvégien. La jeune femme lui demanda en allemand, pourquoi ils ne pouvaient franchir le cordon rouge qui leur barrait l'accès à la passerelle.
— Pas de traversée aujourd'hui, Messieurs-Dames.
— Donnez-moi une raison valable de pas y aller, lui rétorqua Alice manifestant des signes d'impatience.
— Une évasion spectaculaire à Bastøy. Trois dangereux criminels recherchés.
Il leur montra les photos des hommes en cavale sur son téléphone. Alice n'en crut pas ses yeux, en découvrant le portrait de son frère au milieu de deux inconnus. Prudente, elle n'en fit cependant pas allusion à l'homme en uniforme, et préféra s'éloigner de quelques dizaines de mètres, entraînant Tom par le bras.
— C'est Peter. Il est avec eux.
— On peut pas se rendre sur l'île ? demanda Tom.
— Pas de manière légale. Pourtant je suis sûre qu'on en apprendrait plus là-bas.
— Faut qu'on trouve une solution. On a pas fait tout ce trajet pour se faire jeter comme de vulgaires paparazzi.
— J'ai une idée, s'exclama Alice, suis-moi !

Le monde n'est pas prêt

*

20 Mai – Kuopio – Carélie du Nord – 20h47 et trente-deux secondes

Les trois évadés ne s'étaient pas contentés de dévaliser une boutique du centre-ville d'Horten, ils avaient pris la fuite à bord d'une Audi noire, dérobée à un chirurgien dentiste qui se rendait à son cabinet un peu trop tôt ce matin-là. Peut-être était-ce bien pour y trafiquer les chiffres de sa comptabilité.

NDLR
***Laissez tomber. Ce ne sont là que des supputations imbéciles de l'auteur**, qui a peut-être quelque vengeance sournoise à exercer contre ce si délicat corps de métier.*

Après avoir ficelé le brave homme sur le fauteuil de torture de ses patients, les trois complices étaient conscients que malgré les moyens mis en œuvre par la police norvégienne, ceux-ci n'auraient que peu de chances de se faire rattraper. Et ce grâce à la topographie du pays, qui leur offrait de multiples itinéraires pour semer leurs poursuivants.

À l'Ouest, se présentait pour eux la possibilité de fuir par voie maritime ou aérienne vers l'Islande, pour essayer de gagner le Groenland, un territoire administré par les danois. Au Sud-Ouest, ils pouvaient tenter de débarquer en Grande-Bretagne. Le plus risqué étant certainement de se rendre au Danemark par le pont de l'Øresund, pour tenter de se disperser en Allemagne.

Le monde n'est pas prêt

La solution, adoptée par les hommes en fuite, ne fut pas le choix de l'itinéraire le plus rapide. Même leur GPS n'avait pas eu l'audace de leur préconiser. Ils décidèrent de remonter vers la Suède, contourner le tour du golfe de Botnie, pour mieux se fondre dans les forêts finlandaises. Pas le temps d'y faire du tourisme, même si l'ordinateur de bord leur recommandait la splendide vue depuis la crête de Koli sur le lac Pielinen. Un panorama qualifié d'inoubliable, qui aurait peut-être bien inspiré au compositeur Sibelius sa *valse triste*, une de ses œuvres majeures à recommander à tout dépressif qui s'ignore.

—Tobias, tu serais pas du signe Bélier ascendant Détour ? ironisa Peter qui commençait à trouver longue l'escapade.

— Peter a raison, ajouta Markus, c'est pas qu'on se fait chier ici, mais les senteurs boisées j'en ai aussi dans mes toilettes sèches.

— Pauvres idiots, vous feriez mieux de profiter de la beauté des paysages, riposta Tobias.

— On est pas là pour ça, dit Markus, qui sortit de la poche intérieure de son trench-coat, un article de *l'Aftenposten* daté du 28 février dernier, avec la photo d'un homme d'une bonne soixantaine d'années.

— Fais voir, dit Tobias, qui lui arracha le journal des mains.

Le monde n'est pas prêt

— Et c'est pour ce mec-là qu'on a fait tout ce chemin ? Non, mais vous vous foutez de ma gueule les gars, s'écria Peter. Vous m'avez arraché à ma prison dorée alors que j'en sortais aujourd'hui. J'en ai rien à battre de sa tronche de Mathusalem, qui aurait trouvé une chips goût oignon, au pied d'un pharaon cul-de-jatte.

— Traduis-lui ce qui est écrit, ordonna Tobias, je sens que ça va le calmer.

Le monde n'est pas prêt

7.

20 Mai – Åsgårstrand – Norvège – Plus tôt dans l'après-midi

Repoussés à Horten par le cordon de police norvégienne, Alice et Tom ne s'étaient pas découragés pour autant. Une fois remontés dans le Van, ils avaient décidé de suivre la côte, dans l'espoir de trouver une embarcation pour les emmener à Bastøy.

Arrivés dans la cité côtière d'Åsgårstrand, la chance venait peut-être bien de leur sourire. Encore leur fallait-il trouver Sigurd, l'homme que leur avaient indiqué les gens qu'ils venaient d'interroger un peu partout dans la ville. Au détour d'un chemin qui menait à des terres agricoles, ils repérèrent son hangar reconnaissable à ses boiseries rouge érable. Moyennant quelques couronnes norvégiennes, l'homme accepta de les emmener sur l'île-prison. Une chance, quand on sait qu'ici la majorité des paiements ne s'effectuent que par carte bancaire.

Sigurd leur fit signe de s'écarter, pour lui laisser manœuvrer son engin. Quand ils le virent sortir du vieux bâtiment en bois, ils comprirent qu'ils allaient gagner un temps précieux.

— Mais ouais… T'as vu ça Alice ? il s'est pas foutu de nous le mec.

— Carrément un hydravion.

— Un hydravion à Alice.

Le monde n'est pas prêt

Béats d'admiration, tous les deux mâtaient Son TL-3000 Sirius. Un appareil capable de se poser sur l'eau, équipé de puissants flotteurs, mais qui présentait un autre avantage, la possibilité d'atterrir sur terrain dur. Le couple fut invité à grimper à bord de l'hydravion du pilote chevronné, qu'il semblait être.

Moins d'un quart d'heure plus tard, le Sirius se posait près du ponton, où accoste habituellement le bateau-navette. Les gardiens, étonnés, s'attendaient à voir débarquer des enquêteurs envoyés par le *Storting*, l'institution législative du pays. Ils les laissèrent passer sans trop se poser de questions.

— Attendez-nous là, ordonna Alice au pilote.

Elle se présenta au directeur de Bastøy, lui révélant qu'elle était la sœur de Peter. Face à cette jeune femme inquiète, qui ne montrait aucune agressivité, celui-ci appela Olaf pour venir en aide à Alice. Tom les avait suivis jusque dans la chambre de la maisonnette, que Peter occupait sur l'île. L'homme venait tout juste de leur ouvrir la porte.

— Je voyais pas ça comme ça, dit Alice.

— Vu de l'extérieur, les gens nous imaginent comme des tortionnaires d'Alcatraz. Comme vous pouvez voir ici, ce serait plutôt une forme de…

— *Pierre et Vacances,* l'interrompit Tom, mais avec la piscine en moins.

— C'est malin ça, comment je vais lui traduire ça en allemand ? Lâcha Alice. La prochaine fois, dis rien Tom, on gagnera du temps.

Le monde n'est pas prêt

Tous trois eurent accès à l'ordi de son frère. Celui-ci n'y avait même pas laissé traîner de mot de passe. En consultant l'historique, ils n'apprirent rien de captivant, si ce n'était que Peter avait consulté plusieurs sites X, à en juger les feuilles de *Sopalin* local qui jonchaient la corbeille à ses pieds.

— Comme dirait Maurice Leblanc, ton frérot est un chaud lupin, confia Tom à l'oreille de sa partenaire, qui esquissa un sourire.

— Il y a plus rien ici qui fera progresser nos recherches, dit Alice, est-ce qu'on pourrait fouiller la chambre des deux autres ?

— Je ne sais pas si j'ai le droit, répondit Olaf.

— Prenez ça pour vos bonnes œuvres, lui dit Tom, en lui glissant quelques billets qu'il avait tirés au distributeur d'Horton.

L'homme accepta de les mener aux logis des évadés. Celui de Tobias ne leur apporta rien de particulier. Tom n'eut en revanche aucun mal à percer le password du pc de Markus. Dans la colonne de ses favoris, il tomba sur un article norvégien, illustré de la photo d'un homme d'âge mûr.

— Lis-moi ça, Alice.

— On va demander à Olaf, et je te retraduirai l'ensemble.

— Et dire qu'on avait gagné du temps avec l'hydravion.

— Mais aussi quelle idée tu as eu de prendre le russe en deuxième langue, lui reprocha-t-elle.

— On sait jamais. S'ils nous envahissent un jour, ça peut toujours servir.

Leur petit contentieux de réglé, ils prirent connaissance du contenu de l'entretien, que le professeur avait accordé au reporter de *l'Aftenposten*.

Le monde n'est pas prêt

*

Aux âmes citoyens

Étonnante rencontre que celle du célèbre professeur Anton Vesperov, que nous a accordé en exclusivité, l'éminent homme de recherche russe, sur ses travaux restés secrets jusqu'à aujourd'hui. Ses dossiers, constitués de la recherche du devenir de l'âme après la mort, nous apprennent que celle-ci n'est qu'une forme de passage entre deux mondes.

Étant parvenu à isoler, ce qu'il y aurait lieu d'appeler l'ADN de l'âme, Vesperov est en train de réunir les pièces manquantes pour affûter sa thèse, selon laquelle tout être humain serait capable de tout, s'il ne limitait pas seulement ses capacités à celles qu'on lui a enseignées.

Décoder l'âme, c'est l'interroger sur le savoir universel qu'elle renferme, et qui selon lui, ne nous est véritablement révélé qu'après notre trépas. Religion, ésotérisme, chamanisme, toutes ces doctrines qui permettent à l'heure actuelle de s'en approcher au plus près, à condition qu'elles ne soient pas manipulées par les humains eux-mêmes, en quête d'un pouvoir d'assouvissement.

Le monde n'est pas prêt

Fascinant voyage intérieur, qui nous promet dans les mois qui viennent, une découverte planétaire encore tenue secrète. Si elle venait à tomber entre les mains de gens malintentionnés, le risque de mettre en danger l'humanité entière, serait total.

Ne vous avisez pas de débusquer le Pr Vesperov. Suite à cette rencontre, il a déménagé pour un lieu tenu *secret défense*. Un endroit même, que paraît-il le président Poutine, ignore encore au moment où sont rédigées ces lignes.

Le monde n'est pas prêt

8.

20 Mai – Prison de Bastøy – Norvège – Début de soirée

Une fois après avoir imprimé le précieux article, non pas pour la qualité du texte, mais dans le but de récupérer la photo du professeur Vesperov, Alice et Tom prirent congé des gardiens de Bastøy, et se dirigèrent vers l'hydravion, où le pilote avait pris le temps de bourrer sa pipe de tabac local.

— Sigurd, accepteriez-vous de nous rapprocher de la Russie ?

L'homme tira une bouffée et acquiesça d'un geste de la tête.

— T'es pas bien Alice, dit Tom, qu'est-ce qu'on va foutre chez les ruskov ?

— Retrouver mon frère. C'est pas le moment de laisser tomber, maintenant qu'on tient une piste.

— Parce que tu crois que comme ça d'un claquement de doigts, on va mettre la main sur un illuminé dont même le gouvernement russe ignore la trace. Non mais tu rêves, la moldu. T'as un peu trop traîné dans le chemin de traverse, toi.

— Fais confiance à mon papillon. C'est lui qui nous guide.

— Attends ! Si je comprends bien, ton histoire n'est pas tirée par les cheveux, mais par les poils de ta teuch. Je crois que je suis complètement malade de t'avoir suivie jusqu'ici.

Le monde n'est pas prêt

— Calme-toi, Tom, et grimpe à bord de l'appareil. Plus vite on décollera, plus vite on rattrapera le temps perdu.
— Et mon Van ?
— T'inquiète, il va pas rouiller dans la ferme de Sigurd. Ses gamins vont bien s'en occuper. Ils vont même te le repeindre aux couleurs *M & M's*
— Sérieux ?
Alice ne répondit pas.
— Vous avez des enfants Sigurd ? demanda Tom, inquiet, au pilote de l'hydravion.
— Huit.

*

20 Mai – Vaalimaa – Finlande – 21h07

Les trois évadés approchaient de la frontière russo-finlandaise. La longueur de celle-ci s'étend sur près de mille-trois-cent-quarante kilomètres avec ce vaste pays, pour inquiétant voisin.
Ils n'allaient quand même pas tomber dans le piège, qu'avait tendu un faux passeur à des migrants sud asiatiques, en allant jusqu'à planter dans le sol de fausses bornes frontière, et un fake de grillage, à quelques encablures du véritable poste de contrôle. Un type sans scrupule, qui n'avait pas hésité à leur soutirer une dizaine de milliers d'euros, après leur avoir avait fait miroiter la liberté, dans l'espoir d'acheminer quatre d'entre eux en Finlande. Ces pauvres gens n'avaient de fait, jamais quitté le territoire

Le monde n'est pas prêt

russe. Il avait fini par les abandonner à leur triste sort, avant de disparaître dans les forêts finlandaises. Une sale affaire, qui avait fait les grandes lignes de la presse nationale à Helsinki.

Poste-frontière de Vaalimaa. – 21h14

Personne côté finlandais. À cette heure, les douaniers étaient sans doute attablés autour de *karjalanpiirakka*, ou pirogues de Carélie, sorte de galettes de seigle, fourrées de pommes de terre ou carottes, accompagnées de beurre fondu, et d'œufs hachés légèrement tiédis.

S'ils n'avaient pas été en fuite, Markus, Tobias et Peter, se seraient volontiers prêtés à goûter cette spécialité locale. Mais l'heure n'était pas à la dégustation, mais à la diversion qu'il leur faudrait exercer, pour se débarrasser des douaniers russes, forcément trop zélés, qu'ils allaient croiser dans quelques dizaines de minutes.

— Les gars, les avertit Markus, ce qui nous attend maintenant, c'est pire que l'Everest.

— Comment ça ? Lui demanda Peter.

— Explique-lui Markus, dit Tobias, c'est du high level.

— Hitler aurait plutôt appelé ça du Heil level, plaisanta Peter.

— On prend des risques en choisissant la route la plus rapide. Les Russes sont tellement tatillons, qu'on a déjà compté par ici, des files d'attente de plus de quarante kilomètres de poids lourds.

— Je vois, approuva Peter de la tête, alors avec une voiture volée ça va être notre fête.

Le monde n'est pas prêt

— On fait quoi ? s'interrogea Tobias.

— On fonce, dit Markus, pour le moment le trafic est fluide.

— Ça veut pas dire qu'on va nous laisser passer, protesta Peter.

Tous trois progressaient vers la frontière russe…

*

20 Mai – Norvège – Hydravion de Sigurd – Deux heures plus tôt

Les passagers du Sirius étaient en admiration devant les paysages grandioses de Norvège, et plus spécialement les fjords, qu'ils survolaient d'une vallée à l'autre.

— C'est magnifique, Sigurd.

— J'y suis pour rien, s'excusa gêné, le pilote. C'est le grand architecte de l'univers que vous devez remercier. Pas moi.

— Puisqu'on se rapproche de Dieu, on va en profiter pour lui toucher un mot, ajouta Alice.

— Si on tombe en panne de carburant, on pourra même lui faire un double check, lui proposa Tom, en ironisant sur sa peur des hauteurs.

— Arrête avec ça, tu vas nous ramener le mauvais œil, pesta Alice.

Se tournant vers Sigurd, Tom lui demanda où il comptait les déposer, après cette magnifique escapade aérienne.

— Où vous voulez, répondit le pilote.

Le monde n'est pas prêt

— Quelle est la grande ville russe la plus proche d'ici ? demanda Alice.
— Saint-Pétersbourg.
— Va pour Saint-Pétersbourg.

Le monde n'est pas prêt

9.

20 Mai – Poste-frontière – Russie – 21h17

Au moment où ils atteignaient les bâtiments de la douane, les évadés entendirent quelqu'un crier...

— Rattrapez cet homme, hurlait en russe une femme âgée. Il s'est enfui avec tous mes roubles.

Sans se rendre compte qu'ils abandonnaient leur poste, les douaniers donnèrent la charge au voleur, qui courait à toutes enjambées vers les bois voisins, avec son précieux recel. S'ils venaient à le croiser, nul doute qu'ils le laisseraient s'échapper, en ayant prélevé au passage, un copieux pourcentage sur le butin. Comme toujours, la pauvre victime n'en saurait jamais rien.

Profitant de ce moment de grâce, divine ou pas, les passagers de *l'Audi* franchirent la zone dangereuse, sans l'ombre d'une hésitation.

— Vous avez vu ça ? Dit Markus, Odin est avec nous.
— Odin ? s'exclama Peter.
— Notre Dieu à tous, reprit Tobias, faudra que je te parle de nos divinités nordiques, et du grand Valhalla.
— Valhalla bien un sujet dont je me fous totalement, répliqua Peter.
— Respecte au moins nos croyances, insista Markus, ou tu pourrais le regretter.

Le monde n'est pas prêt

Quelques minutes plus tard, les lumières de la ville impériale s'offraient à leurs yeux, les invitant à entrer dans le cœur de Saint-Pétersbourg.

— Mais par où commencer ? demanda Tobias.

— Puisque t'es si futé toi, adresse-toi donc à Odin, lui répondit Peter.

— On se calme et on réfléchit, lâcha Tobias, on pourrait commencer par le centre historique. Markus, tu as toujours sur toi l'article de *l'Aftenposten* ?

— Je l'ai fumé abruti.

— Moi aussi je vais te fumer, Markus. Aux quatre rives de la Neva qu'on va retrouver ton corps, façon puzzle flottant, lui sortit Tobias, en lui faisant entrevoir un Beretta neuf millimètres, caché dans la poche intérieure de son blouson.

— J'ai dit pas de violence, Tobias. Tu peux t'en servir pour intimider, mais pas question d'en faire usage. D'ailleurs tu vas le vider tout de suite de ses balles.

— M'oblige pas à tirer, dit l'autre, et d'abord recule de trois pas.

— Il peut pas, intervint Peter, s'il en fait deux, il va tomber dans le fleuve.

— Ça va, reprit Tobias, rengainant son arme, mais cette fois c'est moi qui prend les commandes. Vous voulez boire quoi ?

Le temps n'était plus à la rixe. C'est bien connu, plus il y a de fous plus on rixe, et pour les trois complixes, le rixe était surtout de se faire surprendre le pistolet à la main, par les autorités russes.

Ils gagnèrent le centre historixe de la cité.

Le monde n'est pas prêt

NDLR
Espérons qu'il compte s'arrêter avec tous ces « x », ou je lui pixellise son récix.

À deux pas de l'Ermitage, les affamés commandèrent trois crêpes au caviar rouge, dans un *Teremok,* sorte de fastfood que les Russes préfèrent au Mac Do, et surtout de quoi trinquer à leur improbable mission. Il était temps. L'établissement allait fermer ses portes dans une heure tout au plus, comme il était d'usage dans tout le pays.

*

20 Mai – à bord de l'hydravion – quelques dizaines de minutes plus tard

Le pilote savait que la manœuvre serait compliquée à effectuer. Pris d'affection pour le jeune couple, il accepta malgré tout de tenter le coup.

— Vous savez que je risque gros, les mit en garde Sigurd, si on se fait prendre, ça va me coûter le Sirius et ma licence. Et comment je vais élever mes huit gamins après ça ?

— Vous n'aurez qu'à vendre le Van de Tom.

— Mais elle est pas bien la munichoise, dit le jeune homme surpris par la proposition de sa copine, faut qu'elle arrête les laitages allemands, ça lui détruit les cellules grises.

— Promettez-moi de dégager au plus vite, dès que j'aurais amerri. Pas question de m'éterniser là, je dois pouvoir repartir immédiatement, leur imposa Sigurd.

Le monde n'est pas prêt

— C'est bon, acquiesça Alice.
— Et vous deux, n'allez pas vous disputer pour qui saute en premier.
— On est pas con à ce point-là, répondit Tom, quoique je suis pas dans sa tête à elle.
— Tu cherches le coup de boule, mon chéri ?
— Ça ira mon amour, ça ira pour toujours.
— Préparez-vous tous les deux, la Neva est en approche.

*

20 Mai – Saint-Pétersbourg – à la table du Teremok – 22h57

— Messieurs, je vais vous demander de vous diriger vers la sortie, nous allons fermer, les pria un des employés du fast-food.
— On fait quoi maintenant ? demanda Peter aux deux autres.
— On va à la pêche aux renseignements, dit Markus en exhibant l'article du journal, tout en se dirigeant vers la première personne qu'il était sur le point de croiser.
— Attends ! C'est ça ton plan Markus ? Tu te crois dans un micro-trottoir ou quoi ?
— Laisse-le faire Peter, lui conseilla Tobias, c'est lui la tête pensante.
— J'aurais préféré une tête chercheuse, lui répondit Peter.

Le monde n'est pas prêt

— Si tu as une meilleure idée, Peter, lâche le truc tout de suite, proposa Markus, qui ne cherchait pas à polémiquer avec le frère d'Alice.

— Le professeur, tu crois vraiment qu'il vit totalement isolé, Markus ? Il y a sans doute une âme charitable qui vient lui rendre visite, et lui porter à manger. Un homme ou une femme de confiance. J'y crois pas à la théorie du naufragé solitaire, en proie à ses recherches. Ça c'est bon dans les films, mais là on est dans la vraie vie.

— T'as pas tort, Peter. Et tu comptes procéder comment ? lui demanda Markus.

— Il est quelle heure ?

— Vingt-trois heures, c'est pour ça qu'ils nous ont foutu dehors.

— Maintenant c'est trop tard. Toutes les institutions sont fermées. On avisera demain. On ferait mieux rapidement de se trouver un hôtel où passer la nuit.

Après avoir essuyé quelques *Niet* des passants, c'est finalement Peter qui leur dénicha l'adresse d'un établissement de sommeil, dans le périmètre tout proche.

Le monde n'est pas prêt

10.

20 Mai – Quelque part sur la Neva – Russie – 21h17

Le Sirius n'eut que quelques minutes pour se poser sur le fleuve, et laisser débarquer ses occupants sur les berges.
— Merci Sigurd, lui cria Alice, en agitant les mains.
— Bonne enquête, les amants de la Baltique, et si vous avez besoin d'aide, vous savez où me joindre.
L'hydravion reprit de l'altitude, et disparut dans la nuit russe étoilée.
— J'ai oublié un truc, hurla Tom.
— C'est pas le moment, il est déjà loin, lui répondit Alice.
— Mon Van… qu'il prenne soin de mon Van.
— Si c'est que ça, pas la peine qu'il fasse demi-tour.
— On voit bien que c'est pas le tien.
— C'est sûr, je l'aurais jamais pris en orange.
— Stop avec ça. On est où là ?
— Chez Poupou.
— C'est quoi ça ? Le nom d'un resto ?
— Réfléchis deux minutes. Poupou, pour Poutine. Même au Québec, il est connu dans tous les restos.
— Plutôt que faire de l'humour à deux balles, Mademoiselle Weingantz, essaie plutôt de trouver où on est.

Le monde n'est pas prêt

La jeune femme sortit le téléphone de sa poche, et tenta de localiser l'endroit où ils avaient été déposés. Coup de chance, la Neva n'est pas connue pour être un très long fleuve. Depuis sa source prise au lac Ladoga, il traverse la Russie occidentale sur à peine plus de soixante-dix kilomètres.

— On se trouve là, lui indiqua Alice.

— Arrête ! On est quand même à plus de vingt bornes de de Saint-Pétersbourg.

— On va marcher. Ça va nous réchauffer un peu.

— T'es malade, toi ! Attends, j'ai une idée. On a qu'à faire comme à Pékin.

— Alors là ça change tout, Tom. Si tu as fait la Chine, tu en es pas à une muraille près.

— T'emballe pas Miss Beijing, je parlais de *Pékin Express* moi. On va faire du stop, comme dans le jeu.

— À cette heure-ci ?

— Si on tient à retrouver Stéphane Rothenberg sur la place rouge, on a intérêt à accélérer.

— Triple idiot, la place rouge c'est Moscou. L'émission je la connais aussi, je la regarde sur *RTL TVI* en replay, et j'ai même pas vu le panneau « voiture interdite ». Il doit y avoir un foutu trafic sur cette route.

— Des putes, de la weed, des clandestins…T'inquiète, ça manque pas ici, Alice.

— Si Nicolas II t'entendait parler comme ça.

— Nicolas ?

— Deux comme chez *Twix,* lui précisa Alice. C'est le dernier empereur de Russie.

Le monde n'est pas prêt

— Je savais pas qu'il s'appelait Nicolas. Moi je le connaissais seulement comme un Romanov, tu sais le mec qui t'attend au feu rouge, et se précipite pour te laver le pare-brise quand t'es pressé, et à qui tu demandes de se casser vite fait, avec un doigt.

— Romanov, Tom. La dynastie des Romanov. Et d'abord t'avais qu'à regarder l'émission, ils en ont parlé.

— En tout cas pas au feu rouge, ça se saurait.

— Arrête Tom, tu m'auras pas, là.

— Alors si c'est pas dans Pékin, c'est dans quelle émission ?

— La Nouvelle Tsar, lui dit-elle en se moquant de lui. D'ailleurs il est tsard, on ferait mieux de se trouver un véhicule. Tiens regarde ! Voilà des phares au loin. On a de la chance.

— Merci Odin, s'écria Tom.

— T'es pas clair Tom ? Depuis le voyage en Norvège, tu as beaucoup changé. Voilà que tu te mets à penser comme un Viking.

— J'ai peut-être trop abusé de Vikingpedia, louloute.

— Comprends pas.

— Laisse tomber ma puce, et agite ton pouce bien haut comme moi. Il devrait nous voir…

Le monde n'est pas prêt

*

20 Mai – Saint-Pétersbourg – Russie – 23h47

Les trois évadés goûtaient maintenant au charme de l'hôtel, que leur avait trouvé Peter, au centre de la ville impériale.

— Pourquoi seulement une chambre ? demanda Peter.

— Parce qu'il est pas question que tu nous fausses compagnie au clair de lune, lui répondit sèchement Markus. Range ton flingue Tobias, je crois qu'il a compris. Et d'abord tu l'as piqué où ?

— Je l'ai tiré à un gardien, pendant sa ronde de nuit. Ils s'en servent tellement peu, que le mec s'en est même pas aperçu. Je me suis dit que ça pourrait toujours servir.

— Toi, assis-toi sur ce fauteuil, ordonna Markus à Peter. Tobias, va me chercher une serviette à la salle de bains, on va l'attacher.

— Tu aurais pu prévoir deux lits, lui reprocha Tobias, en s'exécutant à la tâche.

— On va pas non plus jouer les emmerdeurs à la réception, dit son acolyte. Restons discrets, et tout se passera bien.

— Vous plaignez pas les gars, vous vous partagez le grand lit, et moi je dois me contenter d'une place assise côté couloir.

— Tu te crois où Peter, dans le Shinkansen[5] ? Lui demanda Markus.

— Ferme-là et dors, lui ordonna Tobias.

---
[5] Au Japon, train à grande vitesse pouvant dépasser les 320 km/h

Le monde n'est pas prêt

— Je veux bien, mais pas de galipettes nocturnes, vous deux.
— Markus, tu veux que je lui en colle une ?
— Laisse pisser Tobias, tu vois pas que c'est que de la provoc. Allez viens te coucher. La journée qui arrive va être longue.
— Bonne nuit les phoques, leur adressa Peter.
Markus mit sa main sur la bouche de son comparse, pour l'empêcher de rétorquer. Il appuya sur l'interrupteur de la chambre, et l'obscurité se fit.

Le monde n'est pas prêt

11.

20 Mai – quelque part sur la Neva – Russie – 21h24

Alice et Tom, éblouis par les phares d'un trente-cinq tonnes au loin, qui se dirigeait vers eux, tentèrent le tout pour le tout, en se plaçant au milieu de la chaussée, et faisant de grands gestes au conducteur. Celui-ci freina pied au plancher, pour éviter le drame.
Une fois sorti de sa cabine, il les interpella en russe.
— Mais vous êtes fous, j'aurais pu vous tuer tous les deux.
— Qu'est-ce qu'il dit ? demanda Alice.
— Il dit qu'il est pas content, répondit Tom.
— J'ai pas besoin de parler russe pour comprendre ça.
— Est-ce qu'au moins il accepte de nous prendre ?
— Attends, je lui pose la question.
— Je suis sure qu'il serait pas contre un plan à trois dans le fossé, se moqua Alice, tu veux que je lui demande ?
Le routier ne comprit pas, mais fit Da d'un signe de tête.

NDLR
S'il avait fait Niet, il aurait dodeliné de la tête de gauche à droite. Précision que notre comité jugeait utile d'apporter au lecteur.

Le monde n'est pas prêt

Alice indiqua à l'homme, qu'elle souhaitait qu'il les lâche tous les deux à Saint-Pétersbourg. Celui-ci lui expliqua qu'il pouvait faire un crochet, pour les déposer au centre-ville, et qu'il repartirait aussitôt vers sa destination finale. Nachodka, au port Vostochny, où il devait livrer l'intégralité de son chargement.

— Si vous descendez à Saint-Pétersbourg, j'ai un endroit pour vous où passer la nuit, leur recommanda-t-il en s'exprimant en français.

— Pas sous un pont, au moins ?

— Laisse le monsieur faire, Tom, et te mêle pas de ça. Il est en train de nous arranger un plan.

Moins de trente minutes plus tard, l'homme s'arrêta dans au coin de l'Ostrovskogo Square, et les fit descendre devant la porte du domicile d'Elena Votskaïa.

*

20 Mai – Domicile d'Elena Votskaïa – Saint-Pétersbourg – 21h55

La porte s'ouvrit, et une dame d'âge mûr, mais très apprêtée, accueillit le jeune couple en robe de chambre, brodée Ballets russes. Elle les fit entrer dans son somptueux appartement, aux accents art déco. Dans le salon, trônait un splendide piano à queue, et une partition de Moussorgsky.

— Entrez, jeunes gens. Soyez les bienvenus. Les amis de Piotr seront toujours bien reçus chez moi.

Le monde n'est pas prêt

— Je ne connais pas de Piotr, murmura Tom à l'oreille de sa compagne, il ne figure pas sur la liste de mes piotres.
— Contente-toi d'avancer, c'est préférable.
— Oui, mon amour. Parfaitement saisi, mon amour.
Elena décida de faire plus ample connaissance avec le jeune couple.
— Alors comme ça vous faisiez du stop en pleine nuit, et la magie a voulu que Piotr passât par là ? Quelle chance vous avez tous les deux ! On peut dire que vous êtes bénis des Dieux !
— Béni des pouces, ajouta Tom, ce qui ne manqua pas de surprendre la propriétaire des lieux, qui ne pouvait imaginer un seul instant, qu'ils avaient fait du stop.
— Vous n'avez pas encore mangé, je suppose ? Je vous ai préparé quelque chose. Si vous voulez bien vous avancer vers la grande table en merisier.
— Celle-ci ? Demanda Tom
— Tu en vois une autre ? Lui murmura Alice à l'oreille, parce que sinon tu peux aussi manger sur le tapis. Je te jetterai les restes.
— Vous arrivez d'où ? leur demanda la septuagénaire, en leur servant un copieux repas.
— C'est une longue histoire, lui expliqua Tom, mais avant de tout vous raconter, je crève de faim.
— Ah ces Français, reprit Alice, toujours ce même manque d'éducation. Nous venons de Munich, Madame.
— Appelez-moi Elena, Mademoiselle. Mais mangez pendant que c'est chaud, nous deviserons tout à l'heure. Le piano ne vous dérange pas au moins ? J'étais en train de répéter le second mouvement de La nuit sur le Mont Chauve, de Modest Moussorgsky.

Le monde n'est pas prêt

— Ça tombe bien, Alice est la reine de la touffe, elle pourra vous arranger ça en dix minutes, et votre ami Modest Moussochocolatsky n'aura plus à souffrir de la chute de cheveux.

— Je ne saisis pas trop les propos de votre ami, s'excusa Elena.

— Laissez ! Cet ignare n'a pas encore compris qu'on parlait de grande musique, lui dit Alice. Ainsi donc, le piano est votre passion ?

— Mieux que ça, ma chère Alice. En plus de nourrir mon âme, il me fait vivre. Je suis professeur de ballet à l'Académie Vaganova.

— C'est comme le Bolchoï ?

— En mieux. Les saint-pétersbourgeois sont très fiers de ce lieu. Saviez-vous que son ancêtre, L'École impériale de ballet, fut créée en 1738 sous l'impulsion de l'Impératrice Anna Ivanovna ?

— Non, mais ça m'empêche pas de manger, répondit Tom la bouche pleine, assis à la table en merisier.

Elena ne l'écoutait plus, trop absorbée par décrire le lieu qui était toute sa vie, à la jeune femme, désireuse d'en apprendre plus sur cet établissement de renom.

— C'est dans cette grande école, que furent créés par le chorégraphe français Marius Petipa, qui portait si bien son nom, trois des plus grands ballets de notre répertoire classique.

— Je sais, s'écria Alice. Le lac des Cygnes, Casse-Noisette et La Belle au bois dormant.

— Mes compliments, Mademoiselle. Mais allez donc rejoindre votre élu de cœur à table, où il ne va rien vous rester. Votre chevalier servant a un appétit d'ogre.

Le monde n'est pas prêt

— C'est surtout un gros bâtard, qui aurait pu attendre un peu, avant de se jeter sur les plats.

— Ventre affamé n'a point d'oreilles, lui rappela Elena. Allons ! Je vais me remettre au piano, ça détendra un peu l'atmosphère. Mes amis, votre chambre est au bout de ce long couloir, et la salle de bains n'est autre que la dernière porte à gauche. Ne vous occupez pas de moi. Promis, je m'arrête de jouer après le quatrième mouvement. Je ne vous ferais pas l'affront de perturber votre nuit.

Le monde n'est pas prêt

12.

21 Mai – Hôtel Saint-Pétersbourg – Russie – 7h24

Peter, solidement attaché, n'avait pas trouvé moyen de s'évader de la chambre d'hôtel, où les trois complices avaient passé la nuit. Le soleil allait bientôt se lever, et leur enquête pouvoir reprendre. Où donc pouvait bien se cacher le professeur Vesperov ?

Markus et Tobias, également réveillés, en profitèrent pour le délivrer de ses liens. Après tout, ils savaient qu'il pouvait leur être utile, jusqu'à les mener sur la trace du vieux savant russe. Ensuite ils aviseraient de son sort.

Dans la salle du petit déjeuner, ils discutaient ensemble sur la manière de solutionner leur énigme.

— Markus, on a pas l'ombre d'un indice de l'endroit où se cache le vieil illuminé, dit Tobias.

— C'est pour ça qu'on a pris Peter avec nous. Je mets ma main au feu qu'il va nous trouver ça, affirma Markus, en fixant Peter droit dans les yeux.

Le frère d'Alice savait qu'il n'avait pas la moindre chance de leur échapper. Il fallait à tout prix leur donner le renseignement qu'ils recherchaient. Peut-être bien, allaient-ils le relâcher une fois l'endroit découvert.

Il mit son cerveau en mode connect, et commença à faire des recherches sur le darknet, où tout ce qui était illégal pouvait se monnayer. Ainsi tomba-t-il avec facilité, sur la

Le monde n'est pas prêt

pègre souterraine de l'ancienne cité impériale, qui y avait pignon sur rue. Moyennant coquette rémunération, ces gens de peu de foi accepteraient sans doute de les mener tous les trois à la cachette de Vesperov. Il laissa traîner un commentaire, faisant mine de s'intéresser à une conversation entre malfrats. Très vite, un pseudo entra en contact avec lui.

À 8h15, une voiture s'arrêta devant leur hôtel, et ils y grimpèrent tous les trois. Le passager leur banda les yeux, et leur attacha les mains dans le dos. Ils roulèrent près d'une trentaine de minutes, avant d'en descendre et d'être amenés dans une cave, dont émanait une forte odeur d'alcool.

Qui pouvaient bien être ces deux hommes ? Des trafiquants de vodka ? Des mercenaires à la solde d'une nation étrangère ? On les fit asseoir tous trois sur un banc de pierre, et on leur recommanda de ne pas bouger, ou tac tac tac. Peu rassurés du sort qui les attendait, ils n'eurent même pas droit à un battement de cil.

NDLR

— Vous qui êtes en train de lire ça, ne vous faites pas avoir par l'auteur. Comment aurait-il pu vous décrire un truc pareil, alors qu'ils avaient tous les trois les yeux bandés ?

— Bon, j'avoue n'avoir pas fait attention à ça. Je vais m'efforcer de faire plus réaliste, la prochaine fois. Mais comprenez, qu'être interrompu toutes les deux minutes par vous autres, les chercheurs de poux de la NDLR, a de quoi perturber ma concentration d'écrivain. Je peux reprendre mon histoire, au moins ?

Le monde n'est pas prêt

Des pas dans le couloir approchaient. La porte du fond s'ouvrit. Ils ne purent voir trois gaillards imposants poser leurs fesses, sur les chaises en face d'eux. Deux seulement, car le troisième restait debout. La faute à une fistule anale, qu'il traînait déjà depuis quelque temps.

L'homme à la fistule, prit la parole en premier. Visiblement, il devait être leur chef, puisque les hémorroïdes y avaient élu domicile.

— Vous dites vouloir renseignements sur professeur Vesperov. Ouille Ouille Ouille, s'écria l'homme au fort accent russe, en proie à des douleurs internes.

Markus prit la parole.

— Nous sommes prêts à vous payer ces renseignements Monsieur…

— Karamazov. Voici mes deux frères Igor, et…

— Grishka ? osa Peter, sous son bandeau.

— Niet. Grishka, c'est moi. Mon frère, c'est Roberto.

— Ça sonne pas très russe, reprit le frère d'Alice.

— Une sale affaire de famille. Notre mère a couché une nuit avec un représentant de la Cosa Nostra sicilienne et…

— On va pas en faire une assiette de carbonara, l'interrompit Peter.

— Ah Ah Ah, vous beaucoup humour. Vous plaire à Grishka. Moi accorder confiance à vous.

— Prêt à signer le contrat de confiance *DARTY* ? Rajouta Peter, oubliant du coup qu'il n'avait pas à faire à un pote de beuverie, mais bien à un parrain russe. Un parrain qui avait comme un parpaing dans le fondement, certes, mais un parrain quand même.

Le monde n'est pas prêt

L'homme fit signe à Roberto et Igor, d'ôter un à un les bandeaux de leurs invités, et les libérer de leurs liens. Peter ne put s'empêcher d'émettre une réflexion.

— Roberto, ça doit être toi, celui assis à gauche, dit-il en pointant son index vers le plus italien des Karamazov.

— Madre Mia, comment m'avez-vous reconnu ?

— Le maillot du Napoli Football Club. Et tu es le seul des trois qui n'a pas eu recours au bistouri.

— C'est pas tout ça. Vous payer comment ? reprit Grishka.

— Et ça c'est de la mierda, Roberto ? Dit Peter, en exhibant la carte gold, qu'ils avaient dérobée au dentiste norvégien du port de Horten, en plus de lui taxer son *Audi*.

— Igor ! Va chercher le terminal bancaire dans la salle des coffres. Ramène-nous la carte et le marqueur noir, et dépêche-toi, nos amis sont pressés.

— Je rêve, où vous parlez très bien notre langue, maintenant ? S'étonna Peter.

— Ah, ça... C'est pour impressionner la galerie, lui révéla Grishka. Donner l'image du russe, qui force son accent, pour le rendre plus terrible qu'Ivan du même nom.

— En tout cas, ça fait son petit effet.

— Vous trouvez pas ça un tantinet ringard ?

— En même temps, je verrais pas trop un de vos concitoyens, parler avec l'accent de Namur.

Deux minutes plus tard, le second des Karamazov était de retour, avec le matériel réclamé, par celui qui semblait bien être leur chef.

— Igor, j'avais dit le noir, pas le rouge.

Le monde n'est pas prêt

— On s'en fout, Grishka. En rouge ou noir, j'irais plus fort que tes fantômes de douleur, lui répondit celui-ci, en lui introduisant le feutre dans les fesses.

— Ouille Ouille Ouille, pesta Grishka. Misérable ! Tu perds rien pour attendre.

— Les gars, on va pas taper un Stendhal, dit Peter, s'avançant avec la gold card, dont il avait réussi à craquer le code, par je ne sais quelle manipulation informatique.

— Quinze mille, et en dollars, s'il vous plaît, exigea Grishka.

— Et pourquoi pas en roubles ? proposa Peter.

— Roberto, Igor, vous avez entendu ça ? le Monsieur veut payer en roubles.

Les deux autres frères éclatèrent de rire, et Grishka manqua de s'étouffer, tellement il pouffait à s'en déchirer l'anus.

— Ouille, me refaites plus jamais ça, jeune homme. Promis ?

— D'accord, dit Peter, mais un deal est un deal. Dites-nous maintenant, où se trouve Vesperov.

— Passe-moi la carte, et le marqueur, Igor.

— Le rouge ?

— Va pour le rouge, vu que le noir tu sembles pas connaître, espèce de daltonien.

Son frère lui tendit le stylo imprégné d'un certain fumet. Tout en dépliant la carte, il entoura généreusement la zone, située plus au sud. La distance à parcourir, ne semblait pas énorme. Une fois ramenée à l'échelle de la carte, le lieu que devait atteindre Peter et les deux Norvégiens, devait représenter à minima, un trajet d'un bon millier de kilomètres.

Le monde n'est pas prêt

— Soyez prudents, leur conseilla Grishka, en retournant le plan vers les trois voyageurs providentiels, Avant cela, vous allez devoir quitter le territoire russe. Et la route ne sera pas des plus reposantes.

Quand Peter, Markus, et Tobias, prirent connaissance du lieu où s'était réfugié le professeur, ils se regardèrent avec stupéfaction. Leur évasion n'était rien, à côté de ce qui les attendait à présent.

Le monde n'est pas prêt

13.

21 Mai – Rue Rossi – Mariana – Saint-Pétersbourg – 9h17

Comme tous les jours, c'était l'effervescence dans les couloirs de la prestigieuse institution de la rue Rossi. Mariana, avait quitté sa Dormitory Room[6], pour se rendre à son premier cours de danse de la matinée, après être passée avaler un breakfast à la cafeteria. Un menu spécialement préparé par des nutritionnistes, car ici on ne plaisante pas avec l'alimentation.

Ce matin-là, elle avait croisé une étudiante libanaise un peu perdue, qui lui avait demandé où elle pourrait apprendre quelques rudiments de la langue russe. Mariana, toujours prête à rendre service, lui avait expliqué, comme elle le faisait pour les autres élèves étrangers, que l'Académie disposait d'un cours intensif de langue, pour progresser très rapidement dans la langue de Tchaïkovski.

Cependant, pas de temps à perdre pour celle qui avait opté pour plusieurs options, danse classique, character dance, modern dance, mime et pas de deux. C'était bien cette dernière discipline, qu'elle était venue travailler aujourd'hui.

---

[6]Dortoir avec chambre privée, douche et toilettes communes pour deux chambres

Le monde n'est pas prêt

— Allons Mesdemoiselles, dit la professeur de ballet, qui peut expliquer aux nouvelles recrues ce qu'est un pas de deux ?

— Moi ! Madame Wittskowsky !

— Parfait Mariana, montrez-leur. Vous avez toute ma confiance. Ne me décevez pas.

— C'est une partie dansée, écrite pour deux interprètes. Les autres danseurs doivent rester strictement immobiles, pendant que le couple qui évolue sur scène, exécute son mouvement.

— Bien, jeune fille. Mais vous ne nous avez pas décrit la partie technique. N'ayez pas peur de développer. Nous vous écoutons.

— Sur le plan classique, le pas de deux ne change jamais. Il respecte des codes bien particuliers. Un adagio soutenu, une variation solo pour la danseuse, et une autre pour le danseur, puis une coda, où les deux en totale harmonie, doivent faire éclater leur virtuosité.

— Les filles, Mariana a parfaitement expliqué la théorie. Aujourd'hui nous allons développer ensemble le côté technique. Allons Mesdemoiselles ! Veuillez rejoindre vos partenaires.

Le monde n'est pas prêt

*

21 Mai – Couloirs de l'Académie – Saint-Pétersbourg – Une dizaine de minutes plus tard

— Je vais en prendre plein la tête, mais il faut que je le fasse, pensait à voix haute Svetlana, en courant dans les corridors, n'hésitant pas à bousculer, au passage, les quelques élèves qui révisaient leur cours, manuel à la main. .

Encore quelques dizaines de mètres à parcourir, et elle allait toucher au but. Elle arriva devant la salle, où la voix gutturale de la professeure Wittskowsky, se faisait entendre à travers la porte fermée.

— Et un, et deux, et trois, et quatre. Non, mademoiselle Wojtja, votre jambe d'appui est aussi raide que du béton séché. Recommencez ce mouvement.

Svetlana frappa trois petits coups secs.

— C'est quoi encore ? Est-ce qu'on pourrait avoir moyen de travailler décemment ce matin, où je demande l'exil en Lituanie. Ils sont pas meilleurs que vous, mais au moins là-bas, ils respectent les cours de leurs illustres professeurs.

— Excusez-moi, Madame Wittskowsky, on demande Mariana à l'accueil.

— Et qui la demande ? Le président au moins ? Il n'y a que lui qui pourrait se permettre ça.

— Deux personnes.

— Vous vous foutez de moi, Svletana ! Ne prétendez pas que vous venez me déranger pour si peu.

Elle s'approcha de son oreille et lui dit…

Le monde n'est pas prêt

— C'est qu'elles viennent de la part de… Et c'est urgent.
— Et pourquoi vous n'avez pas commencé par là vous, au lieu de me faire perdre mon temps ?
Impressionné par cette femme de pouvoir, Svetlana se contenta de laisser tomber les bras le long de son corps.
— Mariana !!! Laissez tomber la barre, et suivez immédiatement Svletana en bas. Vous y êtes semble-t-il très attendue.

Le monde n'est pas prêt

14.

21 Mai – Local inconnu– Saint-Pétersbourg – deux heures plus tôt

Tobias, Markus, et Peter, venaient de prendre connaissance de la direction à suivre. Les frères Karamazov avaient toute leur confiance, vu l'air jovial qu'ils affichaient tous les trois au moment de se lever, après cette rapide transaction qui leur avait assuré quatre mille dollars à chacun, et sept mille pour Grishka, qui en tant que véritable cerveau de l'opération, jugeait le partage plus équitable comme ça.

— Une minute, les gars, les rattrapa Grishka, au moment où ils allaient quitter la distillerie.

— Un problème ? demanda Peter, soudainement anxieux.

— Vous n'allez pas pouvoir repartir avec votre Audi noire. Elle doit être recherchée partout.

— Vous pensez vraiment qu'ils ont lancé un mandat international ? demanda le frère d'Alice.

— C'est fort possible, on sait jamais. Mais dans le doute… j'ai quelque chose à vous proposer. Je ne voudrais surtout pas vous l'imposer, reprit stratégiquement Grishka.

Avant de prendre sa décision, Peter se retourna vers Markus et Tobias, qui firent oui de la tête, quel que soit l'échange à effectuer.

— On vous écoute.

Le monde n'est pas prêt

— Eh bien voilà. Roberto va vous raccompagner à l'hôtel, et vous laissera sa voiture contre l'échange de votre Audi noire.

— Et sans compensation financière naturellement ?

— C'est évident.

— Je crois qu'on a pas d'autre choix d'accepter, sinon tac tac tac, je suppose ? demanda Peter.

— Niet. Nous sommes des gens civilisés. Nous vous fournirons même les papiers du véhicule et les nouvelles plaques, pour passer la frontière en toute discrétion.

— Vous êtes trop bon Grishka, se força Peter, écartant les mains, et se retournant vers ses

compagnons, sans qu'il ait besoin de s'exprimer.

Une fois raccompagnés masqués à leur hôtel, les trois fugitifs purent reprendre les affaires restées dans le coffre de l'Audi, échanger leurs clés avec celles de Roberto, qui dans la cour de l'établissement, leur mit en place rapidement les plaques du nouveau véhicule, à l'aide d'une perceuse-visseuse peu discrète, achetée en promotion chez un grand discounter, à l'entrée de la ville.

Au volant de leur *TagAz* rouge, modèle Aquila, la quête pouvait reprendre.

Le monde n'est pas prêt

15.

21 Mai – Accueil de l'Académie de Ballet Vaganova – Saint-Pétersbourg – Quelques instants plus tard

Mariana avait suivi Svletana jusqu'à l'accueil, où l'attendaient les deux inconnus.

— Permettez-moi de me présenter. Je suis Mariana Slokotsva, étudiante à l'Académie Vaganova, pour vous servir. Puis-je voir votre recommandation s'il vous plaît ?

L'homme s'avança le premier, et lui tendit une carte écrite en russe.

— C'est bien l'écriture d'Elena Votskaïa, leur précisa Mariana. Je la reconnaîtrais entre mille, à sa manière d'écrire la lettre Д. Mais qui êtes-vous, et que venez-vous faire ici ?

— Je suis Tom Berthier, je viens de France, et mon amie c'est Alice Weingantz, elle est franco-allemande. Nous sommes à la recherche de cet homme.

Tom lui montra la photo du professeur russe.

— Venez ! Ne restons pas là, leur dit Mariana, des oreilles indiscrètes pourraient nous entendre.

Elle invita le jeune couple à la suivre dans une salle de répétition, déserte à cette heure-ci, où elle les fit entrer, refermant discrètement la porte à clé derrière eux.

— Elena a pensé que tu pourrais nous aider, lui suggéra Alice.

Le monde n'est pas prêt

— Vous deux, expliquez-moi comment vous êtes entrés en possession de cette photo.

— C'est compliqué, lui balança Tom. Alice... Fais péter le doss. Pendant ce temps, je vais aller tester cette barre-là. J'en ai déjà vu des comme ça dans Chorus Line et dans Fame, mais j'ai encore jamais essayé.

Il balança son blouson à terre, et leva d'un coup sec sa jambe droite pour la coller sur la barre. Il y eut un craquement, suivi d'un gémissement enfantin.

— Félicitations Tom ! C'est plus fort que toi. Faut toujours que tu fasses le beau devant les meufs, se moqua Alice, ça t'apprendra.

— Aide-moi, Alice ! Déconne pas, ça fait rudement mal.

— On va l'allonger au sol, et je vais regarder ce qu'il a, proposa Mariana.

— Tiens « Danse avec les Barres », mords là-dedans, lui conseilla Alice, en lui coinçant son portefeuille dans la bouche. Ça t'empêchera de gueuler.

— Le mieux serait de lui enlever également son pantalon, proposa la jeune Russe.

— Le boxer aussi ? ajouta Alice, en fixant Tom dans les yeux d'un regard coquin, qui lui rappelait leur insolite baignade dans la baie de Schwabing, à Munich.

— Non, ça il peut le garder.

Mariana s'approcha de la cuisse, et dressa un premier constat.

— C'est rien du tout, juste un petit claquage par manque d'entraînement.

— Ou d'intolérance au gluten, rajouta Alice.

— Je vais juste lui masser un peu la cuisse. Aurais-tu quelque chose de gras dans ton sac ?

Le monde n'est pas prêt

— Un reste de fond de teint.

— Vous allez quand même pas me tartiner avec du makeup, les filles. Je vais avoir l'air de quoi maintenant ? protesta Tom, entre deux cris plaintifs, qu'il cherchait péniblement à étouffer.

— Ça t'apprendra à avoir la barre au mauvais moment, mon doudou.

— Ça va aller maintenant, le rassura Mariana. Alice, peux-tu m'envoyer son blouson ? Je vais le plier et lui en faire une sorte d'oreiller. Il sera plus à l'aise comme ça.

— Spassiba, Mariana, la remercia le jeune homme, avec l'un des trop rares mots qu'il connaissait en russe, une langue qu'il se vantait de maîtriser, et à laquelle il n'avait pas été si assidu que ça au lycée, lui préférant ses cours de *Playstation*. Ce qui ne manquait pas d'agacer Alice, dont le rapprochement entre ces deux-là, n'était peut-être pas que de la gratitude.

— C'est bon. Laisse-le maintenant, dit-elle à Mariana. Il est quand même pas victime d'une attaque au gaz sarin. Il devrait s'en remettre rapidement.

Les deux jeunes femmes allèrent s'installer au fond de la salle, près du grand miroir. Alice raconta à la jeune Russe leur folle aventure, depuis sa rencontre avec Tom, dans le massif du Zugspitze.

— On se croirait dans un film, s'exclama Mariana.

— C'est vrai que ça manque pas d'action. Mais je crois pas que son jeté de jambe fera partie du teaser. Trop nul, dit-elle, en tournant le regard vers le jeune homme, à quelques mètres d'elle.

— À moi de t'en dire plus, Alice, mais je ne veux pas parler trop fort. J'espère qu'il m'entendra quand même.

Le monde n'est pas prêt

— T'inquiète. C'est pas là qu'il souffre le plus. Vas-y ! Je voudrais savoir ce que tu sais de Vesperov.

— Youri était…

— Il est décédé ? Et pourquoi Youri ? L'interrompit Alice. Tu l'as connu au sens biblique ?

— Non, c'est pas ce que tu crois. Il est bien vivant. Il se cache, c'est tout. J'étais la meilleure copine de sa fille Tatiana. Elle aussi, venait prendre des cours de danse ici, jusqu'à ce que se déclare sa tumeur au cerveau. Youri était bouleversé, à l'idée de la voir quitter ce monde, encore si jeune.

Tu comprends, elle était brillante dans tous les domaines. Une véritable surdouée. Imagine, tu lui donnais une équation à résoudre, elle te la trouvait en quelques secondes. C'est elle aussi, qui parvenait à nous sortir des escape game les plus complexes.

— Pas comme moi, leur lança Tom, j'ai failli passer toute la nuit dans une crypte abandonnée, si le mec qui m'avait fait entrer dans le game, n'était pas venu me rechercher à temps.

— Continue ton histoire, Mariana, reprit Alice.

— Quand Tatiana a rendu son dernier souffle au centre d'oncologie, j'étais là. Je m'en rappellerais toujours. C'était trois jours avant Noël, on était le 4 janvier.

— Le 4 janvier ? s'exclama Alice, surprise.

— La tradition orthodoxe veut qu'on célèbre votre *Weinachten* le 7 janvier, c'est bien comme ça qu'on dit Noël en allemand ?

Alice fit oui de la tête.

Le monde n'est pas prêt

— Logiquement selon le calendrier, on devrait fêter notre Nouvel An une semaine plus tard, le 14. Mais ici tout le monde préfère le faire, comme le reste de la planète.
— J'ignorais.
— Donc le 4, je me tenais à deux mètres en retrait du papa de Tatiana, quand l'âme de sa fille unique s'est envolée, enfin presque.
— Ou tu nous en dis trop, ou pas assez Mariana. Que veut dire ce presque ?
— C'est à cause de la boîte à doucha.
— La boîte à quoi ?
— Ignare ! C'est le nom de ses poupées russes, lui dit Tom qui écoutait tout.
— Ignare toi-même ! Tu as confondu avec Matroushka, lui emboîta Alice, du tac au tac.
— Ne vous disputez pas. Je vais tout vous expliquer.
Au même moment, quelqu'un frappa à la porte…

Le monde n'est pas prêt

16.

21 Mai – Sortie de Saint-Pétersbourg – 8h40

Les trois évadés cherchaient à présent la bretelle, qui les mènerait à l'autoroute. Le GPS de leur *TagAz*, leur indiquait la direction à suivre. De quoi leur assurer quelques frayeurs chaque fois que la voix russe enregistrée, intervenait pour leur balancer de nouvelles infos.

Pour sortir de la ville impériale, il leur fallait après une succession de virages…

Continuer sur Дворцовая площадь.
Emprunter une route à fermeture périodique.
Prendre à gauche vers Университетская набережная.
Faire demi-tour à Университетская набережная.
À l'intersection prendre embranchement à droite vers Биржевая площадь.

Ils venaient tout juste de faire deux kilomètres, en priant que ce soit la bonne direction.

— Vire à droite, Markus. La route à fermeture périodique est là.

— Suis les serviettes, ricana Peter, assis à l'arrière du conducteur.

— Surtout te plante pas, Tobias. Je te fais confiance, le fit douter Markus.

Le monde n'est pas prêt

— Confiance, c'est vite dit, lança Peter. J'ai la nette impression qu'il nous envoie droit dans les champs.

— La ferme, Peter ! si tu veux prendre ma place de copilote, on échange.

Sans attendre sa réponse, Tobias défit sa ceinture, et se faufila à l'arrière du véhicule. Ce qui ne manqua pas de perturber Markus, qui fit une embardée à droite, manquant de peu de se retrouver dans le fossé.

— C'est tes parents qui t'ont fini à la bière, ou t'es con de naissance Tobias ? Proféra-t-il d'une voix enragée. Tu veux y aller à pied ? Descends.

— T'es pas bien, Markus, tu vas quand même pas m'abandonner là en plein nomade's land ?

— Descends, j'ai dit. Et Marche !

Markus coupa le moteur. Tobias descendit, et se mit à marcher avec pénibilité le long de la route, en jetant un œil de chien battu aux occupants du véhicule, qui n'avait pourtant pas redémarré.

— Markus, tu peux pas le laisser là, lui soumit Peter. Sois raisonnable.

— Il l'a mérité ce dingue. Ça fait si longtemps qu'il me gonfle. À la cantine de Bastøy, il se jetait sur mes frites pour me piquer les plus grosses. Tu te rends compte ? Des patates que j'avais épluchées le matin même.

— Arrête ! C'est digne d'une cour de récré. Je te rappelle que c'est lui qui a le flingue.

— Tu as raison, je vais le rappeler, ça peut toujours servir.

Markus remit la *TagAz* en marche.

— Mais il est passé où cet idiot ? Je le vois plus.

Le monde n'est pas prêt

— C'est pas possible, il s'est pas évaporé comme ça, répondit Peter. Il doit être dans le coin, il a pas pu aller loin.

— Il nous fait surtout perdre un temps précieux, l'abruti. Si les autres sont à nos fesses, on est mal. Si tu crois qu'on est les seuls à traquer Vesperov, tu te mets le ciseau dans l'œil.

— Compas.

— Pierre Feuille Compas, on s'en tape. Faut qu'on retrouve au plus vite l'autre tanche.

— Marche arrière toute, Markus ! Je crois que tu viens de le dépasser.

— J'ai vu personne.

— Tiens ! Qu'est-ce que je disais ? J'ai le flair pour les teubés. Il est là ton Tobias, allongé dans le fossé, les mains en croix sur le plexus solaire.

— C'est pas plutôt la poitrine ? Jura Markus.

— Là c'est le plexus, avec un plaid et un xus comme… xus à l'ennemi.

— Qu'est-ce que tu fous là allongé, toi ? Lui demanda Markus.

— J'attends Odin, lui répondit Tobias. Il va venir me chercher pour le grand Valhalla. Je suis prêt.

— On te laisse cinq minutes pour déconner, et Monsieur rêve de rejoindre ses ancêtres. Allez viens, lui dit Markus, en lui tendant la main. Tu vas t'asseoir à l'arrière, et Peter va prendre ta place. Doué comme il est, il va nous sortir de là.

— T'as fait tout ça à cause des frites, Markus ? Lui rappela Tobias.

— N'importe quoi. C'est sans doute le vent d'est qui t'a tourné la tête.

Le monde n'est pas prêt

Grâce aux indications de Peter, Markus put enfin trouver l'embranchement de la E95, et prendre en direction de la Biélorussie.

Le monde n'est pas prêt

17.

21 Mai – Salle de répétition – Académie de Ballet Vaganova – Saint-Pétersbourg – 10h02

Quelqu'un venait de frapper à la porte...
— Cachez-vous le long du mur, murmura Mariana au jeune couple, en faisant de grands gestes.
— Je peux pas trop bouger, se plaignit le français.
— Compris. Je vais juste entrebâiller la porte, mais surtout pas de bruit.
Elle activa la poignée pour ouvrir à l'inconnu...
— Hello, dit un jeune homme à l'accent grec, c'est bien ici le cours de modern dance ?
— C'est l'étage au-dessus. Tu prends l'escalier, et ce sera le couloir de droite. Mais un conseil, fais vite, certains profs ne supportent pas les retards.
Le jeune grec la remercia et détala au plus vite.
— Ouf, on l'a échappé belle, confia Mariana aux deux autres. Faut pas rester là, Tom. Alice, je vais t'aider. Tom n'a qu'à s'accrocher à nos épaules, et on va sortir.
Quelques instants plus tard, ils se retrouvèrent dans la rue Rossi. Les deux jeunes filles entraînèrent Tom vers l'Ostrovskogo Square, où elles le déposèrent sur un banc, le temps pour la jeune Russe d'aller chercher sa voiture, et Alice de récupérer les sacs de voyage restés chez Elena Votskaïa.

Le monde n'est pas prêt

Pour passer le temps, Tom chantonnait un vieux standard de Goldman, en observant les oiseaux du parc, picorer quelques miettes d'un morceau de sandwich, abandonné dans une poubelle. Il avait juste changé un mot du texte, et s'en amusait déjà.

— « Elle met du vieux pain sur son *bacon*, pour attirer les moineaux, les pigeons ».

Il riait comme un bienheureux, et plus il s'esclaffait, moins sa douleur à l'entrejambe le faisait souffrir. Bientôt, il vit une *Skoda* bleue piler, et s'arrêter devant la grille du square. C'était le signal de rejoindre ses deux partenaires, et embarquer au plus vite.

— Ça va mieux Tom ? Lui demanda Mariana, l'invitant à grimper à l'arrière. Repose-toi maintenant. La route va être longue.

— Tu connais le chemin ? la questionna le français.

Alice lui répondit…

— T'occupe, et laisse-nous faire. Mariana sait où elle va.

— J'ai vu ça avec Nikos, comme elle l'a renseigné tout à l'heure à l'Académie, constata Tom.

— J'espère qu'on arrivera avant qu'il soit trop tard, les avertit la jeune Russe. Je pensais Youri à l'abri là où il se cache, mais des infos ont dû fuiter.

— Fuiter c'est plus musclé, balança Tom dans l'indifférence générale, ayant souvent entendu son père faire cette vanne à table, à propos d'une boisson gazeuse à la mode dans les années 80.

— Mariana, si tu nous en disais plus sur le professeur Vesperov, tu le connais depuis longtemps ?

Le monde n'est pas prêt

— Au moins douze ans. Tu sais déjà que j'étais la meilleure amie de Tatiana. J'étais tout le temps fourré chez elle. Comme elle avait plus de maman, Youri lui avait dessiné les plans d'une maison de poupée à l'ancienne.

—J'en rêvais quand j'étais petite. Mais on avait pas assez de place dans l'immeuble, où on habitait avec Peter et ma mère.

— Pas de papa, Alice ?

— Reparti en France, après leur séparation. J'avais trois ans, j'ai très peu de souvenirs de tout ça. Et puis Maman est décédée il y a une semaine.

— Toutes mes condoléances.

— Les filles, vous avez rien de plus réjouissant ?

— On fait connaissance, Tom. Tu vois, Tatiana et Alice ont déjà un point commun. L'absence de maman.

— Alors elles deux, plus moi, ça fait trois, leur apprit Mariana. J'ai jamais connu la mienne. Elle est morte après avoir accouché de moi. Longtemps, je m'en suis sentie responsable. On dit que les âmes esseulées se recherchent sur terre. Je suis certaine que c'est vrai. Quand Youri a ressenti toute ma peine, il a décidé de m'offrir une énorme maison de poupées.

— Trop bien, s'exclama Alice.

— Je l'aurais sûrement échangé contre une maman, si c'était pour la faire revenir parmi nous.

— Je suis fils unique, lui indiqua Tom, mes parents sont bien vivants, mais je les vois que trop rarement. Ils ont déménagé à Aveiro, la « Venise» du Portugal, il y a quatorze mois, après m'avoir aidé à financer mon petit studio

Le monde n'est pas prêt

d'enregistrement, dans la banlieue de Nantes. Tiens ! Mate les photos qu'ils m'ont envoyé du village. Quand tu vas voir toutes ces façades colorées, tu vas craquer.

Il lui fit passer son smartphone, et Alice s'en empara brutalement.

— C'est pas le moment, l'avertit-elle. Je te rappelle qu'elle conduit, si t'as pas encore réalisé.

Tom était sa propriété privée, et la jeune franco-allemande tenait à lui remémorer. Il en est bien souvent ainsi, des gens qui souffrent de l'absence d'un parent disparu. Tom n'en voulait pas à Alice. Il la comprenait, et était parfaitement conscient que son travail de deuil ne faisait que commencer. Autant que possible, il l'aiderait à franchir ce cap à ses côtés, et la soutiendrait, durant tous ces moments, où la peine parvient toujours à se faufiler par un trou de souris, jusqu'au conscient. Elle appréciait son humour décalé, qui lui rendait d'un coup la vie plus légère, presque aérienne, comme l'hydravion de Sigurd.

— Si tu me parlais de ta maison de poupées, Mariana, elle était comment ?

— Il y avait des mygales et des scorpions, pire qu'à Fort Boyard, répondit Tom.

— Je vais te les faire bouffer avec de la mozzarella, lui dit Alice, se moquant de lui. Retourne à tes playmo, et nous fais pas emmerder.

— Nous fais pas iech, du verbe iècher, Alice. Heureusement que je suis là pour corriger tes erreurs de bon François, moi, lui renvoya Tom.

Mariana leur expliqua comment Vesperov avait dessiné les plans, jusque dans les moindres détails, laissant le soin à son papa bricoleur, d'assembler le reste de l'édifice.

Le monde n'est pas prêt

— Papa avait même pensé à installer un va-et-vient sur les interrupteurs, de sorte que dès une poupée quittait la pièce, elle n'était pas obligée de se rediriger vers l'endroit où elle avait allumé.

— Trop bien. Tu l'as encore ? Lui demanda Alice.

— J'en ai fait cadeau à une institution pour orphelins à Tbilissi. Je crois qu'ils en ont bien plus besoin que moi aujourd'hui.

— Tu es un amour de fille, lui confia Alice, je suis ravie d'avoir croisé ta route.

— Elle est en train de tomber in love ma Munichoise. Manque plus que la chanson de *Titanic* et on aura touché le fond.

— C'est une façon de parler Tom, dit Alice, pourquoi t'es aussi jaloux beau gosse ?

— J'adore comme vous vous cherchez, leur dit Mariana, et vous vous êtes bien trouvés, tous les deux.

— Et si tu nous parlais des recherches de ton père ? lui suggéra Alice, tenant à en apprendre davantage sur ce mystérieux Youri Vesperov.

— Quand on sera sur la E95, pas avant. Je veux surtout pas rater l'embranchement.

Le monde n'est pas prêt

18.

21 Mai – Route E95 – 14h14

Les trois fuyards ne s'en étaient pas aperçus, mais depuis qu'ils s'étaient engagés sur la E95, une voiture les suivait à distance. À l'intérieur du véhicule, la discussion semblait animée.

— Mais rapproche-toi Roberto, on va les perdre, lui hurla Grishka, lui filant quelques claques fraternelles, mais pourtant bien sonores.

— Et d'abord, pourquoi c'est l'italien qui conduit ? Pesta Igor à l'arrière, on est pas sur le circuit de Monza, là !

— Alors toi, le paquet de nerfs, la ramène pas, le mit en garde Grishka, la dernière fois que tu as pris le volant, il est resté dans tes mains.

— D'accord, mais c'était une voiture volée. Je pouvais pas savoir, boss.

— Parce que tu crois que la Tag Az qu'on leur a échangé, je l'ai achetée où ? Au Goum[7], au rayon brico avec la *Visa Card* de la distillerie ?

— Tous les deux, arrêtez de gueuler ! cria Roberto. J'y vois plus rien, moi. Cette bagnole est pas équipée d'essuies-glaces intérieurs.

— C'est parce qu'il a pas pris l'option ce rat, ajouta Igor.

---
[7]Centre commercial sur la Place Rouge à Moscou construit en 1893, avec plus de 2500 mètres de galeries de produits de luxe, surmonté d'une spectaculaire verrière.

Le monde n'est pas prêt

— Quand on te dit que c'est pas la nôtre, faut te répéter ça en cyrillique ?

Ce qui à défaut de rajouter de l'huile sur le feu, expédia malgré tout quelques postillons bien gras, en direction du pare-brise. Une simple altercation de famille, comme les frangins en avaient l'habitude, depuis qu'ils avaient pris la succession de leur père, parti se reposer dans sa datcha de milliardaire sur les rives du lac Baïkal.

Une fois calmés, les trois Karamazov entamèrent une discussion diminuée de 4,2 décibels.

NDLR
Selon les sources de l'auteur, et non celles d'Evian.

— Grishka, tu as eu une brillante idée d'équiper leur *TagAZ* d'un mouchard.

— Oh l'autre il parle comme au vingtième siècle, se moqua Igor, et pourquoi pas d'un micro-espion tant que tu y es.

— Peu importe, lui répondit Grishka en tripotant son ordi portable. L'essentiel, c'est le résultat. Il y a qu'un souci, si on traverse une forêt, le satellite peut plus capter le signal.

— C'est de la technologie russe, made in China, tu l'as acheté où ?

— Sur *Wish*, il y avait une promo. Moins cinquante si j'en prenais deux.

— Et naturellement, t'as pas pu t'en empêcher ? ajouta Roberto.

— Au cas où le premier satellite tomberait en panne.

— Le relais quatre fois cent hêtres, ricana Roberto.

Le monde n'est pas prêt

— Quand t'en auras fini avec tes vannes à deux roubles, on pourra les rattraper.

— Il a raison mon frère, dit Igor sur la banquette arrière.

— Toi ta gueule, lui lancèrent les deux autres.

— Plutôt Tag'Az, plein gaz, si vous voulez les rattraper.

Roberto appuya sur l'accélérateur, et la voiture rouge fut à nouveau en ligne de mire des Karamazov.

— Il y a un point rouge qui s'affiche sur ton écran, indiqua Igor avec son index.

— Niveau constatation, tu mérites la médaille de platine, lui dit Roberto, qui lorgnait à son tour sur le signal.

— Je peux te poser une question Grishka ? demanda Igor.

— Vas-y !

— Je me demandais… Si leur voiture avait été bleue, le point aurait été bleu aussi ?

— Tu as déjà été en France, Igor ?

— Pas encore.

— Si on a l'occasion d'y mettre les roues, je t'emmènerai chez *Feu vert*, mais faudra penser à me repeindre la caisse en vert, sinon niet parking. Ils plaisantent pas avec chat.

Le monde n'est pas prêt

19.

21 Mai – Repaire de Youri Vesperov – La Lettre – 18h14

Épuisé par ses recherches du jour, le professeur Vesperov était en train de s'accorder une pause repas, avant de poursuivre ses activités. C'est ainsi qu'un courant d'air, entré dont je ne sait d'où, fit tomber à ses pieds une feuille de papier, qu'il se chargea de ramasser.

Il eut les larmes aux yeux, quand il s'aperçut que c'était la lettre de Tatiana, son unique fille disparue cinq mois plus tôt. Il s'assit sur le lit, et relut un à un, les mots qu'elle y avait écrit…

Papa,

Je t'écris cette lettre, avec les forces qu'il me reste, dans cette chambre semblable aux centaines d'autres, et dénuée de toute poésie.

Je n'ai plus que ça à faire, depuis que le docteur qui s'occupe de mon traitement, m'a révélé que les dernières séances de chimio, n'ont fait que retarder l'échéance finale de quelques jours, tout au plus.

Les métastases se sont multipliées, et je suis consciente que mon corps ne pourra plus lutter bien longtemps.

Le monde n'est pas prêt

Je n'ai pas peur de partir. Quand c'est l'heure, c'est l'heure. Je leur ai juste demandé de m'aider, quand mon cerveau cessera d'envoyer à mon corps, des signes d'activité. Comme tu t'en doutes, ils refusent de me débrancher, mais tu me connais j'ai négocié. Je ne suis pas la fille de mon père pour rien.

Il esquissa un léger sourire, et reprit la lecture…

Ne t'en fais pas, Papa. Grâce aux quelques billets que tu m'as fait parvenir, ils m'ont promis d'adoucir mon voyage entre les deux mondes, en acceptant de me plonger dans le coma artificiel, pour m'éviter de souffrir inutilement.

Ces mots sont sans doute les derniers, que je t'adresse en pleine conscience. J'aimerais que tu te serves de mon départ, pour faire progresser tes recherches. Toi qui rêvais de tenter cette folle expérience, je te l'offre sur un plateau d'argent.

Mariana passera te chercher à notre maison de l'île Krestovsky, où j'ai passé mes plus belles années avec toi. N'emporte que le strict nécessaire. Tu n'y reviendras pas. Ta vie va basculer, mais on me fait savoir de l'autre côté, que tu es prêt à le faire, et qu'ils sont prêts à t'aider.

Sois fort mon petit papa d'amour. Je t'aiderais comme je le pourrais, quand je retrouverais maman et les nôtres là-haut. Tu ressentiras toute notre énergie vibrer en toi.

Le monde n'est pas prêt

Surtout, n'oublie pas. Emporte bien avec toi, la boîte à doucha. Quand tu auras accompli ce que tu as à faire, Mariana te conduira dans un lieu où tu seras en sécurité. Je me suis occupée de tout. Tu auras juste un coup de balai à donner en arrivant. Je n'ai aucun pouvoir sur la poussière, et crois bien que je le regrette.

Tu dois le faire, pour moi, pour toi, pour le bien de l'humanité tout entière, parce que c'était écrit comme ça.

Ce n'est qu'un au revoir, mon papa d'amour. Et pour la tribu Vesperov, un au revoir n'a rien de définitif. Souviens-t'en. Je t'embrasse du plus fort que j'en suis capable encore.

♥♥♥ *Ta très chère petite Tatiana Matriochka*

Le monde n'est pas prêt

20.

21 Mai – Route E95 – Véhicule de Mariana – 18h37

Les trois occupants de la Skoda bleue roulaient maintenant en direction du Sud, mais la faim se faisait sentir. Pour gagner du temps, ils ne s'étaient pas arrêtés à midi. Leurs estomacs n'allaient plus supporter bien longtemps, cette forme de restriction alimentaire.

Ils firent escale au « *S* » *Amovar Restoran* à Pskov en Russie, où Mariana commanda une assiette de « свиной окорок », et deux salades de « винегрет с муссом из копченого лосося », avec des frites.

NDLR
Désolé, à cette heure-ci le service de traduction est en pause repas. L'auteur, qui selon notre service de renseignement, n'a aucune connaissance de la langue russe, a du piquer ça sur un menu. Dans le cas contraire, il leur aurait fait commander un « бефстроганов » pour trois personnes.

À peine attablée, le smartphone d'Alice sonna…
— *Hallo…* Tu nous fais quoi Alice ? L'école buissonnière ? Si tu crois que je suis capable de tailler toute seule les buissons ardents de nos nombreuses clientes, tu te trompes de Fallope, *Liebling*. Je t'ai quand même attendu toute la journée, moi.

Le monde n'est pas prêt

C'était Verena Bauer qui l'appelait de leur institut munichois, et le moins qu'on puisse dire, est qu'elle était rouge de colère.

— Qu'est-ce qu'elle a encore ta copine ? lui demanda Tom, et pourquoi elle aboie comme ça en allemand ?

— Elle aboie pas, elle parle normalement, essayait de lui faire gober Alice, insistant sur le côté guttural de la langue germanique, qui alourdissait un peu la prononciation des citoyens de son pays, et ce même, quand ils déclamaient leur flamme olympique à l'élue de leur cœur.

— Je crois plutôt qu'elle a le seum.

— Occupe-toi de manger, ça va refroidir. Je vais voir ça avec elle.

Elle se leva, et alla s'isoler quelques minutes, pour ne pas être dérangée par le jeune homme.

— Elle est pas commode ton amoureuse, Tom.

— Elle est pas buffet campagnard non plus, lui répondit le français.

Encore une subtilité de la langue française, qui venait d'échapper à la jeune Russe.

— Qu'est-ce qui se passe avec son amie ?

— L'autre, elle râle parce qu'elle s'est pas pointée au boulot ce matin.

— C'est quoi son travail ?

— Tailler.

— Elle est tailleuse de pierres ? C'est étonnant ça.

— Pas exactement. Tu lui demanderas. Elle t'expliquera ça mieux que moi.

Le monde n'est pas prêt

*

Quelques minutes plus tard – À l'écart –« S »Amovar Restoran

— Verena, je te jure que c'est vrai, j'ai rien inventé.
— C'est ça, lui dit-elle en se foutant d'elle. Même Tonton *Derrick* a jamais eu une affaire aussi compliquée sur les bras. Tu vois, c'est justement lui l'inspecteur que j'ai chargé de l'affaire. Avec ses enquêtes qui progressent à la vitesse d'un escargot, un jour de canicule, t'as plus de chance de t'en tirer qu'avec moi. Allez accouche !
— On est dans la *scheise* jusqu'au nez, lui dit Alice. Tiens, je sais même pas où elle nous conduit, la Russe. Elle a pas voulu nous le dire, au cas où on serait sur écoute. Toi tu râles, mais tu sais pas qu'on vient quand même de se taper plusieurs milliers de bornes.
— Tu es où, là ?
— Je sais pas si ça va t'aider beaucoup. On est en Russie, à Pskov.
— *Gesundheit*[8] ma grande.
— Si tu crois que c'est le moment de déconner, Verena.
— Oh, mais qu'est-ce que t'es susceptible toi. Je te rappelle que c'est quand même moi qui me tape toute la *Arbeit.*[9]
— Excuse-moi. Cas de force majeure.
— Et tu comptes revenir un jour ?
— J'en sais rien. La situation m'échappe totalement.

---
[8] À ta Santé. Mot généralement prononcé après un éternuement.
[9] Mot féminin en allemand signifiant La travail, la job, la taf. Rayez le mention inutile !

Le monde n'est pas prêt

— Il y a autre chose qui va t'échapper à la fin du mois, c'est ton salaire, ma vieille.

— En veilleuse, Verena, t'oublies que c'est moi la patronne.

— Je suis quand même associée dans l'affaire.

— À quarante pour cent, seulement.

— OK je dis plus rien. Fais ta vie chez les russes si ça t'amuse, et oublie-moi. Je vais travailler double, pour gagner moins que la moitié. On se croirait presque en France.

— Allez, on arrangera ça au retour entre bonnes coupines. D'abord, je dois remettre la main sur Peter.

— Sale coup pour ton frangin. Tu l'as toujours pas retrouvé ? Je comprends pas ce qui a pu lui passer par la tête.

— C'est pas de sa faute, Verena. Si jamais tu apprends quoi que ce soit de nouveau, tu m'appelles de toute urgence, vu ?

— D'accord. *Tchuss Liebling.*

Alice partit rejoindre les deux autres, qui ne l'avaient pas attendu pour engloutir le contenu de leurs assiettes. Ils dormiraient ce soir dans la voiture, mais tant qu'ils n'étaient pas fatigués, ils poursuivraient leur long périple, en ignorant que deux autres véhicules effectuaient le même trajet qu'eux.

La partie s'annonçait serrée.

Le monde n'est pas prêt

21.

22 Mai – Route E95 – Tag Az rouge de Markus – Frontière ukrainienne – 11h20

Dans le motel ou les évadés de Bastøy avaient passé la nuit, Peter était descendu le premier, prendre son petit déjeuner.

— Markus, Peter s'est barré. Il est plus dans sa chambre.

— Je t'avais dit de l'attacher, et pas fermer l'œil de la nuit.

— J'en ai pourtant fermé qu'un seul.

— C'est un de trop. S'il se tire sans nous, on peut dire adieu au secret de Vesperov.

— Tu m'avais dit qu'on pouvait relâcher un peu la pression.

— Des pneus, gros porc. T'as encore tout compris de travers.

Quand ils descendirent, ils le virent attablé. Sur un plateau, était posé trois chocolats chauds encore fumants.

— Ah enfin, s'exclama Peter, j'ai failli attendre, dit-il en froissant un papier, qu'il venait de rédiger et qu'il fourra en toute hâte dans la poche de son blouson. Je croyais que vous aviez eu une panne d'oreiller. Je me suis permis de commander, ça vous va ?

— C'est parfait, lui répondit Tobias, merci pour l'initiative.

Le monde n'est pas prêt

— La voiture est toujours là, Markus. Je viens de vérifier à l'instant, lui assura son complice. On est jamais trop prudent avec tous ces malfaisants.
— Tobias, les malfaisants c'est vous, lui répliqua Peter. Et à moins qu'il y ait un club dans le motel, j'en vois pas d'autres ici.
— Je vais me le faire l'asticot.
— Avale ton choco, Tobias, et on reprend la route.

*

Moins d'un quart d'heure plus tard, les évadés franchissaient sans problème la frontière, et ce grâce à un chemin vicinal que leur suggérait leur GPS. Un appareil dont Peter maîtrisait les moindres détails, en y introduisant des coordonnées ultra précises. Les fuyards avaient pris la bonne décision.

De fortes tensions entre l'Ukraine et la Russie se faisaient sentir ces derniers mois. Les récents mouvements de troupes russes avaient fortement fait monter la tension entre les deux nations, et Moscou ne voulait pas céder.

Loin de ces préoccupations diplomatiques et militaires, les trois hommes discutaient de la meilleure façon d'approcher le lieu, où s'était retiré le professeur. Rassurés que le frère d'Alice n'ait pas tenté de leur échapper, la confiance était revenue à bord du véhicule.

— On arrive bientôt ? demanda Tobias à Markus au volant.

Le monde n'est pas prêt

— Tu as quel âge, Tobias ? Tu vas me demander ça toutes les deux minutes, comme un môme de trois ans ?

NDLR
Et allez ! Voici que l'auteur nous recycle la même tournure de phrase qu'au chapitre 5 sur le pont de l'Øresund. Monsieur, apprenez à vous diversifier un peu, au lieu de servir du réchauffé au lecteur.

— Les gars, je voudrais pas vous contrarier, ajouta Peter, mais l'exercice risque d'être périlleux. On va pas n'importe où.

Le frère d'Alice était le seul à connaître la destination exacte de leur voyage. Les deux autres avaient juste pu voir une grosse trace de marqueur rouge, entourant la zone où se rendre, sur la carte que leur avaient remis les Karamazov.

Moins d'une centaine de kilomètres, les séparait désormais de la ville de Prypiat, qui avait été le théâtre médiatique d'un phénomène mondial.

*

Parc d'attractions de Prypiat – Ukraine – 25 Avril 1986

Ce qui devait être l'événement attendu par tant de familles, allait bientôt voir le jour. Les manèges étaient prêts à s'animer. Quelques dernières touches de peinture, et le rajout de panneaux indicateurs, s'avéraient encore

Le monde n'est pas prêt

nécessaires pour diriger au mieux les visiteurs. Rien ne devait faire défaut le jour de l'inauguration, qui était prévue le 1er mai, jour de la fête des célébrations du printemps.

Depuis les vingt-six mètres de haut de la grande roue, chacun pourrait y admirer une autre curiosité de la région. Tous s'affairaient à ce que la fête soit totale. Partout autour, on ne parlait plus que de l'événement. Pavel, qui ne travaillerait pas ce jour-là, avait promis à sa femme et ses trois ados, de les y emmener le jour même de l'ouverture, après que les officiels ont coupé le ruban, et prioritairement essayé les premières attractions. Ceux-là mêmes, qui pouvaient arborer l'uniforme militaire, orné de leurs brochettes de médailles, sans oublier de rester des enfants.

Il allait y en avoir des manèges à étrenner. De quoi passer une journée inoubliable, et en parler autour de soi, avec la fierté d'un Gagarine revenant de son tour dans l'espace, vingt-cinq ans plus tôt à bord du vol Vostok 1.

— Encore cinq dodos et on y sera, disait une mère de famille à son petit Vassili, de quatre ans, qui trépignait d'impatience à en perdre le sommeil.

Dans quelques heures, le destin allait tous les rattraper…

Le monde n'est pas prêt

22.

Parc d'attractions de Prypiat – Ukraine – 26 Avril 1986

Il était 1h23 quand le réacteur 4 de la centrale Vladimir Ilitch Lénine explosa. Personne ne l'avait vu venir. La veille, un accident technique dû à une procédure de réduction de celui-ci, en avait été la cause. À 23 heures, bien que maintenu à mi-puissance, l'état du réacteur réclamait une stabilisation de toute urgence. Les opérateurs avaient décidé de passer outre, pressés de rattraper le retard déjà engendré par l'opération.

Deux heures et vingt-trois minutes plus tard, leur chef ordonna l'arrêt de toute urgence, le pic de puissance ayant été atteint, et dépassant plus de cent fois celle autorisée. Dans le cœur du réacteur, après fragmentation, explosèrent en premier les pastilles d'uranium, et une forte déflagration souleva la dalle de plus de deux mille tonnes.

L'incendie gigantesque qui s'en suivit, demanda trois bonnes heures aux soldats du feu pour en venir à bout. Mais plusieurs foyers s'étaient allumés un peu partout, et celui-ci ne fut maîtrisé en totalité qu'une quinzaine de jours plus tard. Plus de cinq mille tonnes de matériaux d'argile, sable, plomb, et autres, furent déversés par l'hélicoptère chargé de recouvrir le réacteur.

Le monde n'est pas prêt

Le monde entier prit connaissance de la catastrophe nucléaire de Tchernobyl, dont le bilan de victimes à l'heure actuelle, n'est toujours pas vérifiable. Même si on peut l'estimer autour de quatre cent mille décès, les années qui suivirent le drame.

Toutes sortes de mensonges, dénis, et affabulations furent proférés un peu partout, allant jusqu'à affirmer que le nuage radioactif composé de césium 137, qui devait traverser toute l'Europe entre le 26 avril et le 10 mai, allait s'arrêter à la frontière naturelle du Rhin. Des fragments de particules, qu'on retrouverait encore près de trente années plus tard dans les sols alpins, selon les sources de la Criirad, Commission de recherche et d'information indépendante sur la radioactivité.

Malgré tout, c'était bien ce site qu'avait choisi Mariana pour abriter le professeur Vesperov, et lui permettre de poursuivre ses travaux à l'insu de tous. Lui-même savait-il que trois équipes étaient activement à sa recherche ? Mariana avait-elle eu le temps de l'avertir d'un danger imminent ? Elle seule saurait désormais où le retrouver, mais elle était loin d'être la première sur place.

Le monde n'est pas prêt

*

Site de Tchernobyl – Véhicule des frères Karamazov – 12h40

La voiture des Norvégiens, devant eux, venait de tourner dans le chemin...

— Stoppe le moteur, Roberto ! on a compris où ils vont maintenant. On va continuer à pied.

— Moi j'y vais pas, je fais le guet ici, les prévint Igor, peu rassuré par les lieux.

— Et pourquoi il reste là, lui ? demanda Roberto.

— Parce que mon frère c'est pas Michel Strogoff, lui répondit Grishka, inutile de lui ouvrir les Verne, il avancera pas plus loin, on peut compter que sur nous. Allez viens ! Suis-moi !

Roberto, qui fermait la file des deux hommes, marcha sur une branche de bois mort, qui émit une sorte de craquement.

— Et la discrétion t'en fais quoi, bougre d'abruti ? Lui lança Igor, resté à bord du véhicule.

— Alors toi la fiotte, tu m'oublies, lui rétorqua le conducteur en se retournant, et lui indiquant son doigt.

— Tu régleras tes comptes plus tard, le calma sèchement Grishka, on a plus urgent à faire. Et abrite-toi, ils pourraient nous voir en sortant de leur *TagAz*.

Le monde n'est pas prêt

23.

Site de Tchernobyl – Ukraine – quelques minutes plus tard

La Skoda bleue de Mariana, faisait à son tour irruption dans la zone autour de la centrale. Les trois occupants se dirigeaient vers une autre entrée, que celles qu'empruntaient habituellement les visiteurs du parc.

— Mais il n'y a rien ici, constata Tom, juste de la forêt.

— Mariana, tu t'es pas plantée au moins ? Lui demanda Alice.

La jeune Russe leur fit signe de les suivre. Ils marchèrent dans la forêt, avant d'atteindre un endroit caché par des branchages. Une sorte de passage souterrain, qui n'avait rien de naturel, car aménagé par des humains.

— Quand j'ai appris l'existence de ce tunnel sous Tchernobyl, grâce à mon ami inscrit à Vaganova, je me suis dit que c'était l'endroit idéal pour y cacher Youri.

— Mais qu'est-ce que tu fais des radiations ? demanda Tom.

— C'est entièrement sécurisé, lui dit Mariana. Tout a été pensé par un certain Wolfgang Wertapfel, qui a prévu chaque détail.

— Tu le connais ? Lui demanda Alice.

— Tu parles ! Se moqua Tom, Elle et le mec du tunnel ont du faire le tour du monde en tandem, en pédalant à l'envers. Alice, t'es bien la seule à pas être au courant ici.

Le monde n'est pas prêt

— Je le connais pas plus que vous, contesta Mariana, j'ai juste repéré une plaque en cuivre qui porte son nom à l'entrée.
— Oh l'autre il a pas trouvé mieux que de piquer l'idée à Bern et ses plus beaux villages de France, répondit Tom, ton Wertapfel ça doit être une sacrée tête à plaque.
— Et si on avançait ? Suggéra Alice, préoccupée par l'heure qui tournait.

*

Tout proche de l'entrée principale – Le duo de Karamazov

En se dissimulant derrière chaque végétal susceptible de les abriter, Roberto et Grishka Karamazov, ne perdaient pas de vue les trois fugitifs de Bastøy.
— Mais pourquoi ils sont qu'un ? Demanda Roberto, qui s'étonna de l'absence des norvégiens.
— Vérifie discrètement la Tag'Az, lui conseilla Grishka. C'est peut-être un piège. Ils sont peut-être moins cons qu'on pensait.
— Elle est vide.
— Et le coffre, t'as essayé le coffre ? En serrant bien, on peut y entasser deux cadavres.
— T'es fou ? C'est si petit que t'es obligé de rabattre la banquette arrière.
— Tu va l'ouvrir, ou tu préfères te prendre cinq traces de doigts dans ta face de raie ?

Le monde n'est pas prêt

Tous deux constatèrent qu'ils n'y avaient pas d'occupants étendus, assis, ou occis, dans le coffre.

— On s'en fout de l'autre, il a aucune chance. Ils le laisseront pas entrer. Suis-moi, Roberto.

Les Kara avaient pris soin de ne pas tenter l'entrée officielle, où les gardes contrôlaient systématiquement les visiteurs, et en refoulaient d'autres, qui ne comprenaient rien à leurs méthodes contradictoires.

Les deux frères décidèrent d'y aller à l'esbroufe. Fiers comme Astragan, puisqu'ils en portaient sur eux, ils s'avancèrent vers une barrière plus à l'arrière, accoutrés de leurs épais manteaux gris. Un premier cerbère les stoppa, avant qu'ils puissent progresser plus loin.

— Papiers, leur cria-t-il.

Sans leur laisser le temps de répondre, un autre individu bondit de sa guérite, et chuchota à l'homme de garde quelque chose à l'oreille.

— Par ici, leur dit le garde, en leur faisant signe de passer.

Les frères venaient de s'introduire dans les lieux, sans l'ombre d'une difficulté.

— Tu en penses quoi Grishka ?

— Tais-toi Roberto, je crois qu'ils nous ont pris pour des élites, mais n'éveillons pas les soupçons et barrons-nous de la barrière.

— Des zéniths ?

— Des élites, connard.

— C'est quoi ?

— Des apparatchik montés en grade.

— Frérot, c'est encore moins clair maintenant.

Le monde n'est pas prêt

— Des membres de l'appareil d'état, des pontes, des guignols de bureaucrates qui ont eu de l'avancement, et qui se prennent pas pour de la merde.

— J'ai compris. Les mecs qui ont des billets coupe-file au parc astérisque.

— On s'en fout, Roberto. On est entré, c'est le principal.

Ils firent quelques mètres dans le parc.

— C'est quoi toute cette foule ? Lui demanda Roberto

— J'en sais rien. C'est pas Venise ici.

— En tout cas, c'est pas les pigeons qui manquent.

Soudain il y eut un cri déchirant, et ils virent s'effondrer à terre, une femme victime d'un coup de couteau. N'écoutant pas les recommandations de Grishka, Roberto courut porter secours à la malheureuse victime.

— Poussez-vous tous, laissez-la respirer.

Il se jeta sur la jeune femme, s'approcha d'elle, et appela à l'aide, quand il entendit sa voix…

Le monde n'est pas prêt

24.

Site de Tchernobyl – Ukraine – La Voix

— C'est pas le bon texte, lui chuchota la jeune femme à terre.
— Quel texte ?
— Celui que t'es censé savoir par cœur, lui dit l'inconnue. Si tu l'avais mieux bossé, tu serais pas là comme un con à poser des questions.
Au même moment, il entendit une voix venue du ciel.
— Coupez ! On va la refaire.
Il aperçut alors une grue et sur celle-ci, un homme assis derrière une caméra, qui descendait du ciel, comme le bon vieillard à barbe blanche au soir de Noël. Les figurants s'écartèrent pour laisser passer l'homme d'une cinquantaine d'années.
Il se rapprocha de Roberto et lui dit.
— Magnifique ! Quel jeu de scène. Dommage que tu n'aies pas prononcé la bonne réplique.
— Fleckenstein, dit la jeune actrice en se relevant, ce mec n'est pas Michael Vernon. Je l'ai jamais vu.
— On s'en fout, Kinsey, lui rétorqua Arnold Fleckenstein, c'est lui que je veux. Je l'engage immédiatement. Courez tout de suite me chercher ma secrétaire, et un contrat à signer.
— Mais Fleck…

Le monde n'est pas prêt

— Tout de suite Mademoiselle Wallace, on discute pas les ordres, sur le plateau c'est moi le King.

— Mais que va en penser le producteur du film, quand je vais lui raconter tout ça sur l'oreiller ?

— Tu veux parler de ton sugar daddy[10], Kinsey ? Fais-lui donc une des gâteries dont t'as le secret, et il alignera ses dollars.

Il s'approcha ensuite de Roberto, et s'adressa à lui.

— Quant à vous Monsieur...

— Karamazov. James Karamazov, lui répondit-il en improvisant.

— Mon cher Karmamazov, dit-il en égratignant son nom, c'est le destin qui vous envoie.

— Appelez-moi James, mon brave.

Fleckenstein sortit une pipe de la poche intérieure de sa veste, et se mit à la bourrer de tabac gris.

— Dites-moi ! Pour jouer avec un tel réalisme James, vous avez au moins dû suivre les cours de l'Actors Studio à New York, n'est-ce pas ?

— Oui, dit fébrilement Roberto-James en hochant la tête, se disant qu'il tenait là la chance de sa vie, bien décidé à ne pas la laisser passer.

— Et si ce n'est pas trop indiscret, quel était votre instructeur ?

— ...Scorcese, bredouilla le russe, essayant de retrouver au plus vite le nom d'un cinéaste italo-américain.

— What ? Martin Scorcese vous a donné des cours ? Ça alors, je l'ignorais.

---

[10]Papa en sucre ou papa gâteau. Homme d'un âge certain offrant des compensations financières à jeune étudiante peu avare de ses charmes. Le terme Sugar Mama s'appliquant à son équivalent féminin.

Le monde n'est pas prêt

— Oui, Martine au Parc, répondit Roberto, qui s'embrouillait et commençait à tout mélanger à force de vouloir trop en faire.

— Vous voulez parler de Center Park sans doute ? Allons, vous n'avez pas besoin de répondre, je suis bien trop curieux. Mais croyez-moi, un acteur comme vous, on en trouve pas tous les jours. Tant pis pour Vernon, il avait qu'à être là à l'heure, ce raté.

Le réalisateur n'entendit pas à une centaine de mètres de là, le raffut que faisait le comédien, initialement prévu pour la scène du poignard avec Kinsey, en tentant de sortir de la caravane, dont il semblait avoir du mal à s'extraire. Une barre métallique ayant été étrangement placée, en travers de la poignée pour entraver la sortie.

Grishka fit signe du pouce à son frère qu'il maîtrisait la situation, et se rapprocha de l'endroit de la scène du faux crime, bousculant au passage l'assistante de Fleckenstein qui venait d'arriver avec les papiers à signer, et deux cafés ristretto.

— Excusez-moi Mademoiselle, mais c'est urgent. Je dois parler à mon frè... mon comédien.

Le réal et sa secrétaire laissèrent les deux frères s'entretenir un instant, et Grishka confia à Roberto...

— Bien joué ! À toi de les occuper, pendant que je fouillerai discrètement le parc.

— Mais Grishka, t'as rien compris ! Il m'engage réellement pour son film ! Je vais devenir une star à Hollywood !

— Tu vas quand même pas m'obliger à modifier tout mon plan, tête de buse ?

Le monde n'est pas prêt

— *Call-me* James, brother. C'est mon nom de scène maintenant.

— Dis-voir, tu serais pas un peu en train de prendre le melon, toi ? Et puis merde, tais-toi et laisse-moi faire. Tu vas voir le pro au travail.

Rempli d'aplomb, le mafieux russe se présenta au cinéaste.

— Je suis Grishka, l'agent de James, faites-moi voir ces contrats immédiatement.

Il fit semblant de les lire et les lui rendit, en lui disant...

— Fleckenstein, c'est le double du prix, ou rien.

L'américain choqué par la méthode Karamazov, prit quelques secondes de réflexion, et finit par accepter le deal de Grishka.

Se rapprochant de l'oreille de son frère, Grishka lui dit...

— C'est quatre-vingts pour cent pour moi, et vingt pour toi. Sur ce bon tournage. Et il tourna les talons.

Roberto détala et le rattrapa juste après la grande roue.

— Tu te fous de moi. Jamais !

— Comme tu veux, abruti. Mais fais pas le con où je leur balance la vérité vraie, mon bon James.

Le monde n'est pas prêt

— Va via, salopard, les projecteurs m'attendent. La prochaine fois que tu viendras me voir, tu vas payer ta place à la caisse comme les autres.

Les deux hommes se séparèrent sur ces mots. Comme prévu, Grishka se mit à fureter dans le parc, impatient de mettre la main sur la cache du professeur.

Le monde n'est pas prêt

25.

Parc d'attractions de Prypiat – sous terre – 13h02

Mariana et le jeune couple progressaient dans le souterrain. Il fallait faire vite. Tous les trois se doutaient qu'ils n'étaient pas seuls sur l'affaire. Tom avait enfin récupéré toutes ses capacités, d'avant son claquage en salle de répétition à l'Académie de ballet. L'issue s'éclaircissait.

Au bout du tunnel, ils aperçurent de la lumière. Mariana entra la première pour ne pas effrayer le professeur Vesperov.

— Youri ! C'est moi. Je suis avec deux amis. Tu n'as rien à craindre, montre-toi.

Vesperov ne répondait pas. La pièce n'était pas très éclairée. Des livres et une paire de lunettes étaient posés sur un bureau. Il ne devait pas être loin. Aucun signe de lutte, de chaise renversée, ou de tiroirs mis à sac. Ils étaient véritablement les premiers à pénétrer dans son antre. Si quelqu'un avait enlevé le vieil homme, celui-ci aurait été incapable d'opposer une quelconque résistance.

Une odeur nauséabonde envahit les narines de Tom, qui comprit immédiatement ce qui était advenu du savant russe.

— Les filles, dit Tom, cherchez pas plus loin, il est juste allé poser un bronze.

Le monde n'est pas prêt

Ils entendirent de l'eau couler au bout du couloir, et s'activer le bruit d'un sèche-mains à air pulsé. Puis l'homme fit son entrée, surpris par cette intrusion.

— Mariana ? s'écria Vesperov, mais qu'est-ce que tu fais là ? Je te croyais restée à Saint-Pétersbourg.

— Je sais, Youri. Normalement on devait se voir qu'à la fin de la semaine. Mais laisse-moi te présenter Alice et Tom. Ce sont de très bons co-équipiers.

— Enchanté. Les amis de Mariana sont mes amis. Désolé pour les chaises, il n'y en a qu'une, mais donnez-vous la peine de prendre place sur le divan.

— C'est bon, le remercia Alice, on vient de faire plus de mille kilomètres assis, je crois qu'on devrait tenir le coup. N'est-ce pas mon danseur, glissa-t-elle d'un clin d'œil furtif à son copain.

— Des hommes sont à ta recherche Youri, le mit en garde la jeune russe, tu peux plus rester là, ta vie est en danger.

— Oh Mariana, tu sais bien que depuis que j'ai perdu ma petite Tatiana, ma vie ne vaut plus grand-chose.

— Si elle vous voit de là-haut, lui confia Alice, ça doit la faire horriblement souffrir de vous entendre dire ça.

— C'est vrai Mademoiselle, mais tout est si différent maintenant.

Comprenant qu'il pouvait leur faire réellement confiance, il se mit à leur raconter pourquoi il était là, et ce qui s'était vraiment passé ce quatre janvier, trois jours avant Noël.

— Je peux tout leur dire ? Dit-il à Mariana, en guettant son approbation.

— Absolument.

Vesperov se lança dans une explication détaillée…

Le monde n'est pas prêt

— Ce matin-là, Mariana était venue me chercher à mon domicile sur l'île Krestovsky. Nous savions tous les deux que ma fille n'en aurait plus pour très longtemps. Elle m'a demandé d'apporter une valise, avec juste quelques effets nécessaires, et m'a dit qu'elle s'occuperait du reste plus tard. Ensuite nous sommes partis en direction de l'hôpital pour enfants.
— Pour enfants ? L'interrompit Tom.
— Ma fille venait d'avoir seize ans en décembre.
— On a le même âge.
— Mariana, Tu permets que je continue ?
— Sans problème, Youri.
— Mariana m'a fait entrer en premier dans la chambre. Tatiana avait les yeux ouverts. Elle me regardait avec beaucoup de tendresse, mais hélas était incapable de parler. Les lourds traitements l'avaient totalement diminuée. Je savais ce qu'elle attendait de moi, mais je ne pouvais pas me résoudre à faire ça.
Il se mit alors à fondre en larmes…
— Je vais continuer, lui proposa Mariana. Voyant que Youri était incapable de se servir de la boite à doucha, je sentais bien que quelque chose l'empêchait d'approcher de sa tête.
— Maintenant tu dois tout nous révéler, exigea Alice.
— Oui c'est quoi cette box, ajouta Tom, la nouvelle console *Xbox* ?
— Dis-leur toute la vérité Mariana, la pria Vesperov entre deux sanglots.

Le monde n'est pas prêt

— Chez nous, la doucha c'est toute l'âme d'une personne. Tatiana voulait qu'il la capture, juste avant qu'elle s'envole. C'était le cadeau qu'elle tenait à lui faire, avant de partir. Ainsi, elle se priverait du grand voyage astral, pour faire avancer les études de son papa.

— Une forme d'ultime sacrifice ? demanda Tom.

— C'est ça.

— Mais pourquoi ? l'interrogea Alice.

— C'est à Youri de vous expliquer ça.

Le professeur reprit la parole.

— Ma fille a toujours cru à la survivance de l'âme, bien plus que moi d'ailleurs. En bon scientifique j'avais besoin de preuves. Depuis la disparition de mon épouse, je sais qu'elle entretenait des conversations secrètes avec elle la nuit. Quand je la croyais endormie, je l'entendais s'adresser à elle, et je l'écoutais silencieusement, l'oreille collée à la porte de sa chambre. C'était impressionnant. Toute petite, Tatiana mentionnait des noms de lieux et d'ancêtres, dont elle ne pouvait avoir eu vent.

Un matin, elle vint me voir, et me raconta cette expérience hors du commun, qu'elle vivait avec les défunts. Comment ne pas être bouleversé par une petite fille de cinq ans, qui me décrivait ça, comme si elle sortait d'une projection d'un classique de Disney.

Bien entendu, mon esprit cartésien se refusait à la croire. Comme tous les enfants, elle devait être en train d'inventer et fabuler. Mais quelque chose m'intriguait. J'avais besoin d'en apprendre plus sur ses rencontres invisibles, en laissant une bonne fois pour toutes, mes convictions de côté.

Le monde n'est pas prêt

En grandissant, elle s'aperçut que ses pouvoirs de transcommunication diminuaient. Ses rendez-vous avec l'autre monde s'espaçaient, et elle en était malheureuse. Elle me disait qu'elle s'y sentait tellement sous protection. Elle avait simplement besoin de s'y réfugier, quand les autres élèves se moquaient d'elle, et ses prétendus pouvoirs surnaturels. À onze ans, elle me conseilla d'orienter mes travaux sur la matière même de l'âme, et tout le savoir qu'elle renfermait.

Quand elle apprit il y a quelques mois, qu'elle se savait condamnée, elle eut l'idée de la boîte a doucha. Tu dois le faire, m'avait-elle supplié et écrit dans sa dernière lettre.
Tiens... prends-la Mariana. Tu peux la lire si tu veux.

Il y eut un moment de silence, avant que Mariana en traduisit son contenu, et leur expliqua ce qui s'était passé après.

—Voyant que Youri était incapable d'accomplir la mission qu'elle lui avait confiée, je l'ai laissé embrasser le front de Tatiana en guise d'adieu, et lui ai demandé de me confier la boite. J'ai approché le coffret de sa fontanelle, alors qu' il sortait dans le couloir.

— De sa fonta quoi ? s'exclama Tom.

— Sa fontanelle, lui expliqua Alice. Tu sais, c'est l'espace mou sur la partie haute de la tête du nourrisson. Un endroit extrêmement fragile...

— D'où s'échappe l'âme quand elle quitte le corps, l'interrompit Mariana. C'est là que son véritable voyage commence. La société a voulu qu'on se mette à pleurer le corps après le décès, mais le corps n'est qu'une simple dépouille, semblable à une mue de serpent.

Le monde n'est pas prêt

— Si je te suis, dit Alice, il ne serait que le véhicule terrestre de l'âme.

— Un véhicule que tu rends pour en chercher un autre, poursuivit Tom, une sorte de *Vélib'* mais sans selle.

Alice reprit la parole.

— Pourquoi vous sentez-vous en danger, professeur ?

— Voyez-vous Mademoiselle, l'âme est détentrice du savoir universel. Celui qui est capable de l'interpréter, peut tout anticiper. Imaginez un instant ce savoir tomber entre les mains d'un dictateur, et rendez-vous compte de l'effet dévastateur. Celui qui détiendrait ce pouvoir absolu, pourrait contrôler l'humanité tout entière.

— En effet, dit Tom, je mesure le truc.

— J'ai beaucoup avancé dans ce domaine-là ces dernières semaines, mais l'âme de ma fille se refuse à m'ouvrir certaines portes. Je ne comprends pas, c'est comme si elle m'en bloquait l'accès...

— Comme toutes les ados, elle a dû foutre son panneau sens interdit à la porte, reprit Tom, ça lui passera.

— J'y avais songé, lui dit Vesperov, mais il y a quelque chose que je dois encore essayer de percer.

— Youri, on discutera dans l'auto, lui conseilla Mariana, il faut filer. Tous les deux, vous venez avec nous.

— Personne va bouger d'ici, dit une voix en enfonçant la porte...

Le monde n'est pas prêt

26.

Un peu plus tôt en fin de matinée – Aire de Parking – Ukraine – A bord de la Tag'Az

Après avoir traversé la frontière ukrainienne, les fuyards avaient fini par retrouver l'E95.
— Pourquoi tu braques à droite, Markus ?
— Observez le mec sur le banc. Vous avez vu ce qu'il tient en main ?
Peter n'avait pas vu le type en question, mais distinguait parfaitement la pancarte écrite en français, au dessus du food truck.

«AU NORD C'ÉTAIT LES CORNETS»

— Si c'est à cause des frites, t'as raison, Markus. Mieux vaut s'arrêter. T'es pas prêt d'en trouver des comme ça dans tout le pays.
— Arrête, tu me mets l'eau à la bouche.
— Le ptit dej t'a pas suffi ? Tu tiens vraiment à nous faire perdre du temps, lui reprocha Tobias.
— Allez Tobias, sois cool avec lui, ils nous a déniché le top de la junk food.
— Dix minutes, pas plus.

Le monde n'est pas prêt

Le propriétaire du commerce ambulant était un ch'ti, qui avait ouvert sa baraque à frites en bord de nationale, et se flattait de la réussite de sa brillante idée, auprès de Peter.

Devant l'insistance de Markus, Peter avait fini par passer commande.

— Et tu m'en prends une avec de la mayo, lui lança Markus

— Tu devrais goûter les fricadelles, Tobias. C'est un véritable régal, l'assura Peter, en portant son index à la bouche. Est-ce que l'un d'entre veut de la Stout ?

— C'est quoi ? Demanda Tobias.

— De la bière belge. Je vous en prend une pour goûter.

— Tobias et moi, on va y aller doucement pour commencer. Trois bocks chacun.

— OK, j'avertis le patron. Guy, fais péter six bières. Mes potes ont soif.

— C'est parti, dit le ch'ti. En avant Stout ! Le gars, je vais vous en apprendre une bonne.

— Plus tard, Guy.

— Non non, écoutez ça. Un grand dépositaire de bière que je connaisssais dans l'Ch'Nord avait proposé à M6 de faire un groupe de filles qui se serait appellerait les **S5**. Il avait trouvé la chanson « Stout les femmes de ta vie »

— Et alors ?

— Ils ont pas retenu son idée.

— Normal, ils l'ont mise en bière, lui retourna Peter.

Comme il s'en doutait, les deux vikings, qui ne pensaient plus qu'à boire, allaient très vite entrer en compétition houblonnique.

NDLR

Le monde n'est pas prêt

— *Voici qu'il invente des mots, à présent. Marie-Berthe, je peux pas m'occuper d'un autre livre ?*

— Finissez d'abord celui-ci.
— Nardinamouk.
— On ne jure pas, Edmond-Kevin. J'ai tout entendu.

Une vingtaine de minutes plus tard, les deux norvégiens étaient totalement torchés, et bien incapables de prendre la route. Peter soutira discrètement les clés la Tag'Az, de la poche de Markus. Il s'installa au poste de conduite, et disparut avec la voiture.

En déboulant de l'aire de parking, il n'eut pas le temps de s'apercevoir que les Karamazov, arrêtés à une cinquantaine de mètres de la sortie, avaient remis le contact de leur Audi.

Peter était déjà loin, quand ses deux anciens complices, se rendirent compte du vol.

— C'est de ta faute, Markus. Tu sais où tu peux te la mettre ton envie de frites ?
— Déconne pas, c'est toi qui as commandé la deuxième tournée de Stout. Moi j'y suis pour rien
— T'as vu ça, Tobias ? Cet idiot a oublié son blouson.
— Fais voir.

En inspectant toutes les poches, ils trouvèrent le bout de papier, que Peter avait fait disparaître lors du petit déj au Motel. Que pouvait-il contenir de si important ?

Le monde n'est pas prêt

*

Cachette de Vesperov – Souterrain de Prypiat – 13h24

Face à l'homme qui pointait son arme en leur direction, tous levèrent les mains.

— Toi le vieux débris, donne-moi ce que tu sais, exigea l'intrus armé.

— On dit s'il vous plaît, l'interrompit Vesperov qui ne plaisantait pas avec le savoir-vivre.

— Youri, lui dit Tom, ce rustre ne connaît pas vos bonnes manières.

— Je vais tirer, les menaça Grishka.

— Vous n'en ferez rien, le défia Vesperov, lui remettant sous la contrainte, la boite à doucha qu'il était venu chercher. Sans quelqu'un de qualifié pour interpréter ce qu'elle contient, vous n'irez pas loin.

— Mais toi tu viens avec moi, décida le ravisseur, saisissant le cou du professeur avec son bras gauche, car celui-ci s'était trop avancé vers lui.

— Pas d'héroïsme, les autres. Ce joujou a la détente facile, les prévint l'aîné des Karamazov, Surtout n'essayez pas de me suivre.

Pour leur montrer qu'il ne plaisantait pas, il tira en direction de Tom, qui vit la balle siffler à cinq centimètres du lobe de son oreille gauche, avant de s'enfoncer dans la paroi au fond du tunnel. Le groupe n'en revenait pas.

Le monde n'est pas prêt

L'homme choisit de s'enfuir avec son otage, par la seule entrée disponible du souterrain.

Remis à peine de leurs émotions, Tom demanda à Mariana s'il existait une autre sortie à ce trou.

— Par ici, suivez-moi et allumez vos portables. C'est une issue de secours.

— Elle dit ça pour nous rassurer, mais on va crever ici, soupira Alice de plus en plus anxieuse, en apercevant que des murs autour d'elle.

— Faites-moi confiance, répondit Mariana, pas question de le laisser filer avec Youri.

*

Au dessus d'eux – 13h26

Comme prévu par l'équipe de tournage, l'hélicoptère se rapprocha à quelques mètres du sol, mais sans couper les pales, vu que ce n'était pas le moment. Depuis la grue, Fleckenstein dirigeait les opérations.

— James, à mon clap tu cours vers l'appareil, et tu sautes à bord.

— C'est que Monsieur, pour les cascades je pensais être doublé, s'excusa Roberto.

— On t'a déjà doublé le cachet, ça suffit comme ça, tu veux être une star oui ou *shit* ?

— Je demande que ça.

— Alors tu fais comme Dwayne Johnson dans *Fast and Furious*, et tu grimpes dans ce putain d'engin.

Le monde n'est pas prêt

— Je t'avais prévenu Arnold, ce mec est un fake, lui hurla l'actrice Kinsey Wallace, depuis le sol.

— *Shut up* ! C'est moi qui réalise.

— Tu réalises surtout pas l'ampleur des dégâts. Ça va encore pas faire une entrée payante, et la prod va te couper les moyens, lui répondit l'insolente.

— Contente-toi de suivre le script, et rejoins-le à l'hélico.

L'appareil descendit de quelques mètres, et leur lança une sorte d'échelle de corde. Roberto y grimpa maladroitement, bientôt suivi par Kinsey qui l'avait rejoint. Quand deux hommes firent irruption dans la scène.

— Coupez ! Qu'est-ce qui se passe encore ?

— Un détournement, dit Grishka, braquant son arme vers le pilote, et obligeant le professeur à grimper à bord de l'engin.

Le monde n'est pas prêt

27.

Parc d'attractions de Prypiat – Juste au-dessous – 13h28

Mariana venait d'appuyer sur une fausse paroi qui pivota d'un quart de tour, dévoilant un autre bout du tunnel qui s'offrait à eux. Tous trois s'y engagèrent en courant, portable à la main, pour s'y éclairer.

— Le seul inconvénient du système, les mit en garde Mariana, c'est qu'on ressort pas du bon côté. J'espère que vous avez de bonnes jambes.

Tout juste sortis essoufflés, du souterrain à l'autre bout du parc, Tom, Alice, et Mariana, levèrent la tête, et virent le grand oiseau de fer s'envoler, avec à son bord, le professeur Vesperov, Kinsey, l'actrice principale du film, Roberto, ainsi que son frère Grishka, qui tenait en joue le pilote.

— Trop tard, tout est foutu, se lamenta Alice, en se tournant vers ses compagnons, il s'est barré avec Vesperov.

— Le seul homme au monde capable de pouvoir décrypter la boite à doucha, ajouta Tom.

— C'est quoi ce défaitisme ? Les secoua Mariana. Suivez-moi j'ai une idée.

Le monde n'est pas prêt

*

À bord de l'hélicoptère – 13h30

L'appareil venait de mettre le cap à l'ouest. À l'intérieur, Grishka avait demandé à son frère de ligoter Vesperov et Kinsey avec du cordage, qu'il venait de trouver à bord, pendant qu'il indiquait la direction à suivre au pilote, toujours sous la menace de son arme.

— *Vaffanculo* Grishka, t'as qu'à le faire toi-même, lui hurla Roberto, tu penses à ma carrière ?

— Et la mienne espèce de culo ? Rajouta Kinsey, ligotée mais pas bâillonnée. Laisse-moi descendre.

— Toi la folle, si ça te plaît pas, t'as qu'à sauter, lui intima Grishka, en lui indiquant la sortie.

Kinsey comprit qu'il ne plaisantait pas, et se ravisa.

*

Parc d'attractions de Prypiat – 13h35

En décollant à la hâte, l'hélico avait manqué de télescoper la grue d'où le metteur en scène dirigeait son tournage. Choqué sur l'instant, puis totalement vénère, Arnold Fleckenstein ne décolérait plus.

— *Fucking Russians* ! Et mon film, qu'est-ce qu'il va devenir ? Mon premier Oscar, c'est pas encore pour aujourd'hui.

Le monde n'est pas prêt

Il vit débouler vers lui les trois jeunes, qui remontaient le parc au pas de course.

— Si vous venez pour le casting, leur dit-il, vous êtes engagés sur-le-champ.

— Quel casting ? Lui demanda Alice.

— Laisse-moi faire, lui proposa Mariana, je vais arranger ça. Descendez de votre grue Fleckenstein, on a besoin de tous vos moyens logistiques ici.

— D'où tu connais ce mec ? Lui dit Tom.

— Tout le monde ici connaît l'éminent réalisateur Arnold Fleckenstein. En Russie, il est plus célèbre que Raspoutine.

Ce qui ne manqua pas d'étonner le couple, et Fleckenstein lui-même, qui se gargarisait de tant d'éloges. *Si seulement le producteur de mon film pouvait assister à ça*, pensait-il tout haut dans sa tête.

— Vous avez entendu ça vous autres ? annonça fièrement le metteur en scène à son staff et ses figurants. C'est ce qu'on appelle du respect.

Sans lui laisser le temps de se vanter davantage, Mariana lui demanda s'il y avait moyen de contacter le pilote à bord de l'hélico.

— Demandez ça à mon assistant, lui dit-il d'un air dédaigneux. Je m'occupe pas de la gestion du personnel.

— C'est vous qui allez me transmettre ce renseignement. C'est une question de vie ou de mort, Fleckenstein.

— Vous voulez dire que sinon, ils vont buter Kinsey, la sugar baby du prod ?

Mariana acquiesça. Le cinéaste quitta son siège, et courut se renseigner auprès de sa psycho coach, sur l'attitude à adopter en cas d'imprévu.

Le monde n'est pas prêt

Celle-ci, plutôt que lui prodiguer des conseils de bien-être, en lui massant les orteils et les tempes avec des huiles essentielles, lui conseilla de filer au plus vite vers la caravane de l'équipe technique. Selon elle, des gens plus adaptés à la situation de crise, qui gagnait l'ensemble du parc.

Peu de temps après, Fleckenstein revint vers Mariana, et la supplia de le suivre immédiatement. La jeune russe fut équipée d'un casque, et put ainsi directement établir le contact avec Sergueï, le pilote, étant bien consciente que tous les mots que celui-ci allait lui répondre, pourraient être écoutés par Grishka.

Sans demander l'autorisation à la team du film, Alice et Tom avaient suivi Mariana pour lui communiquer des instructions. Mais la garde rapprochée du cinéaste, leur barrait l'entrée.

— Fucking bastards, vous voyez pas qu'ils sont avec moi ? leur gueula Arnold Fleckenstein, laissez les entrer, bande de faritas.

Une fois à l'intérieur de la caravane, Tom prit la parole.

— Arnie, vous permettez que je vous appelle comme ça, Arnie ?

— Et puis shit, répondit Arnold, va pour Arnie, même si on n'a pas élevé les bitch ensemble.

— Les biches ? Mais on est pas dans Bambi ici ? s'interrogea Alice, qui avait tout compris de travers.

— Je suis pas très faon de celle-ci, lui dit Tom.

— Non mais sérieux, vous croyez que je vous ai laissé entrer ici, pour débiter des vannes de frenchy à la con, dit Arnold, très en pétard, Come on !

Le monde n'est pas prêt

— J'ai une idée, énonça Tom. Tous ici, on est d'accord que le pilote est surveillé ?

— Sergueï ne pourra rien vous confier, ajouta un des techniciens.

— Il nous faut absolument connaître l'endroit où ils vont, s'écria Mariana.

— C'est là que tu vas intervenir, toi. Tu es la seule à parler russe de nous tous. Tu vas établir un code bien particulier avec Sergueï, que lui seul entendra dans son casque. Un raclement de gorge pour Oui, et un léger toussotement pour Non.

— C'est risqué, répondit Mariana.

— Elle a raison, même dans un *shit movie* on ose pas avoir recours à ça, confirma le réal à Tom, c'est parfaitement *ridiculous*.

— OK, mais on est sûr d'une chose, leur répondit Tom, ils peuvent pas abattre le pilote.

— T'as raison boy, l'approuva Arnie, on tente le truc.

Un peu plus loin, à l'entrée du parc, quelqu'un se débattait avec les gardes en faction.

— Laissez-moi passer, j'ai tout vu. Je sais comment faire…

Le monde n'est pas prêt

28.

Entrée principale du parc de Prypiat – 13h28

Celui qui avait réussi à forcer le barrage courait à présent vers l'endroit où s'étaient réunis l'homme de cinéma et ses conseillers du jour.

— Abattez-le, hurlèrent les gardes.

De tout côté des individus surgirent armes à la main, et ouvrirent le feu sur l'intrus qui trébucha, et tomba au sol. Surpris par cet échange de coups de feu, Fleckenstein et les autres sortirent de la caravane pour voir ce qui se passait.

— Non mais ça va pas ? Vous êtes devenus tarés ou quoi ? Dès que j'ai le dos tourné deux minutes vous pouvez pas vous empêcher de défourailler. Vous vous croyez où ici au stand de tir ? Et d'abord écartez-vous de la victime !

La foule se dispersa et Fleckenstein s'approcha de l'homme à terre.

— C'est qui ce mec-là ?

— C'est Peter, dit Alice en fondant en larmes, vos hommes ont abattu mon frère.

Le monde n'est pas prêt

*

Aire de Parking – Ukraine – Baraque à frites

— Et en plus il nous a piqué la Tag'Az. Je t'avais dit qu'on pouvait pas lui faire confiance.
— Tobias, il a oublié ça, lui dit-il, en défroissant le bout de papier.
— Montre !
— On dirait comme un plan. Regarde, à l'arrière il a noté un numéro et une adresse.
— Il a voulu nous la faire à l'envers, mais par la force des fjords, Odin est avec nous.

*

Aire de Entrée principale du parc de Prypiat – 13h28

En larmes, Alice s'était agenouillée auprès du corps de de son frère. Quand Fleckenstein éclata de rire.
— Les gars, vous voulez bien lui en mettre une rafale de plus ?
Ses hommes s'exécutèrent une nouvelle fois, sous les yeux de la jeune femme, qui revivait totalement terrorisée la scène.
— Les mecs, je crois qu'il a eu son compte maintenant, vous pouvez le relever.
Posant une main sur l'épaule d'Alice, il lui dit...

Le monde n'est pas prêt

— Mademoiselle, n'ayez pas peur, c'est que du cinéma. Vous êtes sur un tournage. Pour une fois qu'ils jouaient comme des pros ces ringards, j'aurais pas voulu interrompre l'action, vous comprenez.

— Et celle-là, tu l'as vu arriver ? lui dit-elle, en le giflant avec une telle violence, qu'elle aurait pu le défigurer.

— Patron, la prise est parfaite, on la garde ?

— Dispersez-vous bande de gueux, leur gueula Fleckenstein, honteux, je vous sifflerais quand j'aurais besoin de vous.

Alice sauta au cou de son frère. Celui-ci venait de se relever, et ne comprenait toujours pas comment il pouvait se trouver en vie, après une telle décharge de projectiles.

— Tout est fake, Alice, on est sur un tournage, lui cria Tom, avant qu'elle se charge de régler son compte à Fleck.

— Ces cons m'ont foutu la peur de ma life, et tout ça à cause de lui, menaça-t-elle, en pointant du doigt le metteur en scène.

— Calme-toi, Alice, la rassura Peter, je vais bien, tout va bien. J'ai juste buté sur une pierre au sol. Mais qu'est-ce que tu fais là, et qui sont tous ces gens ?

Alice fit rapidement les présentations, et Peter expliqua à tous comment celui-ci avait réussi à fausser compagnie à ses deux anciens détenus, qui lui avaient fait courir des risques insensés depuis leur évasion de Bastøy.

— Peter, ils sont passés où tes ex-potes ?

— A l'heure qu'il est, ils doivent être en charmante compagnie.

— Dis-moi tout.

— Pas le temps, faut rattraper le professeur. J'ai trouvé comment vous aider...

Le monde n'est pas prêt

*

Bords du Dniepr – Ukraine – Moto de Markus

Les deux ex tolards ne s'étaient pas privés de menacer Guy, pour qu'il leur remette les clés de sa *Triumph 1200 Tiger Explorer,* garée à l'arrière du food-truck.

Ils faisaient maintenant route le long du Dniepr, à la recherche de la datcha d'Oleksandra. Le prénom de la jeune femme était indiqué au verso de la feuille froissée.

— Tobias, Tu crois vraiment qu'on va la trouver ?
— On a que cette piste-là.
— Et le numéro 34.
— Si c'était l'âge de la fille, et pas le numéro de la baraque ?
— On va demander à Dnipro, quelqu'un pourra bien nous renseigner.
— On dit Dnipropetrovsk, Markus. Qu'est-ce que c'est que cette sale manie que tu as d'abréger les noms?
— Alors si tu le prends comme ça, apprends que depuis 2016, on l'appelle Dnipro.
— Comment je pourrais le savoir ? Je te rappelle que j'avais encore onze ans de tôle à tirer, moi.
— T'avais qu'à te servir de l'ordi de Bastøy, pour prendre connaissance des changements du monde, au lieu de te palucher comme un gland sur les bombasses de Jacques-Yves et Michal.

Le monde n'est pas prêt

— Toi qui est si cultivé, demande à la meuf qui marche sur le trottoir, peut-être qu'elle sait.

Markus stoppa la Triumph à hauteur de la passante.

— Si je connais l'adresse ? Dit celle-ci, mais tout le monde la connaît ici. Elle habite à cinq cent mètres à gauche. Vous n'avez qu'à suivre la courbe du fleuve et vous y serez. C'est la datcha 34. Vous pouvez pas vous tromper.

— Merci Mademoiselle.

— Mais je sais pas si elle va vous laissez entrer.

— Pourquoi ?

— Ben, vous n'êtes même pas déguisés.

— Markus, Arrête de draguer la fille, et filons.

— Attendez, à Kamianske vous pourrez trouver la boutique idéale, pour ce que vous êtes venus faire ici.

— On a pas le temps, merci encore.

Markus remit les gaz, et tous deux se dirigèrent vers l'endroit indiqué. Quand ils arrivèrent au 34, quelle ne fut pas leur surprise de voir un nombre impressionnant de voitures de collections et de hauts dignitaires, stationnées devant la somptueuse demeure de la propriétaire des lieux.

Le monde n'est pas prêt

*

Parc de Prypiat – 13h35

ils sont partis avec quel spécimen d'hélico, demanda Peter ?

Grâce à la script qui avait tout recensé sur sa tablette, il obtint rapidement les renseignements qu'il souhaitait. Il sortit de sa poche arrière l'ordi miniaturisé, mais équipé de technologie ultra pointue, qu'il avait volé dans une boutique du centre-ville d'Horten. Un véritable bijou qui avait résisté au choc de sa chute.

— C'est bien ce que je pensais, leur avoua-t-il, leur appareil est équipé d'un traceur de dernière génération. Nous allons pouvoir les suivre grâce au point rouge.

— Quel point rouge Peter ? Lui demanda Tom, ton écran est bien trop petit.

Il est vrai que celui-ci dépassait à peine la taille d'une carte de crédit.

NDLR
Alors mieux vaudrait ne pas la perdre dans un champ de buissons Cetelem.

— Attends Tom ! T'as pas tout vu, ajouta Peter.

Avec son stylet, il appuya sur la touche light, et l'ordi projeta une image au mur de la caravane.

— Actuellement, ils sont juste à quelques kilomètres de Tcherno. Assez de temps pour de se lancer à leurs trousses.

Le monde n'est pas prêt

— Et avec quoi ? leur dit Fleckenstein, vous croyez que je chie des hélicoptères, moi ?
— Et si on demandait à…, chuchota Alice à Tom.

Le monde n'est pas prêt

29.

Parc de Prypiat – Scène du non-crime – 13h44

— Tu sais que t'as de bonnes idées toi, dit Tom à sa copine allemande, en lui collant un smack.

Sans lui laisser le temps de répondre, elle appela un numéro à l'étranger.

— Il est là, où il est pas là ? s'impatienta Tom.

— Attends ! S'il est en déplacement, il a peut-être pas de réseau, comme nous ici.

— Laisse-moi essayer Alice, avec moi ça va marcher.

— Prétentieux de français, se moqua-t-elle, tu veux toujours avoir le dernier mot.

— Ce serait plutôt le premier. Technologie de merde, ça capte pas ici faudrait que je grimpe là-dessus, pour prendre de l'altitude.

— Mon frère y est bien arrivé.

— Désolé on a pas le même budget.

Il avisa alors la grande roue.

— Joue pas à ça mon équilibriste, le mit en garde Alice, là c'est pas de la hauteur que tu vas prendre, mais des becquerels.

— Moi qui n'ai jamais été capable d'apprendre le Bescherelle en primaire, dit Tom.

— Compte pas sur moi pour te faire la courte Bescherelle.

Le monde n'est pas prêt

— Mais c'est qu'elle progresse en vannes, ma Teutonne.
— Je te rappelle que je suis moitié française.
— Du haut ou du bas ?
Elle n'eut pas le temps de lui rétorquer autre chose. Quelqu'un décrocha...

*

Bords du Dniepr – Ukraine – Datcha 34

Markus et Tobias venaient de sonner à la porte du domicile d'Oleksandra.

NDLR
— *Oleksandra Oleksandrie, fait naufrager les pavillons de ma jeunesse.*
— *Mais taisez-vous, Edmond-Kevin, vous n'êtes pas là pour rajouter de stupides calembours, là où l'auteur n'y a même pas songé. Effacez ça immédiatement !*
— Bien.

Une charmante soubrette venait de leur ouvrir. Les norvégiens avaient tenu compte de ce que leur avait dit la passante. Dans le filet araignée de la moto, Tobias s'était procuré le second casque, celui qui appartenait à la copine du patron de la friterie.

Ainsi masqués, ils espéraient se faufiler plus facilement dans les pièces, à la recherche de Vespérov. Un aboyeur les annonça à l'entrée...

Le monde n'est pas prêt

— Mesdames, Messieurs, accueillons comme il se doit les Graft Punk.
— T'as vu, Tobias, ils nous ont pris pour des stars.
— Qu'est-ce que tu dis ? J'entends rien avec ce truc sur la tête.
— Enlève-le, lui cria-t-il.
— T'es malade, tu veux qu'on se fasse repérer ?
— Ça m'était sorti du casque.

Discrètement, ils se faufilaient dans une sorte de vestibule, où deux couples étaient en train de se déshabiller.
— On est où, là ? On se croirait dans Eyes Wide Shut[11]. J'ai peur, Tobias.
— On a qu'à faire comme eux, ce sera plus discret.
— On peut quand même le garder ?
— Garder quoi ?
— Le slip, hurla-t-il, dans l'espoir que Tobias l'entende.
— Va pour le slip, pour le moment.
— Comment ça, pour le moment ?
— Infiltrons-nous.
— C'est le mot que je cherchais.

En entrant dans le luxueux salon, on se serait cru dans une pub des soirées de l'ambassadeur. Chez les messieurs, les rochers étaient de sortie et au goût de ces dames, qui tâtaient le matériel, comme on choisit des abricots mûrs mais juste ce qu'il faut, chez *Carrefour Market*.

Une jeune femme intégralement nue les attira dans une pièce voisine.
— On fait quoi ?
— Hein ?

---

[11] Le dernier film de de Stanley Kubrick sur la recherche du plaisir poussé à l'extrême, avec Tom Cruise et Nicole Kidman, moins sapés que jamais.

Le monde n'est pas prêt

— J'ai dit, on fait quoi ?
— On la suit, tête de nœud.

*

À bord de l'Hélicoptère – Survol d'Ukraine – 13h49

Le pilote de l'hélico suivait les instructions des terroristes, et mettait le cap à l'Ouest.

NDLR
Au secours, l'auteur se croit en plein djihad. Il est temps de descendre de ta nacelle, scribouilleur de lignes. Si tu veux que le lecteur te suive, reste cohérent.

Sous la menace des deux cornichons, le pilote fit route vers l'occident.

NDLR
Il doit y avoir un juste milieu. Reprends ta phrase, et efface cette ineptie !

Menacé par les deux frères Karamazov, l'homme aux commandes de l'appareil suivit la nouvelle trajectoire.
— Je connais même pas ce pays, leur dit Sergueï, vous êtes sûrs qu'il existe ?
— Grishka, t'as vérifié au moins ? demanda Roberto.

Le monde n'est pas prêt

— S'il y a bien un cerveau à bord, le tien risque pas d'attraper froid. Lui répondit sèchement Grishka. Alors tu la fermes, et tu t'occupes de surveiller les prisonniers.

À l'arrière, Kinsey ligotée avec Vesperov, les observait.

— Ce mec est encore pire que Fleckenstein, et je te jure, Prof, que lui c'est vraiment un cas.

— Parfait. Qu'ils continuent à se disputer comme ça, lui murmura Youri, on pourra peut-être profiter de la situation pour faire diversion. Est-ce que vous pouvez atteindre ma poche gauche, avec votre main droite ?

— Pigé, chuchota l'Américaine. Laisse-moi essayer. Penche-toi légèrement vers l'avant, sans éveiller leurs soupçons.

*

Parc de Prypiat – Scène du non-crime – quelques minutes plus tôt

— Un coup de pouce le petit couple ? Dit la voix au téléphone.

— Un sérieux, répondit Alice.

— Je vous avais promis que vous pouviez compter sur moi, les amants de la baltique, reprit la voix. Vous êtes où ?

— Demande-lui surtout ce qu'est devenu mon Van ? demanda Tom.

— Tout va bien jeune homme, il est en sécurité dans le hangar. Mon épouse ne s'en sert que pour faire les courses.

Le monde n'est pas prêt

— Vous penserez quand même à me refaire le plein, Sigurd, lui précisa Tom, y'a pas gravé Bill Gates sur le réservoir.

— Mon mec est une vraie pince, confia Alice à Sigurd, en arrachant le téléphone des mains de Tom, vous pouvez nous aider ?

— Ça dépend, vous êtes où ?

Elle lui expliqua en quelques mots où ils se trouvaient, ce qu'ils étaient venus faire dans le parc, et comment il pourrait leur apporter une aide précieuse, à condition de pouvoir redécoller au plus vite pour retrouver la trace des fuyards.

— On peut dire que vous avez de la chance, je viens de déposer il y a quelques minutes, un couple de touristes sur le Dniepr.

— Le Dniepr ? Dit Tom en écoutant la conversation,

— C'est le fleuve qui coule en Ukraine jusqu'à la mer noire, lui expliqua Sigurd, je les ai laissés au niveau du réservoir de Kiev. Si tout va bien, je peux être là dans une trentaine de minutes.

— Il vous reste de la place à bord ? demanda Alice.

— Il faudra vous serrer un peu, déjà que j'ai toute une colonie de Japonais équipés de *Nikon* à bord, et je connais pas leur réel objectif, plaisanta Sigurd.

— On vous attend. On bouge pas d'ici, acquiesça la jeune franco-allemande.

— Déplacez-vous à l'entrée du parc, je vais essayer d'atterrir dans un champ aux environs, et je vous récupère tous les deux.

— Et moi ? réclama Mariana qui avait tout écouté, je peux encore vous être utile.

Le monde n'est pas prêt

— Tu grimperas sur mes genoux, lui proposa Tom, en fixant Alice dans les yeux, par pure provocation.

— On va faire autrement, lâcha celle-ci, qui avait immédiatement réagi. C'est moi qui vais lui grimper dessus, et toi, tu t'assoiras à côté.

— Ça me va comme ça, dit Mariana, je ne voudrais surtout pas perturber vos habitudes.

Quelque peu vexée de l'attitude de son amoureux, Alice n'ajouta plus un mot, et se dirigea accompagnée des deux autres, vers l'endroit indiqué par le pilote norvégien.

Moins d'une demi-heure plus tard, le TL-3000 Sirius se fit entendre, dans l'espace aérien au-dessus de Prypiat.

Le monde n'est pas prêt

30.

Champ des environs de Prypiat – 14h14

— Pourquoi Peter nous a suivis ? demanda Tom à sa copine.
— Il est pas question de l'abandonner sur place, après tous les efforts qu'on a faits pour le récupérer, lui dit Alice. Discute pas, il embarque avec nous.
— C'est pas Akershus[12] ici, les prévint Sigurd interloqué, j'ai que deux places passagers moi.
— Mariana, tu grimpes sur les genoux à Peter, lui intima Alice qui se chargea de l'organisation à bord du Sirius.
— On va où ? demanda Sigurd.
— Encore quelques secondes Monsieur, et j'aurais localisé leur destination.
— Je crois que vous pouvez largement couper le moteur, Sigurd, et démarrer un poker avec moi, intervint Tom, il disait déjà ça quand on était au parc.
— Laisse mon frère faire, protesta Alice, vexée.

---

[12]Citadelle d'Akershus à Oslo en bord du fjord, utilisée là pour remplacer l'expression française «C'est pas Versailles ici», qui reconnaissez-le cher lecteur, n'a toutefois pas la même efficacité que l'originale. Les Vikings ne peuvent quand même pas tout nous piquer. Déjà leur course « Paris Drakkar » c'était limite, mais là on frise l'opportunisme.

Le monde n'est pas prêt

— Alice, on dit Laisse faire mon frère. Ah ces Allemandes, toujours cette sale manie de mettre le verbe à la fin des phrases, et les Munichoises sont certainement les pires.

— Tu veux te prendre une tarte bavaroise Tom ? Lui proposa Alice.

— J'y tiens pas spécialement, mais pour une fois que tu n'as pas dit, tu veux une tarte bavaroise te prendre, Maîtresse Yoda, je veux bien accepter ta proposition.

— Arrête de la provoquer Tom, lui conseilla Peter, ma schwester monte vite dans les tours.

— Alors si c'est pour dire ça frérot, t'aurais mieux fait de rester à Bastøy, lui répondit sèchement Alice.

— On se calme, les apaisa le pilote du Sirius, vous quatre, l'air ukrainien ne vous réussit pas du tout.

— J'ai rien dit moi, contesta Mariana, la plus sage du quatuor.

Après quelques essais infructueux, Peter localisa l'endroit où allait se poser l'hélicoptère des autres.

*

Hélicoptère de Sergueï – Prairie déserte à quelques kilomètres d'une petite Capitale – en soirée

L'engin venait de débarquer ses passagers, dont les deux prisonniers détenus par les frères Karamazov.

— Vous vous nous attendez là, commanda Grishka au pilote, on en a pas pour la nuit.

Le monde n'est pas prêt

— Je suis pas un taxi moi, leur fit comprendre Serguéï, et d'abord qui va me payer la course ?

— C'est Vesperov qui régale, dit Roberto, en extrayant le portefeuille de la poche intérieure de la veste du professeur, dont il venait de défaire le cordage.

— Ça gagne bien un savant russe, constata Kinsey, qui vit la liasse épaisse transiter du porte-monnaie de Youri, à la paume ouverte de Serguéï.

Et tout ça grâce à Roberto, qui savait se montrer généreux, avec l'argent qui n'était pas le sien.

Les quatre individus se dirigeaient vers le centre-ville qui n'était plus qu'à quelques centaines de mètres de la prairie, où ils venaient d'être déposés.

— Tu es bien certain de l'adresse ? Dit Roberto à Grishka.

— Je te dis que le professeur la détient. Tu sais bien que je peux pas me tromper.

— Messieurs, je vous rappelle que le professeur ici, c'est moi. Leur rappela Vesperov.

— Ta gueule, l'otage ! lui répondit Roberto, quand on aura besoin que tu l'ouvres...

— Gaspille pas ta salive Youri, lui conseilla Grishka, l'air énigmatique. Fais moi confiance Vesperov, pour l'ouvrir tu vas l'ouvrir, et tout nous balancer.

— Et moi, je fais quoi pendant ce temps ? leur demanda Kinsey. Les boutiques du centre-ville ?

— Toi, tu restes avec nous, lui rappela Grishka, en la rattrapant par l'épaule.

— Äulestrasse, on est dans la bonne rue, précisa Roberto à son frère, il faut encore passer la poste, et l'immeuble est juste derrière l'Apotheke.

Le monde n'est pas prêt

— C'est quoi ? leur demanda Kinsey.

— C'est comme Hypothèque mais avec un A, tenta de lui expliquer Roberto, qui ne parlait pas la langue du pays en question. On voit bien que tu as jamais joué au Moscowpoly, toi. Quand t'as plus de tunes, tu dois hypothéquer la Place Rouge.

— Mais qu'il est con, reprit Grishka. Apotheke, c'est juste la pharmacie. À l'arrière du bâtiment, se trouve un pédiatre, et c'est dans l'immeuble d'en face qu'on va entrer.

— Je sonne ? Lui demanda Roberto.

— Non, tu attends que la cigogne vienne t'ouvrir, c'est elle qui a les clés triple buse, lui asséna son frère.

— Vous êtes toujours comme ça, ou vous répétez pour un duo de clowns ? leur demanda Kinsey.

— Toi, tais-toi, et pousse la porte, dit Grishka. Ça vient d'ouvrir…

Le monde n'est pas prêt

31

Bords du Dniepr – Ukraine – Datcha 34

Poussé dans la pièce par Tobias, Markus suivait la fille qui secouait son boule, pour mieux les impressionner.

— Attendez-moi là, je vais aller chercher la maîtresse des lieux.

L'attente dura près d'une dizaine de minutes.

— Tobias, ça va durer encore longtemps, j'ai froid au slip.

— Quand est-ce que tu vas arrêter de te plaindre ? On est pas bien, là à la fraîche, décontracté du casque ?

— J'ai les bijoux de famille qui commencent à s'enrhumer.

— Tu veux retrouver Vesperov ?

— Clair.

— Alors tu attends.

La porte s'ouvrit, et elle entra. Tout habillé de cuir noir et jambières, elle avait fière allure. Doucement elle retira un à un ses gants, et s'empara du martinet à lanières, qu'elle avait glissé au dos de son bustier.

— Je suis Oleksandra Victorevytch Shevchenko.

— Vous pouvez recommencer ? J'ai pas tout saisi, osa Markus.

— Oleksandra Victorevytch Shevchenko. Comme ça se prononce, esclave.

Le monde n'est pas prêt

— Vous énervez pas comme ça, Madame, on a rien fait, s'excusa Tobias, également impressionné.

— Je suis Maîtresse, experte en domination.

— En dominos ?

Elle flagella d'un geste sec, le torse de Markus, et celui-ci hurla de douleur.

— Je crois que tu ferais mieux de retirer ton casque, toi, lui imposa Tobias. Ta surdité va nous causer des problèmes.

— Qui vous a dit de parler ? S'écria la dominatrice. Je vais vous apprendre à respecter Maîtresse Oleksandra.

Un nouveau coup s'abattit sur les cuisses de Tobias.

— Arrêtez ça, on est pas venu pour ça.

— C'est pourtant pas ce qu'on m'a dit là-haut, s'étonna-t-elle.

Au même moment, la porte s'ouvrit et deux policiers apparurent.

— Ils vous font des ennuis, Maîtresse ?

— C'est qui eux ? L'ouvrit Markus, qui s'était décasqué. Félicitations pour vos déguisements, Messieurs, ils sont très réussis.

— Merci, dit un des flics.

— Vous les avez trouvés à la boutique de Kamianske ?

— Ce doit être ça, dit le second individu.

— Esclaves... Passez-leur les menottes.

Les deux hommes s'exécutèrent sans broncher.

— Nous laissez pas avec cette folle, les supplia Markus.

— Alors avouez tout !

— Tout ce que vous voudrez, mais éloignez-là

Les flics firent signe à Oleksandra de faire quelques pas en arrière, et pas en lanière. Vu qu'elle était prête à les frapper une nouvelle fois avec son martinet.

- 170 -

Le monde n'est pas prêt

Soudain une cohorte d'homme en smoking fit irruption dans le local à torture.

L'un d'eux s'adressa aux norvégiens.

— Vous êtes bien Tobias Gundersen et Markus Jakobsen, résidents de Bastøy ?

Pressés de se sorti des griffes d'Oleksandra, les complices firent oui de la tête,

— Messieurs, vous faites l'objet d'un mandat international de recherches, lancé par le bureau de Horten. Mais je vais laisser le soin à ce Monsieur de vous lire vos droits. Veuillez avancer, honorable maître.

— Je suis Andreas Halvorsen, ambassadeur de Norvège à Kiyv. Vous êtes ici dans ma résidence de loisir.

— Vous avez de drôles de loisirs, objecta Markus.

— Tais-toi, tu vas encore aggraver notre cas, lui ordonna Tobias.

— Et cette folle est votre…

— Protégée. C'est une femme admirable à tout point de vue ? Si vous saviez tout ce qu'elle a fait pour moi, quand j'ai été muté ici. Mais nous ne sommes pas là pour ça, se reprit-il, voyant qu'il en avait trop dit, quand Tobias l'interrompit…

— C'est bien ce salaud d'allemand qui nous a vendus.

À bord du Sirius – au-dessus de l'Autriche – 19h37

L'hydravion de Sigurd survolait les massifs autrichiens depuis quelque temps déjà. Peter s'entretenait avec les autres passagers.

— Et c'est comme ça que m'est venu l'idée du papier écrit devant eux.

Le monde n'est pas prêt

— T'es un génie, Peter, s'écria Alice, en lui sautant au cou pour l'embrasser.

— Et comment tu savais pour l'ambassadeur ?

— Tu veux parler de sa relation cachée avec Oleksndra ? J'ai interrogé des mecs sur le darknet, qui m'ont tout raconté de ses penchants sexuels obscurs. Après, il était facile de tendre le piège aux deux évadés. J'allais quand même pas leur filer l'adresse de l'ambassade norvégienne à Kiev, ils auraient jamais mordu à l'appât.

— Bravo. Le complimenta Tom.

— A l'heure qu'il est, ils sont en train de se payer un aller simple à Bastøy, les veinards. Et tout ça, aux frais du gouvernement norvégien.

Si seulement on pouvait en faire autant avec les Karamazov. Avec eux, on a pas encore touché le fond.

— Patience. Si on reste unis, on peut encore gagner la partie.

Leur vol se poursuivait. Cette fois, le point rouge s'était immobilisé à un endroit bien précis.

— Ils se sont posés, annonça Peter aux passagers.

— On est encore loin de la cible ? demanda Tom.

— Deux heures tout au plus, répondit Sigurd en jetant un œil sur l'ordi de Peter.

— Et on va amerrir où ? se préoccupait Tom.

— Au Lac Steg, pas très loin de Vaduz, le rassura Peter, je viens de l'indiquer à Sigurd.

— Et c'est quoi au juste Vaduze ?

— Ça se prononce Vadouze, lui précisa Alice.

— Partouze je connais, mais Vadouze, j'ai jamais entendu, fit-il en lâchant un pet avec la bouche, ça se trouve où ?

Le monde n'est pas prêt

— C'est la capitale du Liechtenstein, reprit Peter.
— Du Lichten what ?
— La principauté du Liechtenstein est un état indépendant coincé entre l'Autriche et la Suisse, lui expliqua Peter. Vous par exemple, vous avez Monaco entre la France et l'Italie. Nous c'est pareil.
— Mais sans le musée océanographique, le grand prix de Formule 1, le jardin exotique et l'ouragan de Steph de Monac.
— On a aussi un palais, ajouta fièrement Alice.
— Pourquoi tu dis on ? C'est le tien ? Et d'abord comment t'as fait pour l'acquérir, Alice ? T'as fait appel à Plaza ou tu l'as acheté en leasing ? Si tu me caches des choses, je veux tout savoir.
— Je crois que mon mec est en roue libre, s'excusa Alice auprès des autres, Tom tu comptes en rajouter une couche, ou c'est déjà sec ?

Tom comprit qu'il était temps d'arrêter son monologue, et se laisser guider par les spécialistes en Vaduzeries. Peter expliqua qu'il n'avait aucune idée de l'endroit, où se trouvait Vesperov, et pourquoi les frères avaient choisi ce lieu précis pour l'y emmener.

Mariana, qui n'avait pas dit grand-chose jusqu'à présent, se mit en quête de chercher de l'info sur le pays en question, et y repérer toutes celles ou ceux qui pourrait leur apporter des indications précieuses sur le mystérieux contact, que les Karamazov pouvaient avoir dans la principauté. C'est alors que lui vint l'idée.

— Et si on cherchait du côté des influenceuses ? Elles sont toujours au courant de tout.

Le monde n'est pas prêt

— Super, Mariana, dit Alice. Et on va les trouver comment ?

— Peter, tu peux me prêter ton ordi ? Le pria la jeune Russe, je sens qu'il va m'être utile.

Elle se mit à rechercher activement sur la toile, quand elle tomba sur une certaine Xenia Von Staller. Un article local attira son attention, d'autant plus qu'à la fin de celui-ci, y figurait le mail de l'intéressée.

— Je vais essayer de la contacter, des fois qu'on pourrait la rencontrer, et apprendre des trucs sympas sur elle, leur proposa-t-elle.

Elle se mit à écrire…

De **Vaganovaacademymariana@contact.com**
à
vonstallerlichtproduktion.com

Jeune influenceuse de Saint-Pétersbourg, de passage au Liechtenstein, souhaiterait te connaître, et partager avec toi quelques conseils. Si tu es libre ce soir, je passerai avec des amis à moi.

Sans prendre le soin de consulter Alice, elle utilisa la traduction automatique de Google, et envoya son message à Xénia.

« **Junge Influencer aus Sankt Petersburg, auf der Durchreise durch Liechtenstein, möchtest Du kennenlernen, und Ihnen Ratschläge geben. Wenn du heute Abend Zeit hast, komme ich mit ein paar Freunden vorbei** »

Le monde n'est pas prêt

La réponse ne se fit pas attendre. En moins de temps qu'il faut a un nageur de compète, pour établir un record du monde dans la catégorie du cinquante mètres, option bassin de piranhas, elle obtint une réponse positive, suivie des coordonnées exactes de la fille en question. La piste méritait d'être étudiée. Ses efforts furent salués par le reste de l'équipe, pendant que Sigurd toujours aux commandes du Sirius, mettait le cap sur l'étendue d'eau repérée par Peter.

Le monde n'est pas prêt

32.

Centre de Vaduz – 19h27

Dans l'immeuble à l'arrière du pédiatre, les deux frères Karamazov, Kinsey, et Vesperov faisaient leur entrée dans la résidence.
— On va prendre l'ascenseur, proposa Grishka, on va quand même se taper les quatre étages à pied.
— Hors de question, s'exclama le professeur russe, je ne monte pas avec vous. Je suis claustrophobe.
— N'importe quoi, s'écria Grishka. Celle-là, on me la fait pas .
— Ben moi, dit Kinsey, j'avais une copine qui était claustro au collège, et elle pouvait prendre que les escaliers.
— Toi, on t'a pas demandé ta bio en trois volumes, lui répliqua Roberto. Allez pronto, grimpez tous là-dedans, et sans négocier !
Une fois à l'intérieur de l'appareil, Roberto avisa une feuille de papier écrite en allemand.

LIFT AUßER BETRIEB – NEHMEN SIE DIE TREPPE

Vesperov se mit à sourire, et retrouva les couleurs qu'il avait perdues.

Le monde n'est pas prêt

— Y'a marqué quoi ? demanda Grishka.
— L'ascenseur est hors service, dit le professeur, ravi. Il est conseillé de prendre les marches.
— Appelez le réparateur immédiatement, hurla Grishka ou...
— Ou quoi ? Lui demanda Kinsey.
— Ou on va devoir prendre l'escalier.
— C'est par là qu'il aurait fallu commencer, cretino. Lui dit son frangin.
Après une pénible ascension, les quatre essoufflés se présentèrent à la porte du rendez-vous.

*

Lac Steg – Liechtenstein – à la tombée de la nuit

Le Sirius se posa sans difficulté sur le lac. Un homme qui rentrait chez lui, après sa journée de travail, s'arrêta pour prendre les quatre passagers, qui avaient décidé de faire du stop, plutôt que gagner la capitale à pied. Celui-ci les déposa devant la propriété où habitait Xenia Von Staller.
Un système de vidéo surveillance activa une immense grille, qui s'ouvrit, et ils traversèrent le parc bordé de séquoias de Noirmoutier, jusqu'à une immense villa qu'on devinait dans le fond.

NDLR
N'importe quoi. Et pourquoi pas des baobabs de Reykjavik*, *pendant que vous y êtes.

Le monde n'est pas prêt

Une jeune femme sortit les accueillir sur le perron.

— Mes amis, on vous attendait. Leur annonça-t-elle, donnez-vous la peine d'entrer.

— Tu as vu ça ? Dit Alice, en se retournant discrètement vers Tom. Ça rapporte grave, influenceuse au Liechtenstein.

Mariana prit alors la parole.

— Tu es Xenia Von Staller, celle d'où tout le monde parle ici ?

— Vous faites erreur, Xenia c'est elle.

Une dame âgée en fauteuil roulant, fit alors son apparition, à l'arrière de la jeune fille.

— Danke, Anke, tu peux me laisser seule avec mes visiteurs, maintenant. Si ça tourne mal, tu pourras toujours leur faire une démonstration de jiu-jitsu. Excusez-moi jeunes gens, je ne me suis pas présentée, je suis la célèbre Xenia Von Staller, descendante du baron Heinrich Von Staller, qui a inventé…

— La modestie, susurra Tom entre ses lèvres, ce qui ne manqua pas d'amuser Alice.

— Le canon Krupp, poursuivit Xenia.

— Le canon Krupp ? S'exclama Tom. Je croyais qu'il avait été inventé par Krupp lui-même.

— Ach Nein. Ne croyez pas les ragots jeune homme. C'est mon illustre aïeul, le Marquis Wielfried Von Staller, qui l'a conçu, en entendant son père péter de joie dans la salle de billard, après avoir réalisé un coup de queue magnifique, alors qu'il faisait équipe avec la bonne. Cet étourdi a oublié d'en déposer le brevet, trop occupé à jouer aussi, avec la croupe de la bonne, et Krupp, qui était son invité à la réception, en a profité pour lui subtiliser les plans.

Le monde n'est pas prêt

— Et ça, ça vous la croupe, ne put s'empêcher de rajouter Tom.

— Mais ne restez pas là dans le froid. Suivez-moi jusqu'à mes appartements privés.

Elle appuya sur le bouton de son fauteuil, et celui-ci fusa vers le lieu qu'elle leur avait indiqué. S'il y avait eu un radar de posté dans le corridor, elle en aurait été quitte pour une contravention de classe 4, avec retrait de permis immédiat.

Après l'avoir suivi au pas de course, Peter, Tom, et les filles, la retrouvèrent postée devant son ordi dernière génération.

— J'ai failli attendre, les sermonna Xenia, sachez jeunes gens, que ce n'est pas là dans mes habitudes.

Une porte s'ouvrit brutalement.

— C'est quoi ce grabuge ? Besoin d'aide, Mamina ? Lui demanda Anke, retroussant ses manches.

— De quoi te mêles-tu, Anke ? dit Xenia. Tout va bien. C'est juste que mes hôtes ne sont pas habitués à ma vélocité.

— Méfie-toi Tom, lui chuchota Alice, cette dingue a la vélocité d'un vélociraptor.

De ses doigts crochus, Xenia frappa les touches de son clavier, et l'immense écran 16/9 s'alluma au mur.

— C'est un combien de pouces, que vous avez là ? Lui demanda Tom, étonné par les dimensions.

— Je m'en fiche, répondit Xenia, je tape qu'avec l'index. Au fait, pourquoi êtes-vous là ?

Mariana lui expliqua leur motif de leur visite, et ce qu'ils attendaient d'elle, comme aide.

Le monde n'est pas prêt

— C'est d'accord, lui dit la vieille dame, mais avant ça, il faut que je vous montre le nombre impressionnant de mes followers.

Elle cliqua sur YouTube, et la page apparue afficha ses scores...

33.

Appartement de Wildteufel – Vaduz – 19h46

Sur le point d'entrer, les deux Karamazov, Kinsey, et Vesperov, remarquèrent la plaque de cuivre fixée à la porte en bois.

Herr Doktor WILDTEUFEL Sigmund – Hypnose-Spezialist

— Alors c'était ça, votre plan à tous les deux, s'écria le professeur Vesperov, mais vous n'obtiendrez rien de moi. Je suis totalement réfractaire à l'hypnose.
— Toi, tu te tais, et tu avances, lui ordonna Grishka, sur un ton autoritaire.
— Faudrait déjà qu'on nous ouvre, constata Kinsey, pleine de bon sens. A moins que Grishka enfonce la porte, et laisse son empreinte dans la sciure.
— Elle a raison, l'actrice, dit Roberto à son frangin, heureusement qu'elle t'a prévenu.
Grishka n'eut pas le temps de claquer le bec à son frère, un homme venait d'ouvrir.

Le monde n'est pas prêt

— Vous êtes en retard, pesta Wildteufel, j'ai failli attendre. 19h46, ce n'est pas 19h47. Chez moi, on ne plaisante pas avec ça.

— T'as vu Grishka, le gars c'est pas un déconneur, lui confia Roberto, en aparté. Il est réglé comme un coucou suisse. Alors imagine sa femme, si elle est aussi pointilleuse que lui, elle doit faire ses ragnagna tous les vingt-huit jours, à flux tendus, à 16h47, et pas à 48.

— Suivez-moi à la salle de torture, dit Sigmund, à la troupe. Évidemment que je plaisante, bien sûr. C'est de l'humour liechtensteinois. Tout le monde peut pas comprendre. Professor Vesperov, veuillez, s'il vous plaît, grimper sur le fauteuil.

— Est-ce qu'on doit l'attacher, Monsieur Wildtefal ? osa Roberto.

— Par où, par les poils ? Demanda Wildteufel, qui avait immédiatement réagi. Ne vous tracassez pas Herr Professor, on appelle ça de l'humour récurant.

— Laisse tomber, Roberto, dit Grishka. Pas besoin de le ficeler comme une dinde au four. L'état dans lequel il sera plongé bientôt, lui permettra pas de s'évader.

— Tout juste, reprit Wildteufel. Il est temps à présent de procéder à l'expérience. Regardez-moi bien dans le blanc des yeux, Herr Professor. Vous êtes seul avec moi… Faites abstraction de tout bruit parasite, qui pourrait vous déranger… Apaisez votre mental… Maintenant, faites le vide de toutes les pensées qui vous traversent encore, afin d'accueillir ma voix… rien que ma voix.

Le monde n'est pas prêt

— Je vois, l'interrompit Kinsey, dans un instant, il va lui ordonner de dormir, et compter jusqu'à trois. Ce type est un imposteur. C'est une technique de spectacle. C'est Fleckenstein qui m'a tout expliqué, quand il m'a engagé sur le tournage du « Soigneur des Anneaux ».

— Mais faites la taire, cette folle, s'exclama Wildteufel, elle délire totalement.

— L'écoutez pas Youri, reprit Kinsey. Ce n'est qu'un minable, qui doit s'entraîner toute la nuit sur des rongeurs.

Au même moment, Roberto poussa un cri de terreur, en voyant une petite souris traverser la pièce, avant de disparaître dans un trou du même nom.

— C'est dangereux, je veux pas rester ici, hurla Roberto pétrifié. Je me tire.

Il s'enfuit dans le couloir, claquant derrière lui la porte, dont la plaque se décrocha.

— C'est la fille qu'il fallait faire sortir, grommela Sigmund, elle perturbe l'expérience, cette hystérique.

— Fleckenstein m'a tout montré, dit Kinsey, demandez-lui. Je peux l'appeler.

— Encore un mot, et tu vas faire coucou aux piafs, la menaça Grishka, lui indiquant la fenêtre.

— Attention, la vitre ne fait pas le moine, crut bon d'ajouter Vesperov.

— Ne l'écoutez pas, il délire déja. Reprenez l'expérience, Wildteufel. Et cette fois,

tachez de le faire parler.

— Comptez sur moi, Herr Grishka.

Vesperov enfin profondément endormi, Sigmund se concentra sur son patient.

Le monde n'est pas prêt

— Autour de vous, tout est calme et reposé... Nous allons faire appel à votre inconscient Herr Professor... Ne faites rien pour l'empêcher de s'exprimer... Il cherche à soulager votre esprit, de faits que vous avez enfouis au plus profond de vous... Laissez-le doucement ramener ces secrets à la surface.

Vesperov se mit alors à raconter.

— Je suis tout petit, je dois avoir cinq ans... Je regarde en l'air... Je vois de jolis drapeaux tout rouges flotter dans le ciel de Petrograd... On est dimanche... Maritza, ma maman, m'a emmené jouer au parc Pavlosk... Nous descendons le Grand Escalier de pierre, celui qui va du palais vers la Slavianka.

— Que se passe-t-il après le Grand Escalier ? L'interrogea Sigmund.

— Il y a une rivière qui coule là... C'est La Slavianka... Oui, la Slavianka c'est ma rivière, comme la Seine n'est pas la tienne, puisque c'est aussi la Slavianka, je viens de dire à maman... Elle me sourit, en pensant que je suis un génie... C'est vrai, je suis un génie... À présent, je lâche la main de maman... Je cours du plus vite que je peux, le long de la Slavianka, puisqu'ici c'est Saint-Pétersbourg, et pas Paris, et pas Sofia non plus, et pas...

— Poursuivez !

— J'entends maman crier après moi, au travers le brouillard qui tombe sur la Slavianka, mais pas sur la voix de Maman, car elle je l'entends toujours, même si je la vois plus. Elle a peur... Elle a peur que je tombe dans l'eau de la Slavianka, parce que...

Le monde n'est pas prêt

— C'est votre cours d'eau à Saint-Pétersbourg. Jusque là, on vous suit Herr Professor. Vous allez maintenant demander à votre inconscient de quitter la Slav...
— La Slavianka, oui c'est comme ça qu'on l'appelle... Je peux pas l'oublier.
— Et votre mère ?
— Elle non plus, je ne peux pas l'oublier, mais c'est surtout la Slavianka... Parce que la Slavianka c'est ma rivière, et pas votre cours d'eau.
— Et pendant ce temps-là, le pilote a laissé tourner l'hélico, intervint Grischka, qui s'impatientait sérieusement.
— Et c'est pas avec l'eau de la Slavianka qu'on va redécoller, ajouta Kinsey, qui s'amusait de la situation.
— Chhhhht, murmura Wildteufel aux deux autres, vous allez réveiller mon client. Ne voyez-vous pas que vous le perturbez, sinistres individus. Reprenons, Herr Professor... Où vous dirigez-vous après avoir quitté l'endroit ?
— Après avoir perdu maman, raconta en état de transe, Vesperov, je me mets à suivre le chemin qui borde la Slavianka... Maintenant je suis dans Petrograd... Une idée rigolote traverse mon cerveau...
— Racontez-nous tout, et n'oubliez aucun détail, petit Youri.
— J'entre dans la rue Sadovaia... Une très longue, longue, longue, longue, longue rue... Tellement longue, longue, longue, longue, longue, que j'ai besoin d'une longue vue, pour en voir le bout. Pas vous ?
— Concentrez-vous sur votre idée, Herr Professor. Qu'avez-vous fait ce jour-là ?
— Je peux pas... Impossible... Ma conscience me l'interdit... Elle fait barrage à mon inconscient.

Le monde n'est pas prêt

— Contournez le barrage Herr Professor, il n'y a plus de barrage. Pas plus que de nuages, au-dessus de la Slavianka. Vous allez pouvoir libérer le petit Youri, de ce qui l'oppresse tant.

— Je me rappelle maintenant… Je me rends vers le premier immeuble de la rue Sadovaïa… Il y a quelque chose d'écrit en russe… Numéro un, c'est bien ça… Si c'était le deux, il y aurait marqué le chiffre 2, mais je ne vois que le 1… Une force me saisit… Je ne peux plus contrôler mon bras… C'est impossible… Ce geste…

— Parfait. Lâchez-vous, petit Youri.

— De ma petite menotte, j'appuie comme un fou sur toutes les sonnettes en même temps… Maintenant je rigole, en mettant la main pour cacher mes vilaines dents… Je cours au numéro suivant… Je refais le même geste… Encore et encore, sur les quatre mille mètres de la rue. Je me mets à courir de plus en plus vite, et quatre mille mètres ce n'est pas rien… Je suis tout content car personne ne me suit… Je suis invisible… Partout où je passe, je fais dring, ou dring dring… Parfois même, ding dong… Je suis si content que je me mets à chanter « Je viens dringuer ce soir »… Vous entendez comme c'est joli ?

— Bravo. C'est un véritable exploit Herr Professor. Un passant aurait pu vous courir après, vous attraper par l'oreille, et vous faire enfermer au goulag, pour tirage de sonnette. Ça s'est déjà vu. Je comprends mieux maintenant, comment tout ça a été si dur à évacuer de votre cerveau.

— Maintenant je suis triste… très triste.

— Qu'est-ce qui contrarie le petit Youri ?

— Je voudrais tirer les sonnettes sur l'autre trottoir, mais je suis trop fatigué.

Le monde n'est pas prêt

— Il se fout de nous, dit Grishka, qui venait de réaliser la supercherie. Arrêtez ça tout de suite, Wildteufel !

— Je ne peux plus le réveiller, s'excusa Sigmund. Il est parti trop loin dans son inconscient. Ne tentez rien. Vous pourriez le tuer.

— C'est lui qui vient de nous achever, avec ses souvenirs à la con. Je vous préviens Wildteufel, ou vous le faites parler, ou c'est vous qui passez par la fenêtre.

— Gardez votre calme. Je crois que je vais encore essayer de tenter quelque chose avec mon sérum de vérité, mais je ne vous promets rien. Tenez, si j'échoue, je ne vous ferai même pas payer la séance. Mieux encore, je vous appellerai un technicien pour venir réparer l'ascenseur de l'immeuble. Je crois avoir deviné qu'il est encore en panne.

Le ton se calma, et Wildteufel, après une injection dans l'avant-bras de son patient, réussit dans un ultime effort, à faire parler Vesperov. Celui-ci leur révéla où il en était de ses recherches, grâce à l'âme de sa fille qu'il avait réussi à conserver intacte dans la boite à doucha. Il leur indiqua surtout, qu'il avait rendez-vous le lendemain près de Lausanne, avec Louis-Bertrand Pasquale, un éminent spécialiste, de la même branche que lui.

NDLR
— Et pas celle du singe.
— Edmond-Kevin !!!
— C'est bon j'arrête. Mais ses conneries à lui, sont hautement contagieuses.

Grâce aux précieux indices récoltés, l'hélicoptère allait pouvoir redécoller, cette nuit encore, pour la Suisse voisine.

Le monde n'est pas prêt

34.

Propriété de Xenia Von Staller – Vaduz – 20h52

Assise devant son ordi, Xenia venait d'afficher son site sur l'écran géant de la pièce de réception. Il y avait de quoi être édifié, par le nombre de vues réalisées par chacun de ses posts.

Affaire de la lanière brisée du sac à main de Madame Langenstrutz.
53 vues

Contestation du prix de la part de forêt-Noire, à la boulangerie Wertenschlag.
112 vues

Traque des crottes du berger allemand de Dieter Von Pulp.
23 vues

Surveillance active du mari de Greta Schnöpchen à l'arrière du bureau de poste.
17,5 vues

Le monde n'est pas prêt

Affaire des clous de girofle dans les pneus de la bicyclette du facteur.
<u>73 vues</u>

Les invités de Xenia se retenaient de ne pas fondre en larmes, devant les exploits de la *Miss Marple* de la Principauté.

— Remarquable, Madame Von Staller, dit Tom, qui tentait de garder son sérieux. Est-ce que je peux me permettre une question ?

— Tout ce que vous voulez, Jeune Homme. Je n'ai rien à cacher.

— On a tous vu ça. Mais pourquoi 17,5 vues sur la vidéo de Greta ?

— Je suppose qu'à part son mari, toute la famille a du la voir, ainsi que la petite Schnöpchen, sa fille de quatre ans, d'où la demi-part supplémentaire.

— Une demi-part, qui manquait cruellement à la forêt Noire de la boulangerie Wertenschlag, lui répliqua-t-il. D'où le conflit.

— Vous êtes très perspicace, Jeune Homme, le remercia Xenia. Cet escroc a dû en profiter pour diminuer, en douce, la ration de beurre et de farine. Mais moi, je connais les proportions exactes à respecter pour ce gâteau. Vous savez, on ne me berne pas comme une citoyenne suisse. J'ai l'œil !

— Ce n'est pas pour rien que vous êtes l'influenceuse Numéro 1, Comtesse.

— Certes, mon bon. Vous ignorez que ma petite fille aussi, a de qui tenir. Quand je ne serai plus là, c'est elle qui prendra la relève.

Le monde n'est pas prêt

Elle se mit à l'appeler.

— Anke ! Viens montrer ton talent à nos hôtes, et n'oublie pas ta guitare. Vous savez, elle chante encore mieux que j'influence.

— Elle chante ? lui demanda Tom, ça peut m'intéresser, je viens d'ouvrir l'an dernier, un studio d'enregistrement dans la banlieue nantaise. Et comme je fais un peu de production...

— Tom, une autre fois, dit Alice, je te rappelle qu'on est pas là pour ça.

— Oui Tom, Alice a raison, ajouta Mariana. N'oublie pas ce qu'on est venu lui demander.

— Mais laissez la s'exprimer cette ado, si elle en a envie, leur dit Peter. Vous êtes trop jalouses, les filles.

Anke s'avança timidement, guitare à la main, et se mit à chanter. Quand il la vit derrière son micro, Tom s'attendait à une reprise d'un titre d'Adele, ou d'un air de folk song américain, quand elle entonna…

Ein Jäger aus Kurpfalz
Der reitet durch den grünen Wald,
Er schießt das Wild daher, gleich wie es ihm gefällt.
Ju ja !
Ju ja !
Gar lustig ist die Jägerei
Allhier auf grüner Heid
Allhier auf grüner Heid.

Auf sattelt mir mein Pferd
Darauf den Mantelsack
So reit Ich weit umher

Le monde n'est pas prêt

Als Jäger aus Kurpfalz
Ju ja !
Ju ja !
Gar lustig ist die Jägerei
Allhier auf grüner Heid
Allhier auf grüner Heid

C'était bien du folk, mais plutôt ce qu'on appelait ici un Volkslied, une chanson du folklore populaire allemand. Des paroles racontant l'histoire d'un chasseur de la région de Kurpfalz, qui chevauche à travers la verte vallée, et trouve la chasse amusante, surtout dans la verte bruyère. Heureusement, Anke leur épargna le passage, où celui-ci tua un lapin et un cerf, avant de faire la rencontre d'une jeune fille de dix-huit ans, et lui rappeler qu'il ne rentrerait pas à la maison, sans avoir entendu son coucou crier « coucou »

Dans le salon où se trouvaient les guests, seul un fauteuil se retourna. Celui à roues de sa grand-mère, qui applaudissait à tout rompre, cette exécution magistrale.

NDLR
Si vous tenez tant à savoir pourquoi elle s'est retournée, apprenez que ce n'était pas pour l'exécution du cerf, ni d'ailleurs du pauvre lapin, qui n'avait rien demandé, et qui allait finir en civet, ce que ne mentionne pas la fin de la chanson, mais bien parce qu'elle admirait l'incommensurable talent de sa petite fille. À part ça, je ne vois pas d'autre explication.

Anke salua l'assistance, en baissant humblement la tête, quand Xenia prit la parole.

Le monde n'est pas prêt

— Alors... ça vous a plu ? C'est qu'elle en a du talent, ma petite Anke.

— Démerde-toi c'est ton choix, chuchota Alice à l'oreille de Tom. Prends la bonne décision, et rappelle-toi qu'on a plus de place dans hydravion.

Le moment d'extrême gênance était arrivé. Les autres l'avaient également lâché, en applaudissant la fille à la guitare. Le français allait devoir utiliser toute sa diplomatie, pour faire face à cette véritable épreuve. Mais était-ce dans ses cordes ? Il se leva doucement, et lui dit...

— Tout d'abord, merci d'être venue jusqu'à nous, Anke. Il faut un grand courage pour te présenter ce soir, devant un jury de parfaits inconnus.

— D'inconnus ? L'interrompit Xénia, je suis quand même la star des influenceuses du Liechtenstein, oubliant qu'elle était, avant tout, sa grand-mère.

— Excuse-moi Anke, j'ai oublié de citer la participation de l'illustre Xenia Von Staller, une véritable guerrière de l'influençage, dans toute votre principauté. J'en étais où déjà ?

— Tu lui parlais du grand courage dont elle avait fait preuve, lui remémora Alice, d'un clin d'œil narquois.

— Merci Alice, de ton aide précieuse. Je saurais m'en rappeler.

— Je n'en doute pas, my love. Continue ton rapport, je m'en voudrais de ne pas entendre la fin.

Dans la *Scheise* jusqu'au cou, Tom poursuivit...

— Anke, j'ai beaucoup apprécié la guitare, au début. Cette manière que tu as de poser tes doigts sur les cordes, apporte de la consistance à l'histoire que tu nous délivres, même si je n'ai pas tout à fait saisi tous les mots, car hélas je

Le monde n'est pas prêt

ne parle pas allemand. Cependant, il y a des moments où tu libères un peu trop ton énergie, notamment sur la partie des **Ju Ja Ju Ja**.

— Il est bon, ce con, confia Peter à Alice, auquel elle répondit discrètement...

— Un peu de patience frérot, je sens qu'il va merder bientôt. Je m'en voudrais de rater ça.

— Vois-tu, Anke, reprit Tom, j'aimerais qu'à l'avenir, tu canalises différemment toutes tes émotions. Par moment, on dirait que tu es assise derrière la selle du chasseur, et que c'est toi qui vas tirer, à sa place, le lapin. On aimerait te sentir...

— Sous les bras, ajouta du bout des lèvres, Alice, à l'intention de Tom.

Tom poursuivit son monologue, en essayant de rester bien concentré, et éviter de détourner le regard vers son amoureuse, qui avait décidé de lui mettre des bâtons dans les roues du cheval du chasseur, qui se sentait chassé.

— On aimerait te sentir plus en distance, Anke, tout en gardant une forme de proximité avec ce titre fort. Je crois que cette magnifique chanson, aurait gagné à être soutenue par un quatuor de violons, et pourquoi pas d'un accordéon. Je me doute bien, que tu n'as pas eu le temps de faire les répétitions nécessaires, qu'imposait ce morceau, plutôt intimiste et introspectif. À mon grand désespoir, je ne vais pas pouvoir t'emmener aux *Battles,* car mon équipe est déjà constituée, mais je t'engage vivement à retenter ta chance la saison prochaine, et revenir nous voir. Tu as une magnifique étoile qui te guide là-haut, et nul doute qu'elle s'illuminera

Le monde n'est pas prêt

très bientôt. On entendra parler de toi, et pas seulement dans la verte bruyère. Merci Anke, je vais maintenant me lever, et te raccompagner en coulisses.

Anke s'accrocha à lui, et se mit à marcher vers le fond de la salle

— Reste là Tom, lui fit Alice, je vais m'occuper de consoler Mademoiselle. Elle en a bien besoin, maintenant que t'as détruit son rêve.

— Tout de même jeune homme, contesta Xenia, je ne m'attendais pas à ça.

— Moi non plus, dit Tom. Pour tout vous dire, cette soirée est pleine de surprises.

— J'ai failli filmer l'audition, et au dernier moment je me suis retenue, lui confia Xenia, extrêmement vexée. Ça aurait pu faire un nombre colossal de vues.

— Vous verrez, l'année prochaine elle sera prête, la rassura Tom, et là vous exploserez votre record, qui est de 111 vue,s je crois me rappeler.

— 112, très précisément. J'ai encore toute ma tête, moi. Ce qui ne semble pas être votre cas, jeune paltoquet.

— Tom, l'interpella Peter, on s'égare un peu, là. Je pense qu'il est temps de lui demander.

— Quoi ?

— L'aide qu'on est venu chercher.

— Madame Von Staller, dit Mariana, qui préféra prendre la parole pour apaiser les tensions. Si vous étiez chargée de faire parler quelqu'un de force à Vaduz, à qui le confiriez-vous ?

— Vous voulez dire le torturer physiquement, avec des outils de précision, demanda Xénia ?

— Mentalement, seulement.

Le monde n'est pas prêt

— Il y a bien le plombier, qui a toujours de bons tuyaux, mais je crois que je ferais mieux de vous orienter vers le Doktor Sigmund Wildteufel, qui a l'art d'extraire de la bouche des vaduziens, non pas des dents, mais de précieux secrets.

— Est-ce qu'on peut le voir de toute urgence ?

— À cette heure-ci, le cabinet est fermé, mais je peux essayer de l'appeler. J'ai bien le numéro de son portable. C'est ce sacré Sigmund qui m'a tout raconté, pour l'affaire des clous de girofle. Il avait surpris le facteur, affairé avec la mère Schnöpchen, alors qu'il sortait prendre l'air sur son balcon, entre deux consultations. De là haut, on distingue très bien l'arrière du bureau de Poste, et par conséquent aussi, la face arrière de Greta Schnöpchen. Si un jour vous le croisez, ne lui dites pas que je vous l'ai dit. Il sait qu'il peut compter sur ma discrétion, vous comprenez.

— Pas de souci, la conforta Mariana.

Xenia appela devant elle, Wildteufel. Celui-ci s'excusa de ne plus les recevoir à cette heure, prétextant un problème d'ascenseur en panne, mais leur transmit néanmoins les renseignements qu'ils attendaient, ainsi que l'adresse où se devaient se rendre, le lendemain matin, les ravisseurs de Vesperov.

NDLR
Comme dirait notre électricien de service, la chasse à l'ohm pouvait enfin se poursuivre. Ju Ja !

Le monde n'est pas prêt

35.

Le lendemain matin – Lausanne – 9h00

L'hélicoptère de Sergueï s'était posé la veille, à proximité de la grande ville suisse. Tous y avaient dormi à bord. Une manière comme une autre, pour les frangins Karamazov, de ne pas laisser se carapater leurs prisonniers dans la nature vaudoise. Après un rapide échange téléphonique, la veille, leur interlocuteur avait fixé rendez-vous au professeur Vesperov, au château de Chillon, sur les rives du lac Léman. Nous y serons plus au calme, lui avait-il recommandé, ignorant que Youri n'allait pas y débarquer seul, mais suivi de ses deux sbires, qui ne le lâchaient plus d'une semelle, et de Kinsey, entraînée malgré elle dans ce voyage mouvementé.

Comme convenu, le docteur L. B. Pasquale, éminent scientifique, les attendait, avec sa petite mallette garnie de documents, à 8h59 au point de rendez-vous fixé, sur la passerelle.

— Bonjour Professeur, dit le docteur Pasquale. Vous n'êtes pas venu seul ? J'en suis surpris.

— Nous sommes les frères Duppelheimer, dit soudainement Grishka. Voici Louis, et moi, c'est Bertrand.

— Alors nous sommes faits pour nous entendre. Je suis le Docteur Pasquale, mais vous pouvez m'appeler Louis-Bertrand.

Le monde n'est pas prêt

— C'est qui lui ? demanda Roberto à Kinsey, qui l'accompagnait à l'arrière.

— Lui, c'est Louis-Bertrand, toi t'es Louis, et Grishka c'est Bertrand, lui répondit Kinsey.

— Mais si je suis lui, pourquoi je suis pas Bertrand ? lui demanda le faux Louis, qui n'avait rien d'un vrai Napoléon.

— Non Roberto, toi t'es Louis, et tu ne luis pas par ton intelligence, lui confirma Kinsey, mais ça on le savait déjà.

— J'ai pas tout compris. Avance devant moi, et pas de tentative d'évasion, sinon pan pan.

— Qu'est-ce que vient faire le lapin là-dedans, Louis ?

— Où t'as vu un lapin, Kinsey ?

— Chez Alice. Au pays des merveilles.

— Arrête de te payer ma tête, on est pas à Kinseyland ici, lui ordonna Louis-Roberto, excédé. Avance ! j'ai dit !

Quelques mètres encore, les séparaient de, et du docteur Pasquale.

— Ils traînent un peu vos amis, dit Pasquale, ils sont lents naturellement ou bien… C'est sans doute la molle du lac.

— La molle ? demanda Bertrand-Grishka.

— Une sorte de douceur, ressentie jusque par ici, sur les rives, lui expliqua Pasquale. L'envie de se laisser aller, ne rien faire, passer son temps à la contemplation, la béatitude.

— La bêtitude tout court, en ce qui le concerne, rajouta Bertrand-Grishka, en voyant se rapprocher Roberto.

— Et d'abord, moi c'est Louis, pas toi. Lui rappela Louis-Roberto, qui avait fini par comprendre, quelle était sa nouvelle identité.

Afin de s'éviter de s'énerver, Grishka se mordit l'intérieur des joues.

Le monde n'est pas prêt

— Suivez-moi, dit le docteur Pasquale, nous allons entrer dans Chillon. Nous y serons plus au calme, pour nous entretenir de la découverte de Youri. Vous plairait-il d'apprendre un peu d'histoire, Louis ?
— Pourvu quelles soient drôles, lui répondit Louis-Roberto.
— Ce ne sont pas les anecdotes qui manquent au château, dit Pasquale. Observez, Louis, comme cette forteresse a les pieds dans l'eau.
— Pourquoi vous lui mettez pas des bottes ? proposa naïvement Louis-Roberto.
— Très spirituel votre frère, dit Pasquale à Bertrand-Grishka.
— Spiritueux, lui conviendrait mieux à cet ivrogne, lui répondit Bertrand-Grishka, en se retournant vers son frère, Allez bouge connard, et nous mets pas en retard.
— C'est à cause de Kinsey, elle a le mal de mer, lui confia Louis-Roberto.
— Sur un lac ? s'étonna son frangin, non mais tu vois pas qu'elle te fait marcher, cette gourde. Allez c'est bon, passez à l'arrière. Tous les deux, vous nous ralentissez. Et garde l'œil sur elle.
La manœuvre s'opéra sans grosse difficulté, et tout le groupe s'introduisit dans le fort.
— J'ai raison, ou ça résonne ici ? demanda aux autres, Louis-Roberto, en constatant l'écho que produisait sa voix.
Personne ne lui répondit, jugeant que ça n'apporterait rien de plus à la discussion. Le docteur Pasquale se mit alors à leur parler de la famille des comtes de Savoie, et de l'image romantique de Chillon.

Le monde n'est pas prêt

— Nous y avons vu passer des hommes illustres, tels que Lord Byron, qui y fut enfermé pendant six ans.

— Et comment il tuait le temps ? Lui demanda Louis-Roberto.

— En remplissant des sudokus, lui répliqua Bertrand-Grishka, en se tournant vers lui, et lui indiquant son majeur dressé bien droit. T'es encore là, toi ? Quand c'est que tu vas la fermer ?

— Allons Messieurs, ne vous emportez pas, leur dit le docteur Pasquale, la molle ne vous fait donc aucun effet ?

— C'est Bertrand qui en a une molle, lui dit fièrement Louis-Roberto.

— Tu vois avec tes conneries, Louis, on va finir par se faire remarquer, lui murmura agressivement Bertrand-Grishka.

Louis-Bertrand Pasquale ne les écoutait plus, trop concentré sur ce qu'il avait à leur raconter sur l'historique de ce lieu.

— Byron y a écrit *The Prisonner of Chillon,* leur enseigna-t-il. Il s'était inspiré de la vie de François Bonivard, un poète genevois enfermé dans ces geôles, à la même période que lui.

— Quel savoir, mon cher Pasquale, le complimenta Vesperov, vous m'étonnerez toujours par votre immense culture, tout le contraire de ces deux i..., et se ravisant, de ces deux intellectuels russes, de lointaine origine française.

Bertrand-Grishka remarqua que Kinsey ne faisait plus partie du groupe. Abandonnant un court instant les deux éminents hommes de science, il alla questionner son frère.

— Elle est passée où, la fille ?

— T'énerve pas, Grishka, elle est juste partie pisser.

Le monde n'est pas prêt

— Je t'avais dit de pas la lâcher d'une semelle. Cours la chercher, crétin, ordonna-t-il à voix basse à Roberto, et ramène la morte ou vive, mais je veux la voir ici.

— Mais pourquoi morte, Grishka ? Tu comptes l'empailler ? T'excite pas comme ça. Elle a pas du filer bien loin. On est entouré d'eau.

— Trouve un prétexte pour te casser de là. T'as qu'à demander au docteur, qu'il t'indique les toilettes.

Roberto fit *Da* de la tête, et s'adressa à l'homme de science.

— Excusez-moi Docteur Pasquale, envie de faire popo, fit-il en se tenant le ventre, en grimaçant exagérément, pour montrer aux autres toute l'étendue de son jeu de comédien.

— Retournez dans la salle que nous venons de quitter, cher Louis, et suivez le panonceau. Vous ne devriez aucun mal à trouver les cabinets d'aisances.

Louis-Roberto le remercia, et fila immédiatement à la recherche de sa prisonnière. Il la chercha comme un fou, quand il la surprit au large des murailles, en train de nager dans le lac. C'était trop tard, elle venait de filer comme une anguille, qui se serait extirpée de ses filets. Lui qui nageait comme un fil à plomb, lesté d'un plomb supplémentaire, ne pouvait la poursuivre. Ce soir, elle serait libre, et dormirait d'un sommeil de plomb. De quoi plomber le retour de Louis auprès de son frère, qui ne l'accueillerait pas, comme son propre palais l'aurait fait, avec deux boules de glace vanille-plombières.

Le monde n'est pas prêt

NDLR
— *Si je peux me permettre, encore un crime de mal lesté.*
— *Ne vous permettez rien, Edmond-Kevin. Contentez-vous de corriger, ou c'est moi qui vais péter les plombs !*

*

Lac Léman – Au large de Chillon – 9h37

— Capitaine ! Une femme à la mer, hurla un homme à bord.
— Faites appel à l'équipe de sauvetage du lac, répondit le capitaine, qui prudemment réduisait l'allure de son bateau croisière.
— Si nous n'intervenons pas, ce sera trop tard, Capitaine. La jeune femme semble vraiment à bout de force.
— Alors qu'est-ce que vous attendez pour plonger Matteo ? Foncez !
Le jeune employé se jeta à l'eau. S'étant préalablement saisi d'une bouée, il la lança à la malheureuse Kinsey, totalement épuisée par l'effort qu'elle venait de produire. Parviendrait-il à la sauver, ou était-ce déjà trop tard pour tenter quoi que ce soit ?

Le monde n'est pas prêt

36.

Lac Léman – 9h39

L'eau du lac, pourtant très froide ce matin, n'avait pas empêché Mattéo d'aller récupérer la jeune femme en fâcheuse posture. Une fois rendu à sa hauteur, il enserra son corps avec la bouée, et la ramena au plus vite au bateau.

Quelques minutes plus tard, Kinsey, sonnée et à demi consciente, reprenait doucement ses esprits autour d'un thé brûlant, que le personnel venait de lui servir, après lui avoir fourni un peignoir aux initiales de la compagnie.

— Reprenez des forces, Mademoiselle. Quel est votre nom ?

— Kinsey Wallace. Je suis du New Jersey.

— Moi, c'est Mattéo. Un peu l'homme à tout faire sur ce navire. Bienvenue sur « L'Esprit du Lac ».

— Enchantée !

— Qu'est-ce que vous faisiez dans l'eau, à cette heure-ci ?

— Je prolongeais mon bain de minuit.

— Plus sérieusement ?

— C'est une longue histoire. Vous tenez vraiment à ce que je la raconte ?

Le monde n'est pas prêt

NDLR
Une histoire, qui fait chiller tout le monde à Chillon. Mais inutile de la reprendre depuis le début, vu que l'auteur ne fait que radoter, et pas que sur le lac.

Sans tenir compte de l'avis de la **NDLR**, elle expliqua en détail à son sauveur comment elle s'était retrouvée en plein milieu du lac, après avoir profité d'un instant de diversion, en échappant à Roberto Karamazov, qui était chargé de la surveiller.

— Donc, on peut pas vous ramener à Chillon, constata Mattéo, qui s'inquiétait de ce qu'il pourrait bien faire, pour cette jolie passagère.

— Vaudrait mieux pas, lui expliqua Kinsey. Avec toutes les difficultés que j'ai eues, pour m'extraire de leurs pattes, j'ai pas trop envie de me retrouver en tête à tête avec eux, pour un *date*.

— Et avec moi, ça vous tenterait ?

— Pourquoi pas ? Même si je te trouve un peu direct, Matteo.

— Kinsey, je vous fais remarquer, que c'est vous qui venez de me tutoyer, à l'instant.

— Je suis américaine, le tu et le vous, c'est pareil chez nous.

— Alors si tu veux bien, je vais te dire tu.

— C'est bien ce que je disai,s tu es très direct comme garçon. Tu es peut-être suisse, mais tu as un drôle d'accent.

— Ma famille est de Lugano, dans le Tessin. Je suis un Delorenzi.

— Donc, tu es italien ?

Le monde n'est pas prêt

— Je suis un Suisse authentique. Tu sais, mon pays fonctionne par cantons.

— Et le mien, par états.

— Je fais partie de la Suisse italienne. On est pas si nombreux que ça à y habiter. Je sais même pas si on dépasse les quatre-cent-mille habitants.

— Soit le nombre d'étudiants au New Jersey College, à Ewing, lors de nos soirées arrosées sur le campus.

— Autant que ça ?

— Matteo, *I'm kidding*[13]

— Tu as de la chance car ça tombe plutôt bien, je termine mon service aujourd'hui. C'était mon dernier jour à bord. Ce que je te propose, c'est descendre avec toi à Montreux. Le capitaine y fait escale pour embarquer de nouveaux passagers.

— Descendre ? Mais dans quel hôtel ?

— Et d'après toi, c'est moi qui suis direct, Kinsey ?

— C'est pas ça ce que je voulais dire.

— Ta langue a juste rippé ?

— On va appeler ça comme ça, dit-elle en posant sa main sur la sienne, avec une tendresse qu'on ne lui connaissait pas.

Comme prévu, le bateau fit débarquer une partie des hôtes au ponton d'arrimage. Mattéo en profita pour l'emmener faire une balade romantique, sur les berges du lac.

— Tu as besoin de quelque chose, Kinsey ? Dit-il, en la voyant fouiller dans sa veste rose fuschia, qui avait eu le temps de sécher à bord.

---

[13] Je plaisante

Le monde n'est pas prêt

— Ils m'ont retrouvé mes papiers, mais j'ai dû perdre mon smartphone en nageant. C'est con, j'y avais stocké toutes mes adresses.

— T'en fais pas, je vais essayer de t'aider comme je peux. Prends le mien, et appelle qui tu veux.

— Je peux passer un appel ? Faut que je *call* mon réal.

— Au Québec ?

— Pas Montréal, mon réalisateur.. Je suis actrice dans le nouveau film d'Arnold Fleckenstein.

— Connais pas.

— Je te rassure tout de suite, il y a que lui pour s'imaginer être connu autant que Beyoncé. C'est une tâche. Il ne vit que des subventions, et des mécènes, pour financer ses merdes.

— Dans lesquels tu acceptes de jouer.

— Faut bien vivre, Matteo. Si tu savais ce qu'on m'a fait jouer la dernière fois…

— Un rôle de *bitch* ?

— Presque. J'ai trop honte. Mais assez discuté, je dois absolument parler à Fleck. Passe-moi ton phone.

Quelques secondes plus tard…

— Allô Fleck, c'est ta star, dit l'Américaine.
— Kinsey ! Mais t'es où ? Dit Fleckenstein.
— Pas là.
— Et sinon pas là, c'est où ?
— Montreux.
— Au Comedy Festival ?

Le monde n'est pas prêt

— C'est quoi ce truc encore ? Tu sais bien qu'il n'y a que Cannes qui compte pour moi, Fleckie. D'ailleurs, quand c'est que tu me fais monter les marches ?

— Apprends déjà à tourner, à moins que tu préfères les nettoyer.

— Toujours aussi gentleman.

— J'ai de quoi taper des angoisses. Ton sugar daddy a appelé pour prendre des nouvelles du film. Il voulait te parler.

— Tu lui as dit quoi ?

— Que t'étais retenue au maquillage, et qu'on était en train de te passer la quatrième couche.

— Mec, je fais pas le casting *Pampers,* moi. Et il t'a dit quoi, encore ?

— Que le tournage prenait un sacré retard, et qu'il allait suspendre les subventions. Cette fois t'es pas à ses côtés, pour lui changer les idées, si tu vois ce que je veux dire.

— Dis au vieux d'arrêter le *Viagra.*

— C'est tout ce que tu as trouvé à me dire d'intelligent ?

— Fleck, je peux te dire que si tu m'aides dans cette mission, t'auras pas à le regretter. L'aventure que je vis en ce moment, dépasse tous tes scénar à la con. Si je sors vivante de cette histoire, je t'en offrirai les droits.

— Il y a intérêt, j'ai pas envie de moisir à Prypiat moi. Et puis il y a autre chose...

— Quoi ?

— Si tu rejoins les autres, assure-toi qu'elle n'en parle pas.

— Je vais la surveiller comme son ombre, si j'arrive à mettre la main sur le groupe.

Le monde n'est pas prêt

— Tu sais que si elle parle, je peux dire adieu à tout ça. On me pardonnera jamais.

— Je peux t'aider Fleck, mais d'abord envoie-moi le portable de Sergueï.

— OK. Surveille ta messagerie, ma jolie. Ça part tout de suite.

— Attends ! Tu dois me l'envoyer à cette adresse-là. Mon smartphone a coulé. Je t'expliquerais une autre fois…

Peu après la communication, Kinsey récupéra le numéro du pilote, et l'appela…

Le monde n'est pas prêt

37.

Château de Chillon – 10h02

À Chillon, la visite se poursuivait, malgré la disparition de Kinsey. Le docteur Pasquale n'en finissait pas de traîner ses invités, dans tous les coins et recoins du fort, afin de leur faire profiter à fond, de toutes les péripéties du lieu. Après l'épisode de la fuite de l'Américaine, un simple regard de Grishka à son frère, avait suffi à lui exprimer très clairement son point de vue. Ils régleraient ça plus tard, à la Karamazov. Pour le moment, pas question de perdre de vue les deux savants, convaincus qu'ils étaient susceptibles d'en apprendre davantage, sur le contenu de la boite à doucha.

— Cher Youri, proposa le docteur Pasquale, nous allons maintenant nous installer dans la petite salle interdite au public. Veuillez me suivre, s'il vous plaît.

Roberto et Grishka firent comprendre des yeux à Vesperov, qu'il n'était pas question d'échapper à leur surveillance.

— Mes confrères peuvent venir avec moi ?

— Bien entendu. Vos amis les Duppelheimer, sont mes hôtes. Venez vous joindre à nous, Bertrand et Louis. Ainsi donc vous aussi participez activement aux travaux de recherche sur le devenir de l'âme, de l'autre côté du rideau ?

Le monde n'est pas prêt

— Le devenir de l'âne ? S'écria Louis-Roberto, en essayant de soulever le rideau de la fenêtre, qui donnait sur le lac, pour vérifier si s'y trouvait l'animal, avant que Bertrand-Grishka lui rabattît sèchement le bras.

— Votre frère Louis est très espiègle, il a beaucoup d'humour, dit le docteur Pasquale à Bertrand-Grishka.

— Si vous saviez, lui répondit-il, en levant sa main droite en l'air, la tournant vers son frangin, avec une farouche envie de le baffer.

— Maintenant que nous sommes tous là, dit Pasquale, nous allons pouvoir échanger le fruit de nos concertations, sur ce vaste sujet qui préoccupe l'homme, depuis la nuit des temps. Professeur… À vous de nous en dire plus.

— Je ne sais pas par où commencer, tellement le sujet est vaste, dit Vesperov

— Ça va durer longtemps ? chuchota Roberto à Grishka, parce que si j'avais su, je serais allé pisser avant.

Son frère se contenta de le regarder droit, en écarquillant grand les yeux, et l'autre comprit qu'il n'avait pas intérêt à en rajouter.

— Voyez-vous cher confrère, dit Vesperov, je ne pensais jamais pouvoir extraire l'âme d'un corps, et encore moins de celui de ma propre fille.

— Je comprends combien ça a dû être douloureux pour vous, lui dit Pasquale.

— Jamais ne me serait venue l'idée de priver une âme, du chemin qu'elle doit accomplir après son existence terrestre, dit Vesperov, visiblement ému.

— Et pourtant, vous avez entrepris ces travaux, Youri, et toute la Science vous en remercie.

Le monde n'est pas prêt

Les larmes aux aux yeux, Louis-Roberto se mit à l'applaudir, alors que Bertrand-Grishka lui plaça, discrètement, un coup de coude dans les hanches, pour faire stopper ça au plus vite.

— La science, est pourtant persuadée qu'il n'existe aucune preuve de la survivance de l'âme après la mort, lui énonça le docteur Pasquale.

— Elle se trompe lourdement, répliqua Vesperov. Grâce à mes travaux, j'ai pu isoler le cœur même de celle-ci, avec l'impression d'avoir été guidé dans mes manipulations, par les mains expertes des chirurgiens de l'au-delà.

— Passionnant, s'exclama Pasquale.

— Je me suis surpris à lâcher prise à mes certitudes, j'ai laissé les « autres » prendre le commandement de mes gestes. Je suis convaincu que la véritable conscience, ne se trouve pas dans notre cerveau. Toute la vérité est là, tenta-t-il de prouver, en sortant la boite à doucha de la poche de son manteau.

Le docteur Pasquale, se tourna vers la vitrine à l'arrière, pour en extraire une sorte d'imposante cloche de verre. Il enfila des gants très fins, et ouvrit le coffret sous la cloche, qui renfermait dans son fond, une petite trappe de la taille d'une main d'enfant.

Très vite, une forme translucide quitta la boîte, pour y évoluer. Elle semblait vivante, mais impossible pourtant de la toucher, tant elle cherchait a fuir le contact, avec le doigt ganté de Pasquale.

— Voici par quoi nous sommes tous habités ici, leur expliqua Vesperov. Vous, moi, les Kara…, je veux dire les Duppelheimer, bien sûr.

Le monde n'est pas prêt

— Prodigieux, le complimenta Pasquale. J'avais lu plusieurs récits de gens ayant assisté à des accidents de la route, et avoir témoigné vu s'échapper, l'espace d'un instant, ce phénomène lumineux. Mais comment les croire, quand tout est si bref. Bien souvent, on cherche à expliquer ça, comme une hallucination due à un choc traumatique…

— Et on classe l'affaire, reprit Youri, parce que le sujet est trop sensible, et remettrait toute la vie humaine en question, quitte à ébranler nos certitudes. On préfère laisser les témoins de telles scènes, passer pour fous, ou victimes d'un trouble émotionnel. On en est encore à ce stade, aujourd'hui.

— Vous avez raison, Professeur. Le monde n'est pas prêt, dit Pasquale.

Les frangins n'en revenaient pas. Ils étaient littéralement scotchés sur place, par le spectacle qui se déroulait sous leurs yeux, et buvaient à présent les paroles de Vesperov. Les explications de celui-ci se poursuivaient.

— La civilisation égyptienne en savait bien plus que nous, sur ce que croient nous enseigner nos contemporains, dit Vesperov. Depuis la nuit des temps, les peuples et les religions se posent cette même question. D'autres abusent de leur pouvoir, pour créer des mouvements sectaires. Mais la véritable réponse est là, sous nos yeux. Il y a bien un prolongement de nous-même, après la disparition de notre enveloppe charnelle.

— Je peux me permettre de procéder à une expérience ? demanda Pasquale.

— Nous sommes là pour ça, acquiesça Youri.

Le monde n'est pas prêt

Il sortit de sa mallette, un ordi portable muni d'un genre de scanner, et passa l'objet autour de la cloche, où s'activait la forme. Quand il eut fini d'installer son matériel, il pressa une touche sur son clavier, et les résultats s'affichèrent à l'écran.

— C'est édifiant, s'exclama Pasquale, seuls dix pour cent de cette chose, est constituée d'atomes. L'appareil de mesures n'arrive pas à me renseigner, sur les quatre-vingt-dix pour cent restants.

— Ce sont là les limites de la science, cher confrère. Reconnaissez-le, Louis-Bertrand. Je ne doute pas qu'un jour, nos successeurs finiront par les expliquer, mais nous ne serons plus de ce monde.

— Et nous ? s'inquiéta Louis-Roberto.

— Pareil, leur répondit Pasquale. On est tous logé à la même enseigne. Tôt ou tard, on ressemblera tous à ça.

— Tout ce qui me reste de ma Tatiana, aujourd'hui. S'émut le professeur, en se tamponnant les yeux, avec un mouchoir en tissu.

— Vos recherches ne s'arrêtent pas là, Vesperov, n'est-ce pas ? Lui demanda Bertrand-Grishka Duppelheimer, qui cherchait à tout prix à en savoir plus, sur les expériences pratiquées sur l'âme de sa fille. Veuillez, je vous prie, nous révéler la suite.

— Arrête, Grischka ! Le supplia Louis-Roberto, à voix basse, tu vois pas que tu lui fais du mal ?

— Sombre idiot, lui murmura son frère, sans que les autres l'entendent. C'est pas encore rentré dans ton crâne, qu'on doit tout savoir ? Si on l'a suivi ici, c'est pas pour se

Le monde n'est pas prêt

taper la visite de Chillon, en long en large, et en losange. Et toi, tu vas tout faire foirer, si tu m'appelles encore une fois Grishka. Ici on est les Duppelheimer, capito ?

— Oui Bertrand, dit Louis-Roberto.

— Un problème, Monsieur et Monsieur Duppelheimer ? leur demanda Pasquale, qui avait relevé que les deux frères étaient en désaccord.

— Rien de grave docteur, répondit Bertrand-Grishka, un simple différent de point de vue scientifique.

— N'hésitez pas à nous faire part de votre concertation. Votre avis mérite d'être débattu, à haute voix.

— Comptez sur nous, le conforta Bertrand-Grishka. Nous ne voudrions surtout pas interrompre le passionnant exposé, de l'éminent professeur. Poursuivez Vesperov, nous vous en prions, prestement !

Youri comprit qu'il n'avait plus moyen de contourner bien longtemps le secret, que les autres cherchaient à lui extorquer, de gré ou de force. Il continua donc sur sa lancée…

Le monde n'est pas prêt

38.

Lac Léman – Montreux – 9h45

Les rayons du soleil venaient de percer les nuages. La journée s'annonçait belle sur Montreux, la perle du lac. Même s'il était indéniable, que Mattéo lui avait tapé dans l'œil, Kinsey restait préoccupée. Serguéï n'avait pas toujours pas répondu à son appel.

— Pourquoi tu t'énerves ? Lui dit Mattéo. Ton ami te répondra plus tard. Il doit juste être occupé à autre chose.

— Tu peux pas comprendre, toi. C'est capital, on doit récupérer l'hélico avant les méchants.

— Et les méchants, c'est ceux qui sont à Chillon, Kinsey ?

— T'as tout capté, beau gosse.

— Réessaie encore une fois, et si ça répond toujours pas, on va se balader sur les berges ensemble, d'accord ?

— OK.

Elle recomposa le numéro du pilote, et cette fois-ci Serguéï décrocha.

— Serguéï, c'est toi ?

— Qui veux-tu que ce soit ? Le pope ? lui répondit le pilote russe.

— Le pope, je croyais qu'en français, on disait le pape ? s'étonna Kinsey.

— Question de religion, sans doute.

Le monde n'est pas prêt

— Tout ça n'est pas très orthodoxe, mais on est pas là pour ça, Sergueï. Mets ton rotor en marche, et pose pas de questions, on arrive.

Elle raccrocha. Puis se tournant vers son sauveur…

— Tu peux braquer une voiture, Matteo ?

— Tu te crois où, Kinsey ? À Hollywood ? On fait pas ça à Montreux, mais je peux te héler un taxi.

— Si c'est toi qui paies, no problem, lui dit-elle, va donc nous héler ça, bel oiseau.

Il acquiesça de la tête, fit un signe de la main, et peu de temps après, une luxueuse berline blanche, conduite par un homme d'une soixantaine d'années, s'arrêta à leur hauteur. Le chauffeur en descendit, et leur ouvrit les portes.

— Pas de bagages, Messieurs Dames ? demanda le chauffeur, rompu à l'exercice.

— Non, dit Kinsey. Démarrez !

— Mais pour où, chère madame ? Si je peux me permettre, vous ne m'avez pas renseigné sur la destination indiquée ou bien... Lui adressa-t-il poliment, alors qu'on sentait bien chez lui un soupçon d'agacement, face au sans gène de la jeune Américaine. Pour faire simple, elle commençait à le gaver cette oie.

NDLR
— « Et si cette oie c'est donc ton frère », d'après Le Loup et L'Agneau du presque La Fontaine.
— Edmond-Kevin !!!
— C'est bon, j'arrête.

Le monde n'est pas prêt

— Mais pour quelle destination, chère madame ? Si je peux me permettre, vous ne m'avez pas renseigné sur le lieu où je dois vous déposer, lui répondit le chauffeur.

— Parce qu'on sait pas où c'est. Je sais juste que l'hélico, doit se poser pas trop loin du Château.

— Attention ! On a pas le droit de se poser comme ça, sans autorisation, au bord du lac. Si la police le trouve, il risque lourd votre ami.

— Et lourd, c'est quoi pour vous ? Un retrait de points, et une mise en fourrière ?

— Allons Mademoiselle, c'est impossible. Mais une belle amende, suivie d'un beau sermon, c'est fort probable. Notre police ne plaisante pas avec ça.

Matteo intervint dans leur conversation, qui allait s'éterniser des heures, d'autant que le compteur du véhicule, affichait déjà la somme de quinze francs suisses. Une fois avoir démarré, ils passèrent devant Chillon, puis s'éloignèrent de la ville, quand enfin, ils repérèrent l'hélicoptère de Serguëi.

Après avoir réglé le chauffeur, qui recommanda longuement au pilote de ne pas rester là, Kinsey et Mattéo montèrent à bord de l'engin.

— Je veux bien vous emmener où vous voulez, leur dit Serguëi, du moment que les deux autres fous ne sont pas à bord.

— J'ai une idée, eut soudain Kinsey, est-ce que tu peux entrer en contact avec le couple, que j'ai aperçu dans le parc de Prypiat, quand les Karamazov nous ont ont fait grimper de force, dans ta machine volante ? C'est Fleck, qui se trouvait avec eux en bas.

Le monde n'est pas prêt

— Je peux te dire qu'il était pas content, reprit Sergueï. D'ailleurs, je crois qu'on ferait mieux de retourner là-bas au plus vite, si je veux pas m'attirer d'ennuis.

— Pas question, lui réitéra Kinsey, faut récupérer Vesperov, et se faire aider par l'autre équipe. J'appelle Fleck, et je vais lui mytho une de mes story. J'ai l'habitude.

Après avoir joint une nouvelle fois le metteur en scène…

— C'est bon, il a tout gobé. On a le champ libre, et j'ai récupéré le numéro d'un certain Tom.

Elle s'empressa de le contacter par messagerie.

De : W. Kinsey
> Prisonnière de l'air à french hero, réponds-moi. Urgent !

La réponse ne tarda pas à se manifester.

De : Berthierthomas
> Otage avec Vesperov ?

De : W. Kinsey
> Plus maintenant.

De : Berthierthomas
> Si tu peux parler librement, appelle-moi.

De : W. Kinsey
> Je te call, now.

Le monde n'est pas prêt

Le numéro de Tom s'afficha sur le smartphone de Kinsey, qui immédiatement, le répertoria dans sa liste d'abonnés.

— Thomasss ? C'est bien toi ? Lui demanda Kinsey.
— Appelle-moi Tom, c'est plus *easy* pour toi W. Kinsey.
— Alors laisse tomber le W, et tout ira bien.
— Ça marche ! Tu te trouves où ?
— En *Switzerland,* lui répondit Kinsey.
— Et nous, au Liechtenstein.
— C'est le nom d'un cupcake ?
— D'un pays à côté de la Suisse.
— Mais alors on tout est proche, Tom. Si on se donnait rendez-vous, pas loin d'ici ?
— Ici c'est où, Kinsey ?
— Lausanne. *Wait a minute*, je te passe le pilote. À tout à l'heure.

Tom en fit de même, avec Sigurd aux commandes de l'hydravion. Les deux hommes du ciel, convinrent d'un point de rendez-vous.

Le monde n'est pas prêt

39.

Château de Chillon – Quelques instants plus tôt

— Professeur Vesperov, si vous nous en appreniez plus sur vos travaux, lui demanda le docteur Pasquale.
— Lâche le morceau, dit le cadet des Karamazov. On est entre amis, tu sais bien que rien ne peut t'arriver, tant que tu es avec nous. Tu es en sécurité, ici.
Youri n'avait plus le choix, quand il vit l'autre frère activer sa main dans la poche droite, et prendre la forme d'une arme de poing.
Plus il s'approchait de la cloche, plus l'esprit translucide semblait le fuir, comme apeuré par le regard de Youri.
— Qu'est-ce qui ne va pas, Tatiana ? Adressa-t-il à l'âme de sa fille, tu ressens de mauvaises vibrations ?
— On ne veut pas vous faire du mal, Mademoiselle, avança le docteur Pasquale, ce n'est nullement dans nos intentions.
— Elle fait sa chieuse, confia secrètement Roberto à son frère, tu vas voir que bientôt, elle va lui réclamer une cloche parfumée, avec une carte gold.
— Si seulement, tu pouvais la fermer deux minutes, ta carte. Lui murmura Grishka, ça nous ferait des vacances.
Youri, plaqua ses deux mains contre les parois de l'objet en verre, et tout en approchant du regard, s'adressa à elle…

Le monde n'est pas prêt

— Tatiana chérie, s'il te plaît aide-nous. Si ce sont les gens autour qui t'effraient, je vais les prier de sortir.

— Attendez-nous dans l'autre pièce, Messieurs Duppelheimer, leur conseilla le docteur Pasquale. Je pense que trop de monde dans la pièce, intimide cette entité.

Grishka, avança la main dans sa poche, et Youri sentit une arme frôler le bas de sa colonne vertébrale.

— Je crois qu'ils peuvent rester, dit-il à ses faux assistants, ils ne dérangent nullement l'expérience.

— Voilà qui semble bien plus raisonnable, professeur, dit Bertrand-Grishka, retirant l'objet du dos du professeur.

— Ce n'est pas la première fois qu'elle me fait ça, leur expliqua Youri. Quand j'étudiais son comportement, par ondes magnétiques à Prypiat, elle réagissait déjà de la même façon.

— Voyons cher Youri, on lui interdit peut-être de nous révéler des données essentielles à nos avancées, en matière de transcommunication.

— Essaie encore, vieux bouc, lui conseilla en aparté, Bertrand-Grishka Duppelheimer, avec un sourire forcé. Nous ne pouvons croire un seul instant, que tu vas échouer. C'est dire le soutien qu'on te porte.

— Vas-y Youri, c'est bon bon bon, l'encouragea Roberto à sa façon.

— Qu'ils sont amusants vos amis, dit le docteur Louis-Bertrand Pasquale, je n'ai que trop rarement l'occasion de plaisanter dans mon domaine, il faudra me les ramener plus souvent, Professeur.

Sans dire un mot, Vesperov se força à sourire, avant de reprendre le contact avec la forme.

Le monde n'est pas prêt

— Tatiana... N'aie pas peur, et approche-toi, lui demanda-t-il, c'est ton papa qui te parle.

Celle-ci ne lui obéissait toujours pas, et restait collée au fond de la cloche.

— Elle a peur qu'il lui dise de ranger sa chambre, dit Louis-Roberto, en catimini à son frère, qui grimaça. T'as pas vu la poussière qu'il y a sous la cloche.

L'autre lui fila un nouveau coup de coude dans les côtes. Ce qui ne semblait pas, pour autant, perturber l'attention du père, en conversation avec sa fille disparue.

— Tu préfères retrouver le confort de ta boite à doucha, c'est bien ça ? proposa Youri à l'entité.

La forme bougea. Il fit signe au docteur Pasquale d'arrêter le supplice. L'homme de sciences se ganta une nouvelle fois les mains, avant d'avancer le coffret à l'intérieur de la cloche, et récupérer l'âme effrayée de Tatiana, pour la remettre à son collègue russe.

— Permettez, se désigna Grishka, je suis le garant du sommeil de ses nuits, je l'aime à couvrir.

Devant l'insistance de celui-ci, Vesperov n'eut d'autre choix que renoncer à récupérer sa boîte, et la lui remettre.

— Quel dommag,e chers collègues, soupira le docteur Pasquale, nous touchions presque au but. Mes outils nous auraient, tôt ou tard, permis de décoder sa forme de langage.

— Docteur, accepteriez-vous de nous confier votre mallette ? Lui proposa Bertrand-Grishka.

Vesperov tenta de communiquer avec les yeux, en les faisant rouler de gauche à droite, pour faire signe à son ami, qu'il ne devait pas accepter leur proposition. Il était trop

Le monde n'est pas prêt

tard, le docteur Pasquale venait de tout déconnecter, et y ranger ses instruments de mesure et ordi portable, en les tendant à Roberto, qui s'en empara.

— Prenez-en bien soin, mes amis, lui recommanda Pasquale.

— Ne vous inquiétez pas, l'assura Louis-Roberto Duppelheimer, ils sont en sécurité avec nous.

Ayant incité Vesperov à les suivre, ils sortirent de la pièce privée, où ils croisèrent quelques touristes venus visiter le château, avant de se diriger vers la passerelle, les reliant au continent.

— Mais j'y pense, vous êtes venus comment ici ? Les rattrapa le docteur Pasquale.

— En taxi, répondit Bertrand-Grishka, notre hélicoptère nous attend près de Lausanne.

— C'est pas très loin. Si vous permettez, je vais prendre ma Corvette blanche, et je vais vous raccompagner.

— Ne vous donnez pas cette peine, Louis-Bertrand, dit Vesperov, qui cherchait à gagner du temps, nous allons bien nous trouver un moyen de transport.

— Allons allons, cher Youri, dit Bertrand-Grishka en le menaçant du regard, puisque ce cher Louis-Bertrand le propose si sympathiquement, n'allons pas lui faire offense, en déclinant son offre.

Vesperov comprit que les deux frères russes décidaient à sa place, et qu'il avait tout intérêt à ne surtout plus les contredire. Tous les quatre grimpèrent à bord de la Corvette, qui quitta Montreux pour Lausanne.

Le monde n'est pas prêt

Quand ils arrivèrent à destination, ils ne purent que lever les yeux au ciel, pour s'apercevoir que l'hélicoptère de Serguei s'était envolé. Si Grishka avait porté un chapeau, il l'aurait mangé de rage.

— Mes amis, je suis désolé, s'excusa le docteur Pasquale, j'aurais du appuyer plus fort sur le champignon.

Vesperov souriait intérieurement. Par sa lenteur helvétique, son ami venait de sérieusement contrarier les plans des Karamazov. Tout n'était pas encore perdu. Quand Grishka, fou de colère, sortit son revolver, et le braqua dans le cou de Louis-Bertrand Pasquale...

Le monde n'est pas prêt

40.

Extérieurs de Lausanne – quelques instants plus tard

— Mains en l'air Pasquale, et file-moi les clés de la Corvette, lui ordonna Grishka.
— Faites ce qu'il vous dit Louis-Bertrand, lui dit d'une voix tremblante, Vesperov. Il n'a pas l'air de plaisanter.
— Mais c'est impossible, s'excusa celui-ci.
— Et pourquoi ?
— Parce que les clés sont dans ma poche. Comment voulez-vous que je puisse atteindre ma poche, si je garde les mains levées bien haut ? C'est une question de physique élémentaire, que je vous pose Monsieur Duppelheimer. Une question, à laquelle je vous demande de méditer un moment. Et si je peux me permettre, c'est surtout une question de culture physique.
— Mais il va se taire, où je l'embroche avec les essuie-glaces ? S'emporta Grishka.
— C'est pas malin ça. Comment vous allez faire s'il pleut ? Vous savez la condensation de l'eau augmente les nuages au-dessus du lac, et il se pourrait bien que...

Grishka bouscula le savant, qui tomba dans l'herbe, sans toutefois se blesser.

— Allez, ça suffit, dit l'aîné des Karamazov, donne-lui les clés, et casse-toi.

Sous la contrainte de l'arme, le docteur s'exécuta.

Le monde n'est pas prêt

— Roberto… Prends le volant !

— Roberto ? S'interrogea l'homme à terre, mais je croyais qu'il s'appelait Louis, moi. Qui êtes-vous au juste, Messieurs ? Vous m'aviez l'air si aimable au château. En voilà un drôle de comportement. Mon cher Your,i si je peux me permettre un conseil, vous devriez mieux veiller sur vos fréquentations. Je crois que cet incident mérite bien quelques éclaircissements, ou bien…

— Les apparences sont bien souvent trompeuses, s'excusa Vesperov. Navré de vous avoir embarqué dans cette galère, mon bon Louis-Bertrand, mais je suis leur prisonnier.

— Tes politesses, tu peux te les foutre au cul, hurla Grishka, qui changea d'attitude, découvrant que le docteur Pasquale attendait des explications rationnelles, qui ne venaient pas.

— Ça suffit, dit le cadet des Karamazov, file-nous les clés et casse-toi. Et d'abord, moi c'est pas Louis, c'est Roberto.

Sous la menace du *Luger P08*, il lui tendit son trousseau, ajoutant…

— Attendez ! Je ne vous ai même pas montré comment vous en servir. Allez-y doucement sur l'embrayage, Monsieur, il est un peu comme moi… Fatigué. Si vous le désirez, je peux vous faire une petite démonstration.

Il n'eut pas le temps de leur rendre ce service, que Roberto s'installa au volant, et démarra en trombe, après l'avoir écarté violemment, et s'être assuré que son frère et Vesperov étaient bien montés à l'arrière.

Pasquale, vit disparaître son automobile de collection, dans un nuage de fumée opaque.

Le monde n'est pas prêt

— Oh ben flûte alors, ils ont aussi pris les clés de ma maison. Quel étourneau, je suis ! Et dire que je ne leur ai même pas expliqué, pour la modulation de fréquence de la radio, regrettait-il. Tant pis, je vais rentrer à pied, ça me fera un peu d'exercice, et puis sans la mallette, c'est plus léger du coup. D'ailleurs, pourquoi je m'en fais pour rentrer chez moi ? J'ai une seconde paire cachée sous le pot d'hortensias, devant l'entrée.

La voiture filait maintenant en direction de Lausanne. À bord, Vesperov adressait ses reproches à ses ravisseurs.

— Vous n'êtes pas très malins, les frangins. Vous croyez que vous allez comme ça, déchiffrer le secret de la boite à doucha ? Si mon confrère n'y est pas parvenu lui aussi, tous les deux, je vous donne zéro chance d'y arriver.

— Lâche-nous avec ça Youri. Mon frère est peut-être un con fini, mais moi j'ai un cerveau pour deux.

— Il a pas tort, acquiesça Roberto, c'est lui, l'éminence grise de nous trois.

— Comment tu connais ce mot, toi ? s'étonna Grishka en se retournant.

— C'est toi qui l'as appris à Igor, et Igor me l'a répété.

— Et t'as compris quoi ?

— Il me l'a répété, c'est ce que je disais.

— Pauvre tâche, t'as rien capté, comme dab.

— C'est toujours comme ça, chez vous ? Lui demanda Youri.

— Roberto et Igor ont fait une licence de stupidité, avec à la clé, une mention très con, obtenue de justesse.

— Oui on a failli la rater pour un dixième de point, confirma Roberto, en se retournant.

— Tu vois, j'invente rien, justifia Grishka.

Le monde n'est pas prêt

La Corvette venait de dépasser Lausanne. Dans le rétroviseur de Grischka, on apercevait la cité suisse s'éloigner.

— Moi qui croyais, qu'on descendait en ville, dit Roberto au chauffeur.

— Eh ben tu croyais de travers, j'ai un plan de secours, lui annonça Grishka, on va improviser…

41.

Aérodrome de Fribourg-Ecuvillens – Suisse – fin de matinée – 23 mai

Après avoir obtenu l'autorisation d'atterrir, l'hélicoptère de Sergueï, avec à son bord Kinsey, et Mattéo, venait de se poser sur la piste, où les attendait déjà l'hydravion de Sigurd, dont étaient descendus Tom, Alice, Peter, et Mariana. Une fois les présentations faîtes, ils repérèrent une petite auberge où déjeuner ensemble.

À table, les deux pilotes discutaient aviation, et échangeaient leurs impressions, sur leur matériel. Plutôt que d'attendre son dessert, Alice s'était discrètement éclipsée, pour envoyer un message à Tom par *whatsapp*. Rapidement, le jeune homme l'avait rejoint à l'étage, dans la chambre 14, où elle l'attendait cachée sous les draps d'un lit king size.

— J'ai le papillon qui frétille, Tom. Viens ! Le convia-t-elle, en découvrant le drap.

— J'ai vu ton message. Dans le genre contenu explicite, on fait pas mieux.

Le monde n'est pas prêt

— Et explicite, ça rime avec ta b...
— C'est bon, joue pas ta poète La Martine, j'avais cru comprendre.

Il se glissa contre sa peau, pendant qu'elle s'affairait à lui faire quitter ses habits, un à un, qu'elle envoya valser aux quatre coins de la pièce.

— Dis-moi que je t'ai manqué Tom, lui dit-elle, en lui mordillant le lobe de l'oreille.
— On s'est pas vraiment quitté Alice, tu m'as quand même eu sur le dos depuis deux jours.
— Et là tu es sur mon ventre, et tu vois, je m'en plains même pas.

Auparavant, quelques douceurs intimes du jeune homme, lui avaient ouvert l'appétit. Tout en venant en elle, il observait ses paupières se dilater. Il lui prit alors les mains, et se mit à la scruter du regard.

Magie des sens et de l'esprit, les yeux de Tom pénétraient les siens, tant leurs âmes étaient connectées. Il exerçait sur le bas-ventre de la jeune femme, un mouvement lascif avec son torse, qui rendait folles les aréoles de ses seins, qu'il ne faisait que frôler, entre deux aller-retour. Passion échevelée, où l'abandon de la notion de temps et d'espace, devenait total pour les sens. Sorte d'osmose parfaite, entre le langage de la pensée, et l'animalité du corps.

Au moment où Alice chercha à verbaliser, le tourbillon de plaisir qu'elle ressentait dans tout son corps en feu, il l'en empêcha, en déposant doucement, son index sur ses lèvres.

— Pas maintenant, ma puce.

Elle venait de réaliser que cette communication non verbale, était encore plus intense que les va-et-vient progressifs, qu'il activait en elle. Auprès de lui, Alice

Le monde n'est pas prêt

découvrait la fusion totale des sentiments. Délicatement, elle se saisit du doigt, qui l'avait réduite au silence, et le guida jusqu'aux entrailles de son papillon, qu'elle humectait de sa sève interne, juste ce qu'il était nécessaire, avant de lui recouvrir la lèvre supérieure, du précieux nectar dont il était constitué.

Voyant que le jeune homme en avait apprécié le goût, et s'en délectait à souhait, elle reconduisit cette même approche, avec la lèvre inférieure. Sans dire un mot, Tom venait de lui coller les siennes, contre sa bouche, et l'invitait à présent à partager ces sécrétions de femme, synonyme de l'appétit sexuel, qu'elle lui portait.

NDLR
— Marie-Edwige vous reste-t-il encore quelques feuilles de ce papier absorbant que vous avez ramenées du MONOP' ?
— Il me semble que oui, dans la buanderie. Mais pourquoi diantre cette question, Edmond-Kevin ?
— Pour rien.

Les positions s'étaient inversées. Lascivement, Alice se laissait glisser contre sa peau, lui attrapant les mains, pour le contraindre à sa merci. Lui, se laissait faire, profitant de ce trop rare moment d'intimité volé. Il sentait son souffle chaud, émaner de sa gorge, alors qu'il goûtait à ses délicieux mouvements ondulatoires, dont elle abusait, mais qu'elle dosait, pour mieux contrôler son extase finale.

Il y eut un dernier soupir… Sans doute le plus beau. Un peu comme celui qui recouvre les partitions des symphonies de Mozart, à la fin du dernier mouvement. Les amants

Le monde n'est pas prêt

restèrent enlacés un long moment, avant de se revêtir, et s'en aller rejoindre les autres, dans la salle du bas, où le repas venait d'être servi.

Il l'observait, en train de récupérer sa petite robe rouge
— Si tu cherches ta petite culotte, elle est restée sur le pont de l'Øresund.
— Merci.
— Qu'est-ce que tu fais, Alice ? Lui demanda Tom, à mi-escalier.
— Je me recoiffe un peu. Tu crois quand même pas, qu'on va tout leur raconter ?
— Je pense qu'on va garder ça pour nous, mon cœur, sinon on n'est pas sorti de l'auverge.
— De l'auberge Tom, ta langue a encore fourché.
— Tu as pas eu trop à t'en plaindre de ma langue, toi, pas vrai ?
— Oui. Mais cette fois, tu vas la garder à l'intérieur de ta bouche. Tu crois que tu pourras le faire ?
— Top. Et on va leur dire quoi aux autres ?
— Qu'on avait un problème à régler, avec Verena, à la boutique.
— Tu crois vraiment qu'ils vont gober ça ?
Tom avait raison. Sitôt qu'ils s'excusèrent de leur absence momentanée, le frère d'Alice qui avait entendu le prénom de l'associé de sa sœur, fut le premier à réagir.
— Verena, s'écria-t-il, toujours la reine de la chatte, celle-là ?
— Un ton plus bas, lui fit comprendre Alice.
— Peter, lui conseilla Tom, si tu vois ce que je veux dire, ta sorella te conseille de parler du bout des lèvres.

Le monde n'est pas prêt

Le frère de la jeune femme, modéra ses propos, et leur demanda en langage codé, si ses animaux se portaient bien.

— À merveille, répondit-elle, même qu'elle doit en refuser.

— Refuser des bêtes ? s'étonna Kinsey, qui se mêla de leur conversation. Alors ça, c'est pas cool.

— Surtout celles à poil, compléta Peter.

— Vous avez pas honte ? Un pays humaniste, comme l'Allemagne, doit tout faire pour les protéger.

— Calme-toi Kinsey, lui recommanda Alice, Peter te fait marcher.

— Il est limite rasoir, ajouta Tom.

— C'est tout les mecs, ou vous en avez encore beaucoup d'autres comme ça ? Tenta de les arrêter Alice.

— J'E-touffe de rire. Chez moi, c'est nerveux, renchérit Peter.

— Tu sais qu'avec leur duvet, elle fabrique des couettes, poursuivit Tom.

— Tous les deux, mais qu'est-ce que vous êtes cons.

Peter et Tom fondirent en larmes avant de lui lancer…

— Si toi aussi tu t'y mets Alice, bienvenue au club !

La sœur de Peter, ne comprit pas leur dernière réplique, et mit fin à leur joute verbale aux allusions très sex, en demandant qu'on lui passe le pain.

Après la mousse au chocolat des montagnes suisses, spécialité du coin, la discussion s'était faite plus sérieuse. Mariana, allait devoir tout tenter, pour les convaincre de ne pas abandonner le professeur Vesperov à ses ravisseurs. Face aux nombreux arguments qu'elle leur exposait, tous décidèrent de mettre tout en œuvre, pour sauver Youri.

Le monde n'est pas prêt

— Tu as raison, Mariana, approuva Sigurd. Une découverte comme la sienne, ne doit pas tomber aux mains des Russes.

— Mais Youri est russe, lui rappela celle-ci, et moi aussi.

— Je me suis mal exprimé. Je parlais des Karamazov. Eux, sont véritablement dangereux.

— Et surtout très cons, précisa Tom. Un tel degré de connerie sur l'échelle de Connaud, ça devrait être côté au moins cinq barreaux, dans le guide du Roublard.

— Pendant que j'y pense, précisa Sergueï, du haut de l'hélico on les a aperçus se casser en Corvette blanche. Un modèle spécial.

— Un modem ? s'écria Peter. C'est démodé ! Ça se fait plus, depuis longtemps !

— Il a dit un modèle, Peter, le reprit Alice. Pourquoi tu cherches toujours, à tout ramener à l'informatique, toi ?

— Parce que c'est mon domaine, et pas mon dolmen, répliqua Peter, qui n'était pas breton. Et là-dedans, je m'y connais.

— Justement, Peter, intervint Sigurd. Toutes tes compétences vont nous servir. À propos, Sergueï, tu as eu le temps d'identifier leur auto ?

— C'est un coupé C1 de chez Chevrolet, qui doit dater de 1956. Moteur v8 à essence, à injection mécanique, qui fait dans les deux cent cinquante chevaux, et doit monter à cinq mille tours minute. Vous voulez savoir autre chose ?

— Le nom du type qui l'a peint, dit Tom en déconnant.

— Et son signe astro, ajouta Alice, encore sous l'effet euphorique, de ce qui s'était produit à l'étage.

Le monde n'est pas prêt

— Et si tu connais le nom du mec qui baisait sa femme, pendant qu'il était occupé à peindre, je prends aussi, compléta le français.

Peter intervint à nouveau.

— Il doit plus y en avoir tant que ça en circulation, aujourd'hui.

— Oh ! tu oublies qu'ici c'est la Suisse, lui rappela Tom. Ici, il y a presque autant d'abris atomiques que d'habitants, alors des Corvettes blanches, Imagine…

— On risque rien d'activer une recherche quand même, Tom.

— Fais le, Peter, le supplia Mariana. On a plus rien à perdre.

— OK, je vais commencer par fouiller, les com internes de la police. S'ils ont reçu une plainte pour vol, j'accéderai immédiatement au dossier en cours, et croyez-moi, on va retrouver sa trace.

*

Sur la route de Lausanne – Suisse – quelques minutes plus tôt

Sans se préoccuper plus que ça, du vol de son véhicule de collection, assuré par une prestigieuse compagnie helvétique, le docteur Louis Bertrand Pasquale, continuait sa marche printanière sur le bas-côté de la route, non sans une certaine nonchalance. N'hésitant pas à entonner au passage, *La nouvelle chanson d'Heidi*, qu'il avait entendue pour la

Le monde n'est pas prêt

première fois, sur *Radio Cancoillotte,* une station de musique populaire, qu'il venait de découvrir, il y a quelques mois sur le net. Il s'amusait à en reprendre le refrain, quand une voiture freina de ses quatre pneus lisses, pour l'éviter...

Le monde n'est pas prêt

42.

La conductrice, affolée, sortit de son véhicule, et l'interpela.

— Vous marchez du mauvais côté de la route, Monsieur. J'ai failli vous écrabouiller. Votre imprudence aurait bien pu vous coûter la vie, si…

— Madame De Mesmervier, l'interrompit-il, l'identifiant immédiatement à son phrasé si précieux. Pourriez-vous me ramener chez moi ?

Il venait de reconnaître sa voisine, la sœur d'un homme de théâtre, qui avait malencontreusement chuté dans un escalier, et trouvé la mort en coulisses, au bas des marches, lors de la dernière de « L'Intérimaire ».

— Mais dites-moi, Bertille, vous devriez changer vos pneus. Ils sont usés jusqu'à la corde.

— Ça alors, mais vous êtes Louis-Bertrand ? Je ne vous avais pas reconnu, avec vos lunettes de soleil. Que faites-vous de si bon matin, sur cette route accidentogène ?

— Je marche seul, sans témoin, sans personne.

— Comment ça, sans témoin ? Et moi, ne suis-je pas votre témouine ?

— Je parlais de mes feux de témoin, Bertille. Je ne risque pas de les allumer, car figurez-vous, vous allez rire, on m'a volé ma voiture.

— Quel plaisantin, vous êtes. Qui voudrait donc de votre Corvette, ici ?

Le monde n'est pas prêt

— Les Russes.
— Moi qui croyais, qu'ils préféraient le béluga.
— Affaire de goût, certainement. Voulez-vous bien me ramener à mon domicile ?
— Allons, Louis-Bertrand, vous savez bien, que si vous cessez de critiquer mes pneumatiques, vous êtes le bienvenu à bord.

Quelques virages plus loin, elle le déposa devant la grille de sa propriété. Celui-ci la remercia de son dévouement, et enfin seulement, eut l'idée de se servir de son téléphone, pour signaler à la police du canton, le vol de son automobile de collection.

*

Sur la route de l'Aérodrome de Fribourg-Ecuvillens – Suisse – Début d'après-midi du 23 mai

Le frère d'Alice, agitait son smartphone en l'air, en signe de victoire.
— Tu as du neuf, Peter ? s'inquiéta sa sœur.
— Le propriétaire de la C1, a déposé plainte, et le poste de police d'Yverdon, les aurait aperçus se diriger vers l'Auberson.
— L'Auberson Nord, ou L'Auberson Sud ? demanda Tom.
— Parce que tu connais le coin, Tom ? Lui demanda Alice.
— Nan, c'est juste pour rendre service.

Le monde n'est pas prêt

— Alors *Shut up*, lui cria Kinsey.

— Ils cherchent à atteindre la frontière française, ajouta Matteo, qui semblait connaître le coin.

— Balance la carte, Peter, et agrandis les détails, que tout le monde en profite, lui conseilla Alice.

— J'ai pigé, s'écria Tom. Ils vont passer la frontière par Les Fourgs, ces fourbes.

— Observe bien, reprit Peter, à la sortie du village, ils vont prendre à gauche, et tenter de rejoindre la N57.

— Il faut anticiper tous leurs mouvements, leur précisa Sigurd. Avec le Sirius, je peux tenter un amerrissage sur le Doubs, au sud de Pontarlier. Toi, Sergueï, avec l'hélico tu pourrais explorer plus au sud, et te poser au pied du Mont d'or. Tu devrais y être, dans peu de temps. Et si ça te pose pas de problème, j'aimerais beaucoup échanger mes passagers avec les tiens.

NDLR
— Encore un truc pour embrouiller les lectrices. Vous laissez pas faire les filles, écrivez à notre service, et n'hésitez pas à remplir notre pétition en ligne, pour faire cesser les agissements de l'auteur.
— Edmond-Kevin, trop d'initiatives. Pensez à vous faire syndiquer, si le poste ne vous plaît pas.

— Tu as raison, lui répondit Peter, vous serez plus légers pour voler.

— Dis tout de suite que j'ai pris du poids Peter, lui lança Alice, et toi, Tom, t'en penses quoi ?

— Rien, lui répondit celui-ci.

Le monde n'est pas prêt

— Attends Chéri, tu vas pas t'en tirer comme ça, ajouta Alice, c'est pas parce que t'en penses rien, que tu penses pas.
— C'est la faute de ton papillon.
— Il a pris du poids ?
— Du poil, Alice, il a pris du poil.
— C'est pas bientôt fini, vous deux ? Les engueula Sergueï. Grimpez dans l'hélico, avec Mariana et Peter. On décolle dans trente secondes.

Ils montèrent dans l'appareil, dont les rotors avaient commencé à tourner, et comme prévu, s'envolèrent en direction du Mont d'Or. Kinsey et Mattéo, embarquèrent dans le Sirius, et l'hydravion s'envola, dans la direction opposée.

*

À bord de la Corvette volée – Grishka, Roberto et le professeur Vesperov

— Pourquoi vous avez changé de conducteur ? S'inquiéta Vesperov.
— Parce que c'est moi, qui conduis sur les routes de montagne, s'énerva Grishka.
— Vous m'emmenez où ? Ajouta-t-il.
— Je sais pas, lui répondit Roberto. Le plan B, faut voir ça avec mon frangin, mais comme je le connais, il a du l'inventer, à l'instant.

Le monde n'est pas prêt

— Tu peux pas la fermer deux minutes, toi ? Tu vois bien que je réfléchis.

— Je te connais trop bien, tu vas encore me dire que c'est l'otage, qui t'empêche de réfléchir à ton plan B. Mais c'est juste un sérieux retard mental, Grishka.

Plus son frangin s'énervait au volant, plus ses douleurs hémorroïdaires le reprenaient. Comme prévu par Tom, ils avaient pris la direction des Fourgs, après avoir, eux aussi, traversé la frontière, sans la moindre inquiétude.

Le monde n'est pas prêt

43.

À bord de la Corvette volée – À l'arrière de la frontière franco-suisse

— Personne dans le coin, dit Roberto, tu as vu Grishka, on risque rien. Ici c'est le désert.
— Le désert, avec des sapins, répondit Vesperov, vous en avez de l'imagination, vous.
— Et ça c'est rien, ajouta le conducteur du véhicule. Il vous a pas encore raconté, comment la marmotte emballait le chocolat.
Pressé d'arriver, à cause de ses démangeaisons rectales, Grishka roulait vite dans les lacets, et rapidement, Roberto fut pris de nausées.
— Arrête-toi immédiatement, Grishka, ou tu vas me faire gerber.
Il appuya sur un bouton, au-dessus de lui.
— Tu fais quoi ? Lui demanda Grishka.
— J'attends que le sac à vomis, descende tout seul.
— C'est une Corvette, pas un avion de ligne, l'avertit Vesperov. Voulez-vous bien lui ouvrir la vitre arrière ?
— Trop taaaaaaaaaaooord.
— Roberto venait d'exploser son déjeuner, à la vitre du véhicule.
— C'est une infection, cria Vesperov, votre frère s'est vidé comme un porc. Stoppez la voiture.

Le monde n'est pas prêt

Grishka pila sec, et courut ouvrir la porte arrière, afin que son frangin évacue le reste, dans le fossé.

— Il y a peut-être des lingettes dans le coffre. Vous voulez que j'aille vérifier ? Proposa le professeur.

— Reste ici toi ! Je vais le faire moi-même.

Il ouvrit celui-ci, et se mit à chercher partout, sans rien trouver, si ce n'est un chapeau claque, que le propriétaire du véhicule avait dû y oublier.

— C'est irrespirable, trouvez une solution, Grishka.

— Je sais pas moi. Ce que je sais, c'est que j'en ai plein cul de ce crétin.

— Excuse-moi frangin, je l'ai pas fait exprès, prononça Roberto, à plat ventre, en train de s'essuyer la bouche, avec quelques herbes folles.

NDLR
— *C'est qu'il va filer la gerbe à tout le monde, cet abruti. On aurait dû couper ça au montage.*
— *Enfin une bonne résolution, Edmond-Kevin. Je vous rajoute une étoile.*

Vesperov, aperçut une cascade de l'autre côté de la route, et l'indiqua à Grishka.

— Envoyez le chapeau, lui demanda-t-il, et occupez-vous de votre frère. J'en ai pour deux minutes.

— T'avise surtout pas de te barrer, lui recommanda fermement, l'aîné des frères.

— Je veux juste vous rendre service, simple politesse russe.

Le monde n'est pas prêt

Vesperov se dirigea vers l'endroit, où l'eau coulait. Il tendit le couvre-chef sous la cascade, attendit sagement qu'elle déborde, et leur ramena le liquide.

— Il nous en faut encore, Youri, il a tout dégueulassé à l'intérieur.

— Viens pas te plaindre maintenant, lui rétorqua son frère, t'avais qu'à décélérer, quand je t'ai supplié.

À la demande du chauffeur, le professeur fit quelques allers-retours supplémentaires au point d'eau, quand quelque chose attira son regard...

*

Hélicoptère de Sergueï – Mont d'Or – 23 mai – 12h37

Dans le Jura français, l'appareil du pilote russe effectuait un premier tour de reconnaissance, au-dessus du sommet du Mont d'Or.

— Tu aperçois quelque chose, Sergueï ? Lui demanda Alice.

— Rien. Juste quelques randonneurs, et un type un peu agité qui mène le groupe.

— C'est Benoît Poelvoorde, s'écria Tom, je l'ai reconnu.

Il lui fit de grands signes depuis les airs. Le célèbre acteur belge leva la tête, et lui rendit son salut, amusé d'avoir été identifié depuis le ciel. Tom en profita pour prendre un selfie, qu'il s'empressa de montrer à Alice.

— On voit rien, lui dit-elle d'un air dépité.

— Moi je sais que c'est lui, et c'est l'essentiel.

Le monde n'est pas prêt

Les recherches se poursuivaient. Toujours pas la moindre trace de Vesperov, et ses ravisseurs…

*

Corvette des frères Karamazov – 23 mai – 12h42

Occupés à nettoyer l'habitacle de la voiture, grâce aux allers-retours de Vesperov, et son chapeau rempli d'eau des montagnes, Grishka lui demanda…
— Il va nous en falloir beaucoup d'autres, Youri, ce gros dégueulasse a ruiné tout l'habitacle.
— C'est de ta faute, lui répondit sèchement Roberto, fallait freiner avant.
Toujours occupé à leur rendre service, le professeur reprit le chapeau et se dirigea vers le point d'eau, où quelques minutes auparavant, il venait de faire la découverte d'un étroit passage, dissimulé à l'arrière de la chute d'eau. Cette fois, il ne revint plus.
À quelques mètres de là…
— Qu'est-ce qu'il fout ? demanda Grishka à son frère. Toi qui sers à rien... Va voir où il est passé.
Roberto traversa la route, quand surgit du virage, un trente-cinq tonnes transportant un corps d'éolienne, qui le percuta de plein fouet, et l'écrasa comme une merde, d'où les mouches avaient pris le soin de se retirer, pour éviter le choc frontal.

Le monde n'est pas prêt

NDLR
— Trop d'imagination. On va effacer ça, et il va modifier.

Obéissant aux ordres de son frère, Roberto s'apprêta à traverser, en prenant bien soin de regarder à gauche et à droite, si la voie était libre.
— T'attends quoi là comme ça ? L'engueula Grishka.
— Je veux être sûr qu'il y a personne J'ai pas envie de me prendre un transport d'éolienne, en pleine face.
— Traverse, connard, ou c'est moi qui vais te rouler dessus.

Le monde n'est pas prêt

44.

Près de la cascade – quelques secondes plus tard

Roberto, qui avait eu l'immense courage de traverser la petite route, était parti à la recherche du professeur Vesperov. Mais celui-ci avait bel et bien disparu.

— Grishka, hurla-t-il, je l'ai.

— T'as pas besoin de gueuler comme ça. Tu vois pas que je suis juste à cinq mètres derrière toi. Et d'abord, il est où ?

— J'ai trouvé son chapeau. Je te le remplis quand même ?

Sans otage, mais surtout sans les renseignements, déjà en possession du professeur au sujet du mystère de la boite à doucha, l'aîné des Karamazov, savait qu'il lui serait impossible de percer son secret, tout seul. Coup de chance, la boite n'avait pas bougé de la banquette de la Corvette, où Roberto l'avait déposée après l'échange de volant. Elle était tout simplement recouverte, d'une sérieuse couche de vomis.

Une fois avoir rejoint Roberto, la traque se poursuivit.

— Il a pas pu disparaître comme ça. Cherche de ce côté, je vais explorer à l'arrière de la cascade.

Au bout d'un moment...

— C'est bien ce que je pensais.

— T'as mis la main dessus, Grishka ?

— Approche ! Qu'est que tu vois ?

— Ton doigt qui montre un truc.

Le monde n'est pas prêt

— Crétin, regarde pas mon doigt ! Regarde doigt devant !
— Un passage caché derrière la roche… Ça veut dire qu'il s'est enfui par là.
— Roberto, tu es un véritable prix Nobel de sciences, mais avec la réduction – 50 sur l'étiquette.
— Tu serais pas en train de te foutre de moi ?
— Jamais.

Tous deux, s'enfoncèrent dans cet étroit couloir formé par les concrétions rocheuses, et finirent par déboucher dans une forêt de conifères, plus en hauteur.

— Il a dû laisser des traces, s'exclama Grishka. Regarde partout.

Roberto le précédait en observant les arbres.

— Tu fais quoi ?
— Je cherche ses empreintes.
— Au sommet des sapins ? C'est pas un écureuil le père Youri, t'as rien à craindre pour ta noisette de cerveau.
— C'est pas juste, Grishka. J'essaie de t'aider, et tu me balances tout le temps des crasses.
— Parce que toi, c'est pas ce que tu viens de faire à l'instant, dans la Corvette ?
— J'étais barbouillé.
— C'était pas une raison, pour nous pondre un Picasso, période verdâtre. Et au lieu de répondre… Avance ! Il a pas pu aller très loin.

Après avoir entendu un bruit sourd de crash, aux alentours, et s'être écriés « bon débarras », les deux hommes continuaient de s'enfoncer dans les bois, observant autour d'eux, tout ce qui aurait pu servir de cachette au vieil homme. Cependant quelqu'un approchait…

Le monde n'est pas prêt

*

Hydravion de Sigurd – Les Fourgs – 23 mai – 12h49

Pendant que Sergueï survolait le Mont d'Or, Sigurd, dont l'équipe venait de faire chou blanc à Pontarlier, avait fait redécoller son Sirius, et survolait à présent, les Fourgs.

— Mattéo, observe bien en bas, si tu aperçois quelque chose.

Le sauveteur suisse, qui était monté à bord avec la noyée de Chillon, était plus occupé à échanger des regards complices avec la jolie Kinsey. Ils devisaient tendrement.

— Et quand tout sera fini, tu repars en Amérique ?

— Matteo, on en est pas là. Profite de l'instant présent.

Alors qu'elle se rapprochait de ses lèvres, il s'en écarta, le regard triste.

— Ça pourra pas durer bien longtemps. C'est bien ce que tu m'as fait comprendre ?

— J'ai pas dit ça. Tu sais, c'est pas évident la vie pour moi. Je suis pas une actrice connue dans mon pays. Juste une petite stagiaire, qui a évolué grâce à son sugar daddy. Et s'il apprend qu'on est ensemble, adieu Hollywood…

— Tu as nulle part où aller ?

— Pas exactement.

— Explique !

— J'ai un petit endroit rien qu'à moi, au sud de Tucson, dont est originaire mon père.

— C'est où ?

Le monde n'est pas prêt

— Dans l'Arizona. Je sais pas si tu vas aimer. C'est assez particulier comme city. Si t'as un crush pour les boutiques rétro, les vieilles baraques restaurées aux portes du désert, et la chaleur qui n'a rien à voir avec celle du Leman en été, alors tu…

— Kinsey, l'interrompit-il, en lui prenant les mains, je peux m'adapter à tout, du moment que ce soit ensemble, toi et moi.

— C'est pas ce que tu crois, Matteo, j'ai qu'un tout petit chez-moi. C'est à peine plus grand qu'un studio à Montreux. Dad m'a fait construire une Tiny House, sur un bout de terrain dont il avait hérité, à la mort de son oncle.

— Une Tiny ?

— Une choupinette de petit cocon, rien qu'à moi. C'est la seule chose que je possède aujourd'hui. Je l'ai faite aménager, mais j'avais pas prévu pour deux. On risque de s'y trouver à l'étroit.

— On se serrera. Qué sera serrera ! comme dit la chanson, qu'écoutait maman quand j'étais petit.

— Alors comme ça, la tienne aussi était fan de Doris Day[14] ?

— Kinsey, si tu savais comme cette chanson, j'ai pu l'écouter en boucle.

— Moi aussi. C'est trop du kiff. Maintenant, dès que j'ai un coup de blues, je m'injecte trente doses de **Whatever will be will be**[15], et je suis reboostée pour dix mois.

---

[14]Chanteuse et actrice américaine qui a fait de ce titre un evergreen planétaire en l'interprétant dans le remake du film d'Alfred Hitchcok « L'homme qui en savait trop »

[15]Ce qui doit advenir adviendra. Message contenu dans le refrain.

Le monde n'est pas prêt

— Au début, je comprenais d'ailleurs pas trop les paroles en anglais. Maman me prenait dans les bras, et on dansait ensemble, en tournant comme des fous.

— Matteo, elle est magique cette song.

— Carrément.

— Si t'as bien compris son message, on doit se laisser porter par la vie, et pas chercher à la contrôler.

— C'est l'erreur qu'on fait tous, s'en mêla Sigurd. Excusez-moi les amoureux, mais j'ai pas pu m'empêcher de vous écouter. C'est tellement beau, de vous entendre parler de ça ensemble.

— Et t'en penses quoi, Sigurd ? Lui demanda Kinsey.

— Que cette chanson intemporelle, n'est que du bon sens. Surtout, quand elle élève les âmes.

— À défaut d'élever les hydravions, cria Matteo. Redresse la barre, Sigurd. On va se planter !

Le pilote, qui s'était retourné pour parler au jeune couple, n'avait pas réalisé tout de suite, que son appareil venait de piquer du nez. Il tentait d'en rectifier la trajectoire. Malgré ses efforts, celui-ci semblait désespérément lui désobéir...

Le monde n'est pas prêt

45.

Hydravion de Sigurd – 23 mai – 13h02

Alors que le pilote faisait tout son possible pour rééquilibrer le Sirius, la panique gagnait les deux passagers. L'hydravion se dirigeait tout droit vers la cime des sapins. Le crash semblait inévitable.

Chacun s'en remettait à sa propre croyance, avant de se préparer à percuter les esprits de la forêt. Comment était-ce possible ? Le destin qui avait réuni les deux jeunes gens, allait-il les priver de projets ensemble ?

L'engin passa au-dessus de la petite route, où était stationnée la Corvette volée. Ils eurent juste le temps de l'apercevoir. Heurtant de l'aile gauche, le sommet d'un sapin, un voyant s'alluma sur le tableau de contrôle de Sigurd. A bord, l'électronique se remettait à répondre, et les commandes à réagir.

— On peut pas se poser ici, les avertit Sigurd. Je vais réduire la puissance un max.

— Qu'est-ce qu'on peut faire pour t'aider ? Lui cria Matteo.

— Prier.

— Sauve-nous Sigurd, sauve-nous, le suppliait Kinsey.

— Attention, ça va secouer, hurla-t-il, accrochez-vous où vous pouvez.

Le monde n'est pas prêt

Dans un ultime effort, Sigurd parvint à se poser en catastrophe, au sommet de plusieurs arbres touffus, qui constituaient une sorte de résistance provisoire, pour maintenir le poids du Sirius.

Le pilote procéda à l'ouverture de la porte, qui miraculeusement, fonctionnait encore.

— On va se servir de ma ceinture baudrier pour descendre, et d'une corde que je conserve toujours à bord.

— Comment ? gémissait Kinsey.

— Je vais la nouer autour du tronc. Accrochez-vous tous les deux, solidement à moi.

— Si elle pète, on va tous y passer, lui cria Matteo.

— Personne va mourir, tenta de les rassurer Sigurd, sans être véritablement certain, de ce qu'il venait d'affirmer à l'instant.

Le temps était compté. Lentement, ils se mirent à descendre de branche en branche. Entraîné par le poids des deux autres, le courageux norvégien surveillait si sa ceinture tenait le coup. Sa corde était assez longue, pour quasiment atteindre le sol, mais les branches auxquelles il l'avait arrimée, menaçaient de se briser à tout moment. Combien, celles qui maintenaient en l'air son brave Sirius, allaient-elles endurer de pression, avant d'abandonner le combat ? Tout n'était plus qu'une question de secondes et les trois rescapés n'en étaient encore qu'à mi-hauteur. Six bons mètres au moins, les séparaient encore de la terre.

Il y eut un craquement sourd, et l'une des branches qui soutenait l'hydravion, céda, désorientant la masse de celui-ci. Tous la virent passer devant eux, avec effroi.

— Encore un effort, leur lança Sigurd, on y est bientôt.

Le monde n'est pas prêt

— Si on réussit à s'en sortir, on va se prendre le Sirius sur le crâne, hurla l'Américaine.

NDLR
— Deux doliprane, et hop !
— C'est pas le moment, Edmond-Kevin. Et hop ! Je vous retire votre étoile.

— Faites-moi confiance, leur jura Sigurd, il va tenir.
La descente se poursuivait. Très vite, une seconde branche céda, et le Sirius piqua du nez vers le bas.
Effrayés, tous trois accentuaient encore leur déplacement. Arrivés à deux mètres au-dessus du sol…
— On fait quoi ? Paniqua Kinsey, la corde n'est pas assez longue.
— Pas le choix. On saute ! leur ordonna Sigurd.
Entraîné par la charge des deux autres, le scandinave s'écrasa au sol, dans un cri de douleur.
Kinsey et Mattéo s'en étaient tirés sans bobo. Ce qui n'était pas le cas du malheureux Sigurd
— Aide-moi à le porter, Matt. Faut qu'on se barre d'ici.
— Il est mort ?
— Il s'est pris un sérieux choc. Faut le transporter plus bas.
— OK, on s'y colle.
Tous deux parvinrent à se saisir de son corps, et se barrer au plus vite. L'homme d'âge mûr avait vu juste. Son jouet volant, s'écrasa au sol, quelques dizaines de secondes après leur fuite.
— Il doit être transporté aux urgences, décida Kinsey.
— Son smartphone est resté dans le Sirius, lui avoua Matteo.

Le monde n'est pas prêt

— C'est sûr que là où il est, il va voler moins bien maintenant. Heureusement le tien a résisté à la chute. Je les appelle…

Quelques instants plus tard.

— Tu les as eus ?
— C'est bon, ils vont le transporter à Pontarlier, au Centre Hospitalier de Haute Comté.
— Au moins on peut Comté sur eux.
Après la tragédie qu'ils venaient d'éviter, il fallait bien détendre l'atmosphère.
— Je vais en profiter pour call Serguéï. Il va encore tirer la gueule, mais cool, il comprendra.

*

À l'arrière de la cascade – quelques secondes plus tôt

Après s'être écriés « bon débarras », les frères Karamazov qui avaient entendu l'hydravion de Siugurd, se planter à quelques centaines de mètres d'eux, se félicitaient de ce coquin de sort, qui venait de les débarrasser d'une partie de leurs poursuivants. Quand brusquement, des pas approchèrent…

Le monde n'est pas prêt

Un géant, de deux mètres quinze, tirant une schlitte derrière lui, leur faisait maintenant face. Qui était cet homme ? Avaient-ils troublé le sommeil de cet impressionnant visiteur ? Ils n'allaient plus tarder à l'apprendre.

L'imposant inconnu, prit d'emblée la parole…

— C'est à vous, ça ?

Les frangins découvrirent le professeur, sanglé sur le traîneau du Hulk de ces bois.

— Sortez-moi de là, je suis une célébrité, les implora Vesperov.

— Toi, tais-toi, lui ordonna le géant.

— Youri, quoique tu aies fait, n'aggrave pas ton cas, lui conseilla Grishka.

— J'ai trouvé cet individu, en train de se soulager au pied d'un de mes conifères, protesta l'homme.

— Rien de moins qu'un besoin naturel, s'excusa Veperov, à mon âge c'est normal.

— Et alors ? Se risqua Roberto, qu'est-ce que ça peut faire ? C'est pas interdit par le règlement des eaux et forêts.

— Roberto, le rappela à l'ordre Grishka, ne contrarie pas le grand Monsieur, si tu veux pas qu'il te fasse de vilaines choses, avec la hache qu'il cache derrière son dos.

— J'avais pas vu, jura Roberto.

— Un homme abruti en vaut deux.

Le monde n'est pas prêt

46.

Avec le géant – 23 mai – 13h06

— Toi, le grand qui a toujours la gueule ouverte, lui demanda le géant, c'est quoi ton nom ?
— Vas-y c'est à toi qu'il parle, se moqua Roberto, montre que t'es un homme, frangin.
— Grishka Karamazov, se contenta-t-il de répondre, sans trop la ramener.
— T'as pas plus simple que ça ? Je vais t'appeler Tête de con, je trouve que ça te va plutôt bien.
En entendant ça, Roberto se retourna pour laisser échapper un rire étouffé, pendant que son frère cherchait des explications, à la colère de l'homme des bois.
— Et c'est parce que le vieil homme sur le traîneau, s'est soulagé contre un de tes arbres, que tu te crois obligé de péter les plombs comme ça ?
— Je t'ai pas tout dit, tête de con. Si je m'énerve, c'est parce qu'il a pissé sur ma tronçonneuse, et maintenant la lame va rouiller.
— Il a la lame à l'œil, en profita Roberto.
— Crétin des arbres, t'aurais pas pu mieux viser ? Dit Grishka, se tournant vers Vesperov qui se débattait toujours entravé. Regarde tous les problèmes qu'on a, à cause de toi.
Avant que la situation ne se mette à dégénérer, il décida d'arranger au plus vite les choses.

Le monde n'est pas prêt

— Je vais te dédommager, proposa Grishka au molosse, à condition que tu libères mon ami.

Espérant capter le regard du bourreau, qui l'avait ficelé ainsi, le professeur le supplia, en faisant non non non de la tête. Retourner avec ses ravisseurs, ne l'enchantait guère.

— Cinq cents, ça te va ? Lui soumit Grishka, saisissant le portefeuille, de la poche arrière du pantalon de son frère.

Le colosse fit signe de la tête que oui, et l'aîné des Karamazov, lui remit la liasse de billets.

— J'ai pas compté. S'il y a cent balles en trop, te crois pas obligé de rendre la monnaie.

— C'est quoi ces billets ? s'écria la brute, en les analysant de plus près, ils sont même pas marqués en euro.

— T'as pas besoin de lire, machin. C'est juste des chiffres et des lettres.

— J'en veux pas de tes biftons, file-moi des euros. T'as compris ? Des euros.

— Je te préviens, ça te rendra pas plus euro.

— Je m'en fous, je veux des euros, ou ça va se régler autrement, dit-il en haussant le ton, et portant son index à sa langue, avant de caresser la lame acérée de sa hache.

— Grishka ! Laisse faire le diplomate, lui suggéra Roberto, qui se mit à parlementer avec le sauvage.

Il sortit aussitôt sa carte de crédit, et la confia au géant.

— Avec celle-ci, tu vas pouvoir t'en acheter des trucs. Une nouvelle lame, et même une tronçonneuse thermique à poignée ergonomique, accélérateur sous sécurité, ergot d'ancrage sur tronc, et réservoir d'huile de lubrification de chaîne. Hein que tu vas aimer ça, lubrifier ta chaîne, mon cochon ?

Le monde n'est pas prêt

Grishka tapota sur l'épaule de son frère, lui signalant qu'il en faisait un peu trop à son goût. Mais le côté Commedia dell'Arte de Roberto, reprenait le dessus.

— J'ai besoin du code, se rappela le mastodonte.

— **2. 2. 2. 6.** Tu vois, tu peux pas l'oublier ça termine par scie.

La ruse l'avait emporté sur l'agressivité. À la grande surprise de Grishka, le bourru accepta de libérer le professeur.

— Tu sais, **2. 2. 2. 6.** Je préfère traiter avec toi, qu'avec tête de con.

— Tu peux m'appeler Roberto.

— Et moi, Demi-Lune. C'est pareil que Demi Moore, mais avec Lune.

— Pourquoi ce nom ? Tu es fan de ciné des années 80 ?

Demi-Lune se retourna, et les frangins se rendirent compte qu'il n'avait qu'une seule fesse. Grishka éclata de rire.

— C'est de naissance ? s'inquiéta Roberto, le plus empathe des deux frères.

— Un accident du travail, répondit Demi-lune, ma lame a dérapé sur un tronc.

— Alors toi t'es le roi des troncs, se lâcha Grishka, oubliant que le type faisait plus de trois têtes que lui.

— Ça risquera plus de t'arriver avec le nouveau modèle, le consola Roberto, oubliant du reste, qu'il venait de lui refiler un faux code, avec la vraie carte. Mais comment tu fais pour chier ? Se crut-il obligé d'ajouter, pris par un excès de curiosité.

- 267 -

Le monde n'est pas prêt

— Laisse tomber, Roberto. On va se passer des détails, l'avertit son frère, je crois qu'on a plus urgent à faire. Toi qui es devenu son pote, demande-lui s'il connaît Ivan, de la fabrique de jouets.

— C'est pas parce que j'ai qu'une fesse, que je suis dur de la feuille, leur rappela Demi-Lune.

— De la feuille, se moqua Grishka, le mec est jamais au bout du rouleau. J'en peux plus Roberto. J'arrive même plus à respirer.

— C'est pas très respectueux pour votre hôte, de vous moquer comme ça de lui, le corrigea le professeur Vesperov, à l'instant libéré de ses liens. Vous n'éprouvez même pas de compassion envers cet homme différent ?

— La moitié seulement, répondit Grishka, continuant à se tordre de rire.

Demi-Lune, trop content de la bonne affaire qu'il venait de réaliser, leur indiqua la route à suivre, et les kilomètres qu'il leur restait à faire, pour retrouver Ivan.

Le monde n'est pas prêt

47.

Hélicoptère de Serguei – 23 mai – 13h49

Serguei découvrait le texto de l'américaine, qui l'avertissait de l'accident survenu avec le Sirius. Celui-ci terminait par…
On les tient.
Le pilote russe, qui s'était éloigné du Mont d'or, venait de prendre connaissance de l'information, et en profita pour l'appeler, pour essayer d'en apprendre davantage.

— Kinsey, je t'écoute.

— On a repéré la Corvette. Elle se trouve à moins d'une dizaine de kilomètres, après les Fourgs. Elle a pas bougé du bas-côté.

— Comment va Sigurd ? s'inquiéta le pilote.

— Il a été transporté à Pontarlier. On a appelé les urgences. Un premier diagnostic, établi sur place, n'a rien révélé de grave. Apparemment, il n'a rien de cassé, mais ils veulent le garder en observation à l'hosto, après le choc qu'il a subi.

— Vous avez perdu le Sirius. Un si bel appareil.

— On a surtout failli y passer.

— Où se trouve la Corvette ?

— À côté d'une cascade, Serguei. Tu devrais avoir aucun mal, à la repérer.

— Je viens vous chercher, mais ça va encore alourdir l'hélico.

Le monde n'est pas prêt

— Je te promets de démarrer mon régime dès mardi, ironisa Kinsey.

Dans une poignée de minutes, Sergueï passerait les récupérer et la chasse à l'homme pourrait reprendre.

*

À l'avant de la cascade – 23 mai – 13h52

Les Karamazov, avaient soigneusement noté les indications de Demi-Lune. Leur prisonnier, qui était surveillé comme le lait sur le feu, avançait au-devant d'eux, vers le passage qui lui avait permis, un temps, d'espérer leur échapper, avant de s'être fait capturer par le géant.

— Avance Youri, lui conseilla Roberto, ça sert à rien de gagner du temps. Sois bon joueur. Reconnais que t'as perdu la partie.

— Pourquoi tu lui adresses encore la parole ? s'énerva Grishka. Il t'a joué un tour de cocu, et Monsieur joue les mielleux, avec la victime.

— C'est pas bien méchant ce qu'il a fait. J'aurais été à sa place, j'aurais fait pareil. N'est-ce pas, Youri ?

Vesperov hochait la tête, verticalement.

De retour sur la petite route, ils eurent la surprise de découvrir, qu'une ombre avait pris la place du chauffeur.

Prudent, Grishka venait d'armer son Lüger, au cas où les choses tourneraient mal…

Le monde n'est pas prêt

Hélicoptère de Sergueï – 23 mai – 14h00

— Je viens de repérer Kinsey et Matteo, au nord de la route, les avertit le chevronné pilote russe, mais ça va être chaud pour les récupérer.

— Si tu peux pas poser l'appareil, on va envoyer Tom avec le cordage, proposa Peter.

— Pourquoi moi ? s'exclama Tom.

— Parce que tu es mon héros, affirma Alice, et un héros, ça a peur de rien.

— Dans les BD seulement, rétorqua Tom.

— Rends-toi à l'évidence, Alice. Ton mec est pas cap de le faire. C'est quoi son problème ?

— Le vertige.

— Je vais m'encorder à sa place, dit-il, se saisissant du matériel. Sergueï ! Ouvre la porte !

— Sois prudent Peter, lui recommanda Alice, l'observant prêt à descendre. On a pas fait tout ce chemin, pour te perdre maintenant.

En bas, les deux amoureux de Chillon venaient de voir l'hélicoptère effectuer sa manœuvre.

— Tiens-toi prête *Sweetie*, lui dit Matteo. C'est toi qui vas remonter la première, je vais te faire la courte.

— Pas sans toi.

— T'affole pas, mon tour viendra. Pour le moment, accroche-toi bien à Peter.

— Manœuvre réussie, cria Peter à Sergueï. Tu peux nous remonter.

Le monde n'est pas prêt

— Profite du spectacle, Matteo, lui hurla Kinsey, en s'envolant. Dévoilant ainsi à son lover, le string couleur chair dissimulé sous sa jupe.
— J'en rate pas une miette, Honey. lui cria-t-il.
Après avoir déposé à bord l'actrice américaine, Peter redescendit chercher Matteo, mais son ascension fut loin d'être aussi spectaculaire, que celle de la charmante Kinsey. Lui, ne portait pas de string.

*

À quelques pas de la Corvette – 23 mai – 14h04

— Sois prudent Grishka, lui recommanda Roberto, et surtout va pas te blesser avec le flingue.
— Roberto, tes conseils tu peux te les mettre dans le rectum, lui souffla l'autre, lui rappelant en même temps, qu'il avait appris le latin à l'école. Je sais ce que j'ai à faire.
La porte-passager, de l'automobile, était restée ouverte. Quelqu'un s'était introduit à l'intérieur. Pour ne pas se faire voir par l'intrus, Grishka s'était mis à ramper depuis la chaussée, jusqu'aux abords de l'ouverture. Prêt à dégainer, au cas où l'individu se mettrait à ouvrir le feu.
— On bouge plus, et on sort mains en l'air, ou je tire, ordonna Grishka.
Immédiatement, la réponse se fit entendre.
— Meeh eeh eeh eeh. Meeeh eeh eeh.

48.

Le monde n'est pas prêt

Tout près de la Corvette– 23 Meeh – 14h06

— Meeh... Meeeh eeh eeh...
— Il y a pas de mais, sors de là. cervelle de mouton.
— Excusez-moi d'intervenir. Grishka, lui dit Vesperov, je crois bien que cet animal est une moutonne, elle a pas les petites bouboules en dessous.
— Normal. Les boules. c'est mon frère qui les a, avança Roberto, et grosses comme des champignons atomiques.
— Sombre idiot, si tu veux pas que je t'atomise, viens m'aider à dégager cette bête, et tout de suite.
Les deux hommes multiplièrent leurs efforts, pour extraire l'animal, qui avait pris toutes ses aises au volant, et finirent par le pousser hors de la Corvette, sous les applaudissements nourris du professeur, qui n'avait même pas pensé à fuir, tant la situation l'amusait.
— Brrrrravo, leur fit-il. Tous mes compliments.

*

Hélicoptère de Serguéï – 23 mai – 14h08

— Qu'est-ce qu'ils font ? demanda Alice au pilote, découvrant les trois hommes et l'animal.
— Je vais essayer de me rapprocher, répondit Serguéï, en tentant la manœuvre.

Le monde n'est pas prêt

— Les porcs ! ils vont fucker la moutonne, s'écria Kinsey. Les autres, regardez pas ça. J'appelle immediately mon avocat.

— Kinsey ! Calme-toi, la rassura Matteo, c'est pas c'que tu crois. Ils cherchent juste à le faire dégager de la place du conducteur. Grimpe sur mes genoux, tu verras mieux.

— Sorry, je croyais vraiment qu'ils allaient la monter, avec leurs grosses *dicks*.

— Mais oh, intervint Tom, on est pas au rodéo, Kinsey. Pose-toi Sergueï, je crois que cette fois on les tient vraiment.

— C'est pas prudent ça, s'opposa Matteo, on a déjà perdu le Sirius, alors crasher l'hélicoptère, ce serait de la négligence.

— Sergueï, est-ce qu'on peut trouver un truc pour les retarder ? demanda Tom.

— Le mouton s'en charge pour nous, lui répondit en ricanant le pilote, c'est ça le pouvoir des services spéciaux russes, ils ont tout prévu. Rien n'est laissé au hasard.

— Nous prend pas pour une chèvre non plus, rajouta Tom.

*

Dans la Corvette– 23 Meeh plus tard

— C'est malin, vous l'avez tellement effrayé, qu'il a fait caca maintenant, leur fit observer Vesperov.

— Quelle épaisseur, la couche ? Lui demanda Roberto.

Le monde n'est pas prêt

— Je sais pas, moi. Je ne suis pas cagologue, répondit l'homme de sciences. A vue de nez je dirais... huit centimètres.

— Parfait. Mon frère va pouvoir s'asseoir dessus, ça lui fera un coussin pour ses hémorroïdes.

— Roberto ! Tu veux mon avis, ou tu préfères retirer ça tout de suite avec tes dents ?

— C'était juste une boutade, Grishka. Si on peut plus plaisanter.

Après s'être débarrassé du paquet cadeau encore fumant, en étant allé chercher de l'eau, non pas à l'étang, car les temps son durs, mais bien à la cascade, ils achevèrent de nettoyer la place de Grishka. Une fois le problème réglé, la folle équipée se remit enfin en route.

Un peu plus bas sur la route...

— Ils sont toujours au-dessus de nous, constata Roberto, on va pas s'en débarrasser comme ça.

— Ils pourront pas nous suivre bien longtemps, à cause des arbres, dit Grishka, allons trouver ce Ivan.

Le monde n'est pas prêt

49.

Usine Fourbois – sortie de la forêt de la Fresse – Jura – 14h45

À l'instant, le téléphone venait de sonner dans le bureau de la secrétaire de l'entreprise de jouets en bois.

— Mademoiselle Boissière, où en sont les commandes pour le 44 ?

— En cours d'expédition, Monsieur le directeur. Le transporteur devrait faire une halte ici dans une demi-heure, pour déposer la marchandise au hangar N°1.

— Mademoiselle, ne vous sentez pas l'obligation d'attribuer un numéro au hangar, pour faire genre. Vous et moi, savons très bien qu'on en possède qu'un seul.

— Si je peux me permettre, Monsieur Fourbois, il ne sert pas qu'à y entreposer vos jouets.

— Allons allons, n'allez pas encore me faire chanter auprès de ma femme, pour cette histoire qui date d'au moins deux semaines.

— Je suis un être fragile, Guillaume, qu'il faut nourrir tous les jours comme une plante verte, pour éviter de dépérir.

— Justine, je crains ne pas avoir assez de sève, pour contenter votre appétit sexuel hors-norme, et à la fois celui de mon épouse. J'ai soixante et onze ans, voyez-vous.

— Travailler dans le bois, vous rend dur de partout. Dites-moi quel est votre secret ?

Le monde n'est pas prêt

— Parler à mon outil, devant le miroir.
— L'arbre qui cache le forêt. C'est bien ce que je pensais.
— C'est un hêtre vivant, que je dois bichonner, Justine. N'abusons pas des bonnes choses.
— Prenez-moi tout de suite sur le bureau, grand fou.
— Vous n'y pensez pas, ce n'est pas raisonnable. Le transporteur va arriver dans quelques minutes.
— C'est l'occasion de décharger votre trop-plein.
— Tout doux, l'affamée. Faut vous faire soigner. J'ai l'adresse d'un excellent spécialiste à Mouthe, qui pourrait s'occuper de votre cas. Laissez-moi retrouver ses coordonnées. Bon Dieu, où c'est que je les ai mises encore ? J'étais certain de les avoir rangées dans le deuxième tiroir.
— Assez parlé. Lâche ce téléphone. Je sais bien que t'es dans ton bureau, juste en face de moi, en train de me mater derrière ton miroir sans tain. Alors viens me rejoindre, si t'es un homme, au lieu de t'astiquer comme un pervers, à reluquer mes fesses de bombasse.

Fourbois quitta la pièce, et fit quelques mètres pour rejoindre sa secrétaire, bien décidé à lui faire quelques remarques sur la façon de se conduire, en tant qu'employée, face à son patron. Sitôt avoir franchi la porte, il eut à peine le temps de desserrer les lèvres, qu'elle l'interrompit…

— Tais-toi, et fourre-moi Fourbois, lui ordonna-t-elle, en dégrafant son pantalon.
— Tout doux, Justine. Vous allez encore me péter un bouton, comme la dernière fois.

Ne lui laissant pas le temps de rajouter un mot, elle lui fourra son impressionnante paire de boobs, en pleine face.

— Hmmm... je vois que vous avez des arguments, qui détourneraient un bataillon de soldats à Austerlitz.

- 278 -

Le monde n'est pas prêt

— Et si t'arrêtais de causer, Guillaume ? Ça me perturbe grave.
— Ça vous dérange tant que ça l'Histoire ?
— C'est un peu has been, comme discours. Te crois pas obligé non plus, de me parler économie maintenant. Tu sais bien, que je sais mieux que ta femme, m'occuper de ta courbe de croissance. Et en ce moment, je peux te dire qu'elle repart direct à la hausse. Pas besoin de consulter les marchés boursiers.

Fourbois jeta un regard furtif, vers son appareil génital.
— Excellente séduction. Pardon, je voulais dire déduction.
— Et qui c'est qui va offrir son bon jus jus à JuJu ?
— C'est Gui-Gui, lui répondit-il tout fier.
— Applique-toi ! La collecte est pour bientôt.
— Oui, Maîtresse.

Occupés qu'ils étaient à leurs petites affaires, ils n'avaient pas entendu la voiture qui venait de se garer sur le parking de la société. Des portes avaient été claquées, et trois silhouettes se dirigeaient à présent, vers l'entrée du bâtiment principal.

Le monde n'est pas prêt

50.

Usine Fourbois – sortie de la forêt de la Fresse – Jura – 14h57

— C'est fermé, s'exclama Roberto, on fait quoi ?
— On reviendra demain leur serrer la pince, connard, lui répondit Grishka.
— Vous pourriez peut-être essayer la sonnette, avant de sortir les explosifs, leur suggéra le professeur Vesperov.
— Tu sais que t'es pas con, toi ? Grishka, le vieux a raison. On pourrait sonner.
— Et tu attends quoi pour le faire ? lui asséna son frère, un conseiller en consulting ?
La sonnette retentit à l'intérieur du bâtiment.
DRING...

Bureau du directeur

— Rhabillez-vous Justine, et allez ouvrir. Ce doit être le transporteur qu'on attend. Il est juste en avance.
— J'y vais de ce pas, Guillaume.
— Justine !
— Quoi ?
— Vous m'avez transporté de bonheur. Je tenais à vous remercier de votre initiative.

Le monde n'est pas prêt

— Monsieur Fourbois, je ne serais pas contre un geste généreux de votre part, à la fin du mois.
— C'est entendu, je donnerais ma paie aux restos du cœur.
— Faut changer ton sonotone, Gui-Gui. J'ai pas dit ça.

À l'extérieur

DRING DRINNNNNNNNNNNNNNNNNNNG

Après cette courte altercation, qui ne devait pas être la première, la secrétaire de l'entreprise s'arrangea légèrement les cheveux en chignon, et partit ouvrir aux visiteurs.
— Excusez-moi, c'est encore cette foutue sonnette qui est restée coincée, s'excusa Justine. J'en parlais encore hier à Monsieur Fourbois, de la changer Il y en avait une en promo, la semaine dernière à Bricocoop, mais depuis que Monsieur a fait placer un autocollant STOP-PUB sur sa boîte aux lettres, on reçoit plus leurs dépliants publicitaires. Il est un peu bizarre mon patron, voyez-vous il…
Grishka fut le premier à oser l'interrompre.
— Nous comprenons parfaitement.
— Voyez-vous, il râle après la pub, et c'est le premier à vous envoyer sa brochure dans vos boîtes, pour vanter des produits, que pour la plupart il fait même plus fabriquer ici. Il les fait importer de Chine, par containers et par transports routiers. Des jouets, qui sont même pas aux normes NF. Et je vous parle même pas de la taxe carbone, pour la planète. Avant, il se contentait de tout faire en local, mais depuis que Gisèle l'a convaincu de faire appel aux Chinois, il a fait licencier les ouvriers qui travaillaient pour la fabrique. Et

Le monde n'est pas prêt

comme il est malin, le vieux bouc, il se contente d'en créer un seul par an dans nos locaux, ce qui lui permet de conserver son titre d'entreprise artisanale.

— C'est qui Gisèle ? S'intéressa Roberto, ce qui ne manqua pas d'agacer son frère, qui faisait tout pour écourter la discussion, avec cette grande bavarde.

— Comment ? reprit Justine, vous connaissez pas Gisèle Fourbois ? Vous devez pas être du coin, alors. C'est son épouse depuis quarante-sept ans. C'est elle, qui amène la trésorerie. Une fille qui est même pas de la région, et qu'il a dénichée en Suisse, parce que le père est banquier à Genève, et lui a laissé tout son héritage, après son divorce avec la Brésilienne, qu'il avait rencontré au Carnaval de Rio. Celle-là, elle faisait sa pute avec des plumes dans le cul, sur un char avec des non-genrés, et il a immédiatement eu le coup de foudre pour elle. Elle a pas eu le temps de le plumer, car il était plus malin qu'elle. Il lui avait fait souscrire un contrat de mariage à l'américaine, avec Maître Omar Weinstein, du bureau de New York.

— T'as vu Grishka, ça fait Omar à l'américaine, je suis sûr qu'elle l'a pas fait exprès.

NDLR
Mais l'auteur si. Il est fiché «S» comme Stupide, en tant qu'humoriste de troisième catégorie.

— Tout ça est très intéressant, Madame, lui dit Grishka, dans le seul but de reprendre la parole, mais on aimerait savoir...

- 283 -

Le monde n'est pas prêt

— L'adresse de l'avocat qui a défendu le père de l'épouse de Monsieur Fourbois, dans l'affaire qui l'opposait à cette tordue de Carioca ? Attendez... je dois l'avoir noté à quelque part.

— Pas la peine. On voulait juste savoir si…

— Si mon patron trafique sa comptabilité ?

— Si Ivan Rebrorovitch travaille toujours chez vous ? S'imposa Grishka, en haussant le ton, pour se faire entendre.

— Vous parlez bien d'Ivan, le slave qui s'lave jamais ? lui répliqua Justine. Attendez, si ma mémoire est bonne, il a quitté son boulot il y a deux mois, après que Monsieur Fourbois a osé lui faire une simple remarque, sur son hygiène douteuse.

— C'est bien lui, ajouta Roberto. Il a toujours été extrêmement susceptible.

— Pour une fois que mon patron avait raison. Ivan embaumait tellement, que toutes mes plantes vertes se mettaient à crever. Un mercredi, ou un vendredi, je crois, figurez-vous que j'ai retrouvé mon ficus du Guatemala à l'agonie…

— Vous lui avez fait du bouche à souche ? poursuivit Roberto, intéressé par le récit de la jeune femme.

Elle n'eut pas le temps de lui répondre, que Grishka enchaîna…

— Sauriez-vous où est allé Ivan ?

— À l'odeur, je dirais qu'il est parti vers l'est. Vous savez, en deux mois, même celle-ci a eu le temps de se dissiper. À moins de dénicher un bon chien policier, je vois pas vraiment comment vous allez pouvoir le retrouver.

— Et après, faudra penser à ranimer le chien, ajouta Grishka. Vous permettez ? Je dois consulter mes associés.

Le monde n'est pas prêt

Il s'éloigna de quelques pas, et alla recueillir les avis des deux autres.

— On pourrait les braquer, proposa Roberto, pour passer le temps.

NDLR
Un malfaiteur reste un malfaiteur et un bienfaiteur, un bienfaiteur. C'est la morale de cette stupide histoire.

— La NDLR a raison, poursuivit Vesperov.
— Qu'est-ce qu'il marmonne, le vieux fou ? demanda Roberto.
— Je sais pas, il entend des voix maintenant, répondit Grishka.
— Tout à l'heure, c'était des moutons.
— Ça a aussi commencé comme ça pour la Jeanne d'Arc des Français, avant qu'elle consulte un spécialiste *Audika*.
— Il paraît que c'était pas une flèche, non plus.
— Assez, tous les deux ! protesta Vesperov. Voulez-vous bien avoir un peu de respect, pour l'histoire de France.
— Qu'est-ce que t'y connais, toi qui as toujours vécu dans ton trou, à Prypiat ? lui répliqua Roberto.
— Stop, on arrête ça tout de suite, exigea Griska. Vous croyez que c'est le moment de vous donner en spectacle devant cette dingue ? Excusez leur comportement, Madame, mais mes amis sont un peu rustres.
— Russe, pas rustres, le corrigea Roberto. Moi par exemple, Signora, j'ai quand même beaucoup de sang italien dans mes veines. La classe !
— Ça me rappelle que j'ai un ami en stage au Vatican. Il s'appelle Lorenzo, leur apprit Justine, et il est garde suisse.
— Mais alors, il est pas italien ?

Le monde n'est pas prêt

— Ben si, de suissesse italienne. Sa mère est une authentique Tognetti. Un jour, si vous avez le temps, je vous emmènerais chez elle. Après un cappuccino, on ira faire ensemble un tour à Lugano, Ascona, Locarno, Bellinzona...

— Si elle continue, c'est moi qui vais l'attraper son zona, confia Grishka aux deux autres, Au secours, faites-la taire !

— Veuillez l'excuser Madame, reprit Roberto, mon frère a été fini au Chianti. Accepteriez-vous de nous mener au bureau de votre directeur ?

— Je vais voir, s'il est disponible. Ne quittez pas.

— Pourquoi elle dit ça ? demanda Roberto à Grishka.

— Parce qu'elle peut pas t'envoyer à la gueule, la petite Musique de Nuit de Mozart en sol majeur, histoire de te faire attendre.

— Pfff. Même pas italien, lui.

Après les avoir fait patienter à l'entrée quelques minutes, elle revint les chercher pour les mener à Fourbois. Quand un bruit à l'extérieur, attira leur attention...

Le monde n'est pas prêt

51.

Hélicoptère de Sergueï – Route des Fourgs – quelques minutes plus tôt

Malgré les efforts du pilote, pour retrouver la trace des Russes, les recherches s'épuisaient.

— Comment tu as pu les perdre, Sergueï ? L'interpella Tom. On les tenait presque.

— Ils sont plus malins que je pensais, lui répondit le pilote. Ils ont dû nous échapper par la forêt. Trop de chemins sous les arbres.

— Si seulement on avait pu se poser.

— Il y a des risques que je préfère ne pas vous faire courir, et vous êtes nombreux à bord.

— Tu veux qu'on lâche du lest ?

— Impossible.

— Et si on retrouvait le géant, qu'on a aperçu tout à l'heure près de la cascade ? proposa Alice. Il sait peut-être quelque chose. Sors le treuil, Sergueï, je vais descendre.

— Chérie, t'es pas bien. Et s'il te bouffe tout cru ?

— Où c'est que t'as vu ça, Tom ?

— Dans le Petit Poucet.

— Faut pas poucet ! C'est de la littérature pour enfants.

— Peut-être, mais ça marque.

Le monde n'est pas prêt

— Pas autant que mon tatouage sur le haut de ma cuisse gauche, intervint Kinsey, en lui faisant découvrir le dessin, qui représentait la bataille de Fort William Henry, dans ses moindres détails.

— La vache, s'écria Tom, qui c'est qui t'as fait ça ?

— L'avant-dernier des Mohicans. Le dernier n'était pas dispo pour la séance. Et attends, mate le reste ! ça remonte jusqu'à ma cha…

— Je crois qu'il en assez vu pour aujourd'hui, intervint Alice.

— Pour une spécialiste des broussailles, Alice, je comprends pas ton manque de curiosité, lui répliqua Tom.

— Du calme sœurette, dit Peter, moi aussi je m'intéresse à la Conquête de l'Ouest. Alors si t'y vois pas d'inconvénient, j'apprécierais que Kinsey poursuive son cours d'histoire.

— Pas d'accord, s'opposa Matteo, c'est jour de fermeture du Musée. Kinsey, please rhabille-toi. On a assez perdu de temps comme ça. Et si veux qu'Alice descende, c'est peut-être pas la meilleure stratégie.

Il avait raison. Alice refusait à présent de s'encorder. Matteo surveillant les frasques de l'américaine, avait tout intérêt lui aussi, à ne pas quitter l'appareil. Tom, paralysé par son vertige, acceptait de se faire oublier également.

— Si personne se désigne, moi j'y vais, s'indigna le pilote.

— Sergueï, t'es complètement dingue, tu vas pas nous abandonner comme ça, lui hurla Tom. D'abord un capitaine reste toujours avec son équipage jusqu'au bout.

— Où t'as vu ça, Tom ?

Le monde n'est pas prêt

— Dans *Titanic*, Alice. Même Jack a coulé avec son radeau gelé.

— Il a toujours kiffé la glace dans son drink, ajouta Kinsey. Tiens, si tu veux voir mon autre cuisse, c'est Cameron, lui même, qui m'a fait le tatoo, le jour où je cherchais à le prendre en selfie.

— Bon alors je saute, ou quelqu'un se dévoue ? hurla Serguëi.

— Je vais y aller moi, proposa Peter.

— Sois prudent, toi, lui recommanda sa sœur. Tu fais pas le poids contre cet ours.

— T'en fais pas, Alice. Même si c'est toi la spécialiste du poil, je vais la réussir cette mission.

Serguëi, toujours en attente au-dessus de la route de la cascade, venait de lui ouvrir la porte de l'hélicoptère...

Le monde n'est pas prêt

52.

Usine Fourbois – Sortie de la forêt de la Fresse– 23 mai – 15h04

À l'instant, le chauffeur d'un imposant semi-remorque, venait de faire son entrée sur le parking de la fabrique Fourbois. La secrétaire du patron, n'avait toutefois pas réussi à identifier l'homme qui était au volant du poids lourd, Et pour cause, ce n'était pas le conducteur habituel.

Elle quitta le seuil d'entrée de l'entreprise, où elle avait ouvert la discussion avec les trois Russes, et sortit prendre des nouvelles du nouveau visiteur, qui descendait de sa machine.

— Bienvenue chez Fourbois Monsieur…

— Vous pouvez m'appeler Piotr. Votre chauffeur, Stefan, a eu un petit contretemps. Il m'a appelé en renfort, et ça tombait bien, j'étais dispo.

— Comment ça ?

— Je venais de terminer ma livraison à Nachodka, au port Vostochny. Vous connaissez ?

— Pas du tout.

— Je rentrais chez ma maîtresse. Si vous n'avez pas confiance, donnez-vous la peine de vérifier. Quand j'étais en encore Suisse, j'ai entendu qu'il lançait un appel par radio à quelqu'un qui se trouvait dans sa zone, et pourrait le dépanner au plus vite.

Le monde n'est pas prêt

— Il lui est arrivé quelque chose ?
— Rien de grave, juste un problème mécanique. Il a été obligé d'immobiliser son engin.
— Et la marchandise, elle est devenue quoi ?
— J'ai tout récupéré. Vous pouvez tout contrôler. Il ne manque rien.

Il lui ouvrit l'arrière de la remorque. Sur les cartons, était mentionné « Toys »

— Voyez, tout est là, lui fit observer Piotr, que voulez-vous que je fasse de tous ces jouets, moi ? Je suis pas le Père Noël.

Elle constata que rien n'avait été perdu. La cargaison avait transité de Hong-Kong jusqu'à Nadochka. Son patron n'aurait donc pas à lui faire la remarque désobligeante d'avoir mal géré l'incident.

— Ne bougez pas. Je vais aller vous chercher votre ordre de mission.

Elle s'en revint vers les locaux, quand elle vit Guillaume Fourbois en sortir, donnant la main au professeur Vesperov.

— Ben voyons, Gui-Gui, C'est quoi encore, ça ? Lui demanda-t-elle, étonnée. Depuis quand tu as changé d'orientation sexuelle ?

Son patron ne répondait pas. Il essayait de capter son regard, en lui faisant comprendre, tout en roulant des yeux, qu'il ne pouvait pas faire autrement.

— Si j'étais toi, gros cochon, j'éviterais d'en parler à Gisèle. Pas sûr qu'elle risque d' aimer ça, poursuivait-elle naïvement. Enfin c'est votre vie. Moi ce que j'en pense… Et puis je voudrais surtout pas m'en mêler, ça me regarde pas. A moins que tu préfères la version trouple au couple. Si je

Le monde n'est pas prêt

peux te donner un conseil, plutôt que t'envoyer en l'air avec le petit rabougri, j'aurais plutôt choisi les deux Russes, pour mon quatre-heures. D'ailleurs, où sont passés ces beaux mecs ?

En hochant la tête, Fourbois donna deux coups légers vers la gauche, pour lui faire comprendre qu'ils n'étaient pas très loin.

Justine, qui n'avait toujours rien remarqué, poursuivait son monologue...

— Quitte à me faire démonter, je les aurais escaladés par la face Nord, moi. Avec leur physique de démonteurs bretons, on doit pas s'ennuyer beaucoup, et pas que les jours de pluie. N'est-ce pas, Gui-Gui ?

On comprenait aisément la gêne de son patron, en observant ses yeux, qui s'ils avaient pu sortir de leur orbite pour gagner le sol, l'auraient fait expressément. Sa secrétaire, que personne ne souhaitait interrompre, poursuivait sa logorrhée verbale.

— T'en penses ce que tu veux, Gui-Gui, mais si tu veux mon avis, moi je m'attaquerais pas à son sucre d'orge. Question de goût, c'est clair, et surtout parce qu'il a dépassé la DLUO.[16]

En s'excusant du regard, Fourbois se retournait vers son compagnon auquel il n'avait pas lâché la main. Les Karamazov apparurent quelques mètres derrière eux, une arme à la main.

— Alors comme ça c'est toi qui veux te faire les déménageurs, Mademoiselle ? Lui lança Roberto.

---

[16] Date limite d'utilisation optimale, ça peut toujours servir.

Le monde n'est pas prêt

— J'ai pas dit ça, moi. Je parlais de lui, leur offrit pour toute réponse, la secrétaire pointant du doigt son patron. Vous avez du mal entendre, parce que vous étiez sans doute encore à l'intérieur, quand je l'ai pas dit.

— Tu vas grimper avec nous dans le camion, tout de suite, l'interrompit Grishka, en pointant son Lüger en direction d'elle.

— Mais... Monsieur Fourbois, supplia-t-elle. Dites-leur que j'ai pas fini de truquer votre comptabilité. Je dois rester là. Et croyez-moi, y'a du taf.

— Obéissez à ces hommes, Justine. Ils n'ont pas l'air de plaisanter.

Contrainte par Grishka, elle grimpa avec Vesperov, à l'arrière du camion.

— Roberto ! Tu restes avec eux.

— Et lui, on en fait quoi ? demanda Roberto, en indiquant Fourbois.

— Je m'en occupe.

D'un coup de crosse il assomma Fourbois, et le traîna péniblement sur quelques dizaines de mètres en direction du hangar.

— Je voudrais pas déranger, reprit Justine, mais vous vous seriez évité tous ces efforts, en l'assommant directement dans le hangar.

— Elle est pas con la môme, s'exclama Roberto, t'aurais pu y penser.

— Roberto ! Tu sais quoi ?

— Oui. Ma gueule !

Une fois avoir solidement attaché le propriétaire du lieu, et dissimulé la Corvette à l'intérieur du bâtiment, Grishka vint prendre place dans la cabine du chauffeur.

Le monde n'est pas prêt

— Toi, si tu veux pas finir comme lui, tu démarres immédiatement, et tu poses pas de questions.
— On va où ? s'inquiéta Piotr.
— J'ai dit, pas de questions. Compris ?
— Alors ça, c'est déjà une question, « Monsieur je veux pas de questions ».

Vu le caractère de Piotr, la route promettait d'être longue.

— Et ma feuille de route, elle est où, ma feuille de route ? C'est Justine qui devait me l'apporter.
— Roberto, hurla Grishka, raccompagne la fille au bureau, et ferme bien le camion, avant. C'est pas le moment de semer la cargaison.
— T'as pas besoin de gueuler Grishka. Je gère ça comme un pro.
— Justement, c'est ça qui m'inquiète.

Le monde n'est pas prêt

53.

Hélicoptère de Sergueï – route des Fourgs – 23 mai – quelques minutes plus tôt

Peter, qui venait d'atteindre le sol, se dirigeait vers l'endroit mystérieux de la cascade.
— Je vois rien. Ça va nulle part, leur communiqua-t-il.
— Cherche mieux ! Lui recommanda Sergueï, aux commandes de l'appareil.
Le frère d'Alice n'était pas homme à se décourager. Il arpentait, centimètre par centimètre, l'endroit jusqu'à ce qu'il aperçoive l'entrée du passage, qu'avaient emprunté, avant lui, les frères Karamazov. Il se glissa à l'arrière de la chute d'eau, et traversa le tunnel, qui le menait à la forêt enchantée.

NDLR
Il est préférable de qualifier la forêt, d'en chantier. Sinon vous allez voir que bientôt, l'auteur va nous sortir des nains de son chapeau, et une croqueuse de pomme, certes bio, bien qu'empoisonnée. Bref du déjà-vu.

— C'est quoi encore ? S'exclama Demi-Lune, remarquant immédiatement l'intrus, sortant du passage. C'est pas les Champs-Élysées, ici.
Prudemment, Peter engagea la conversation avec l'inconnu.

Le monde n'est pas prêt

— Excuse-moi de t'avoir dérangé, bon géant.
— Moi, c'est Demi-Lune, rapport à ma fesse.

Les présentations et l'effet de surprise passés, Peter demanda au grand homme, s'il n'avait pas eu de la visite au cours de la journée.

— Si tu me prends pour l'office de tourisme, t'es mal tombé, mec.
— Je veux juste savoir qui tu as croisé.
— Deux mecs avec un gros accent, qui n'était pas celui de Marseille, con.
— Et ils voulaient quoi ?
— Que je leur donne mon prisonnier.
— Ton prisonnier ?
— Tu vois quoi, au pied de cet arbre ?
— Un traîneau.
— Une schlitte, ignare ! On appelle ça une schlitte.
— Pardon, mais c'est toi l'homme des bois, Robin.
— Demi-Lune. Combien de fois, je t'ai dit que c'est Demi-Lune mon blase.

Et pour l'en convaincre, il grava son prénom sur le tronc.

— **Deux MiL Une**. Comme ça se prononce.
— C'était pas la peine d'abîmer cet arbre pour ça. Il t'a rien fait, lui.
— T'occupe, il était déjà condamné.

Il mit sa tronçonneuse en marche, et l'abattit sans autre forme de procès, comme l'aurait écrit La Fontaine, s'il avait été présent, près de la cascade.

— Je vois, reprit Peter, la contrariété c'est pas trop ton truc.
— T'as pas intérêt à pisser sur ma lame, toi.
— Hein ?

Le monde n'est pas prêt

— Comme le vieux que j'ai attaché sur la schlitte, avant que t'arrives.
— Tu l'as pourtant laissé filer. Dis-moi un peu... Ils voulaient quoi tes visiteurs ?
— Que je libère le pisseur.
— Juste ça ?
— Le moins con des deux, m'a demandé où était l'usine Fourbois. Ils connaissaient un de leurs potes qui y travaillait.
— Tu te rappelles son nom ?
— Ivanne.
— Ivanne ou Ivan, parce que ça s'écrit Ivan, mais en russe, ça se prononce Ivanne.
— C'est ce que je viens de te dire, Ducon. Et là je peux te dire, que ça se prononce bien Ducon.
— Susceptible avec ça.
— J'ai toutes les qualités pour faire un bon bûcheron.
— J'en doute pas. Et elle se trouve où ton usine ?
— D'abord, va falloir sortir la monnaie.
— Tu préfères pas des billets ?
— Te fous pas de moi. L'argent d'abord.
— Tu veux pas ma carte aussi ?
— J'en ai déjà une.

Le géant sortit de la poche arrière de son pantalon de travail, celle que lui avait remise Roberto. Peter constata que c'était une carte, uniquement en usage en Russie.

— Tu t'es fait repasser, Demi-Lune, lui expliqua Peter. Ils se sont bien foutus de ta gueule, tes Russes. Je parie qu'ils t'ont même pas donné le bon code.
— Ben si. Qu'est-ce que tu crois toi ? C'est le **2. 2. 2. 6.** Ils m'ont dit que je pourrais tirer autant que je veux.
— T'as eu le temps de vérifier, au moins ?

Le monde n'est pas prêt

— Où ça, abruti ? Tu as vu traîner un distributeur dans un tronc, ici ?

— Pas vraiment. Mais j'ai déjà vu six troncs dans une église. Tous pleins. Une affaire juteuse.

— Et qu'est-ce qui te fait dire que c'est pas le bon code ?

— Parce que ceux qui te l'ont refilé, t'ont menti deux fois, dit l'allemand, se rendant compte de la supercherie. La première, parce que pour retirer du fric chez eux, tu dois composer un code à cinq chiffres qu'ils t'ont pas donné, et la seconde, car leur carte est pas valable chez nous.

— On peut plus faire confiance à personne, alors ?

— En tout cas, pas à ces escrocs. Voilà ce qu'on va faire. Moi, je vais pas te proposer des roubles, mais deux beaux billets roses de dix euros, tout neufs, si tu me donnes l'adresse de l'usine.

— Fais péter les brouzoufs!

— Tiens. Voilà Dix et Dix, qui font vingt.

L'homme empocha l'argent, qui alla rejoindre l'unique poche arrière, pour cause d'invalidité fessière.

— Voilà... C'est à moins d'une heure d'ici, direction le Jura. Tu cherches simplement la direction de la forêt de la Fresse...

— De la fesse ?

— La Fesse c'est à moi, tu touches pas. La Fresse, tu vas trouver facilement. T'as qu'à suivre les panneaux, c'est écrit dessus comme le porc salue[17], grouik grouik.

— Si tu crois que c'est évident de là-haut je suis venu en hélico Demi-Lune.

— T'as qu'à demander au pilote.

---

[17]Fromage dont le nom exact est une marque déposée. Ce qu'ignore Demi-Lune, qui en le prononçant, imite le cri du cochon.

Le monde n'est pas prêt

— Il est russe lui aussi.
— Il doit y avoir un nid quelque part. C'est pas possible tous ces Russes dans mon bois.
— C'est pas que je m'ennuie avec toi Demi-Lune mais je dois m'envoler.
— Alors casse-toi vite Superman et fais attention à la kryptonite. Merci quand même pour les billets.

Peter prit congé du bourru de la forêt et attendit le signal de Sergueï pour remonter à bord de l'hélicoptère, persuadé que dans une dizaine de minutes tout au plus il allait retrouver la piste des kidnappeurs du père de Tatiana.

Le monde n'est pas prêt

54.

Usine Fourbois – sortie de la forêt de la Fresse– 23 mai – 15h11

Après être allée chercher sous bonne escorte la feuille de route qu'elle avait laissée sur son bureau, la secrétaire de Fourbois revint prendre place à l'arrière du camion avec le professeur et Roberto. Il était plus que temps de partir. Quelqu'un finirait sans doute par s'inquiéter de l'absence du patron et démarrer les recherches.

Dans la cabine du chauffeur, Grishka, auquel Roberto avait précédemment remis les instructions avant de s'installer avec les deux autres otages, lui indiquait la marche à suivre.

— Piotr, tu prends Chalon-sur-Saône, puis la E62 par Montluçon, jusqu'à Poitiers.

— D'accord, et après ?

— Attends, je consulte la feuille.

Au même moment – à l'arrière du semi-remorque

Dans la pénombre, Roberto resté seul avec le professeur Vesperov et Justine, essayait de tenir tranquille les gens qu'ils avaient sous bonne garde.

Le monde n'est pas prêt

— C'est pas très confort, mais on a pas le choix, les avertit-il. Restez calme tous les deux, et tout va bien se passer.

— Vous avez pas honte de faire subir un calvaire pareil, à un homme comme moi ? Lui demanda Vesperov.

— Désolé, Prof. Là on navigue un peu dans l'impro. Mais rassure-toi, on peut faire confiance à mon frère. Il va encore nous mijoter un truc.

— Il y a des pauses pipi de prévues, au moins ? s'inquiéta Justine.

— Pas de problème. Je préviendrai Grishka, avec mon smartphone. Maintenant, dormez ! Vous avez que ça à faire.

— La dernière fois que je me suis assoupi, j'ai raconté toute ma vie, au Liechtenstein.

— C'est qui ça ? Le questionna Justine. Un docteur ?

— Le nom d'un pays, sombre idiote, lui retourna Roberto.

— Roberto n'en faites pas trop. Vous non plus vous ne saviez pas ce qu'était le Liechtenstein, avant d'y avoir mis vos arpions.

— C'est la vérité. Je m'excuse, Signora.

— Avant que Roberto m'interrompe, je vous disais qu'on m'avait forcé à raconter ma vie, reprit Vesperov.

— Moi, j'aurais adoré, s'écria Justine. Qui vous a obligé à faire ça ?

— Un docteur en hypnose. Le professeur Sigmund Wildteufel, de Vaduz. Il m'a tiré la morve du nez.

— Les vers, c'est déjà pas mal, lui dit Justine.

— Vous avez raison, Mademoiselle. Les vers, ça fait tout de suite plus poétique.

— Continuez votre histoire.

Le monde n'est pas prêt

— Tous mes souvenirs d'enfance me sont revenus. Vous connaissez la Slavianka, Mademoiselle Justine ?
— Non.
— On va la faire soft, Youri, lui dit Roberto, cherchant à éviter le passage sur la Slavianka. A cause de la souris je m'étais planqué derrière la porte du docteur, quand je t'ai entendu débiter toutes tes conneries. Si tu veux pas perdre ton temps, Justine, évite de le faire parler de ses souvenirs d'enfance.
— Roberto, c'est pas bien. Avec la jeune fille, vous n'êtes vraiment pas courtois.
— Et toi, avec ta Slavianska, tu sais pas faire court toi.
— D'abord l'inculte, apprenez qu'on dit pas la Slavianska, mais la Slavianka, « Monsieur j'ai tout entendu derrière la porte ».
— L'écoutez pas et racontez-moi tout, professeur...
— Quand j'étais petit garçon, en repassant mes caleçons, ma mère évoquait souvent la Slavianka...

NDLR
— *Protestation. Il va pas encore nous ramener son running gag[18] dès que se présente une opportunité. Je m'insurge vivement contre ce type de pratique. Je répète, je m'insurge vivement contre ce type de pratique, qui n'est pas du tout l'objectif d'un running gag.*
— *Edmond-Kevin, je vous ai compris. Pas besoin de vous le répéter, je vous ai compris.*

---

[18]Gag dont l'effet comique consiste à la répétition à volonté de la plaisanterie jusqu'à ce que lassitude ou mort s'en suive.

Le monde n'est pas prêt

Ayant patiemment attendu la fin de l'histoire du professeur, diffusée en direct dans la cabine de pilotage, via le téléphone de Grishka, qui se tenait au courant de tout ce qui se passait en queue de camion, le chauffeur démarra enfin, et quitta l'enceinte de l'usine Fourbois. Toute l'équipe venait ainsi de perdre une bonne demi-heure.

Le monde n'est pas prêt

55.

Hélicoptère de Serguëi – forêt de la Fresse – 23 mai – 15h20

Le pilote chevronné avait fini par repérer la fabrique de jouets, à la sortie de la forêt.

— C'est bon, on va pouvoir se poser sans problème, annonça-t-il à Tom, Alice, Peter, Mariana, Kinsey, et Matteo.

NDLR
Il pourrait au moins nous préciser, si le pilote pratique le tarif « groupe ».

L'atterrissage fut un jeu d'enfant. La cour de l'usine était suffisamment vaste pour accueillir des scolaires, des ressortissants étrangers, ainsi qu'une bonne partie des manifestants du défilé du 1er Mai à Paris, au cas où ils chercheraient un autre endroit de départ, que la place de la République.

Tous descendirent de l'appareil.

— On va faire deux équipes, proposa Peter.

— Je veux absolument faire partie des jaunes, l'interrompit Tom, qui avait confondu avec *Koh Lanta*.

Peter ne l'écoutait pas.

— Kinsey, ma sœur, et moi, on va enquêter du côté du hangar.

Le monde n'est pas prêt

— Pas d'accord, protesta Alice, pourquoi tu prends toujours un malin plaisir à séparer les couples, frangin ?

— Je suis dans aucun couple, ajouta Mariana, Tom, si tu veux, je peux venir avec vous.

— Mettez-vous d'accord, s'énerva Peter. Qui vient avec moi ?

— Moi, répondit Matteo. Mais pas sans Kinsey.

— C'est pour aujourd'hui ou pour *Morgen*[19] ? S'agaça Peter, qui reprenait sa langue maternelle, plus propice au commandement.

Un quart d'heure plus tard, après moult tergiversations, il fut décidé que les amants du Léman allaient le rejoindre. Tom, Alice et Mariana composeraient l'autre team, qui évoluerait à une cinquantaine de mètres, l'une de l'autre. Tout ça pour ça.

Celle de Peter se dirigea vers l'entrée principale toute proche, et les bureaux. Ils sonnèrent…

Rien ne se produisit. La porte semblait fermée.

— On attend encore, ou bien… Demanda Matteo.

— On pourrait exploser la vitre, proposa Kinsey, la plus déterminée du trio.

— Pour qu'on soit dérangé par un mec de chez Carglass dix minutes après, dit Peter, c'est pas raisonnable.

Dans un éclair de lucidité, le suisse Matteo, essaya d'appuyer sur la poignée, et la porte s'ouvrit, vu que les Russes n'avaient pas pris le soin de la fermer à clé en partant.

— Bravo Matteo, le félicita Peter, voilà qui va nous faciliter le travail.

---

[19]Demain

Le monde n'est pas prêt

— On fouille partout, ordonna Kinsey La moindre empreinte, trace d'urine, de sperme ou de règles, on doit tout analyser.

— Tu te crois où, Kinsey ? Lui rappela Peter. On est pas aux Experts Fourbois. Commence plutôt par trouver quelqu'un.

— Et pourquoi pas un corps dans la réserve, reprit l'Américaine. Si c'est moi qui met la main dessus la première, laisse-moi la chance de l'autopsier, perso.

À part un préservatif usagé, récupéré dans le bureau, tout le reste fut fouillé, et le moindre recoin exploré. Pas d'humain vivant dans les lieux. Les rouges avaient fait chou blanc, comme dirait un touriste picard, de passage à Strasbourg, attablé devant une bonne choucroute, non surgelée.

— Ils ont dû faire un massacre dans le hangar. Les autres vont y trouver une véritable boucherie. Putain, mais pourquoi je suis jamais dans la bonne équipe ? se plaignit Kinsey.

Hangar – Usine Fourbois – 23 mai – 15h27

Dans l'aile gauche du bâtiment principal, les autres venaient de faire le tour du hangar en alu, qui abritait les fausses créations du patron, pour plus de prudence certainement. Tous trois cherchaient à s'assurer que l'ennemi ne surgirait pas des fourrés, pour donner instantanément l'assaut.

NDLR

Le monde n'est pas prêt

Ho ! on se calme. C'est quand même pas la guerre de Sécession qu'il est en train de vous raconter.

Les recherches à l'extérieur, n'avaient rien donné. Pas la moindre trace d'un assaillant, tapi dans l'ombre.
— Si on essayait l'intérieur du hangar ? Se fit entendre une voix.
— D'accord. Mais qui a eu cette idée folle d'inventer les tôles ? demanda Tom.
— Moi, cria fièrement Alice, d'un pas pressé.
— Tu vas donc entrer la première. T'as rien à craindre, je te couvre.

Tom mit son manteau sur les épaules de la belle, pour mieux la couvrir, et surtout, pour qu'elle ne prenne pas froid, en pénétrant à l'intérieur. Selon lui, il était préférable d'éviter à sa belle, un choc thermique trop violent. La température externe étant de dix-huit degrés Celsius, et celle du hangar de dix-sept à l'ombre.
— C'est pas ouvert, s'exclama Alice, en se prenant la lourde en pleine face. Ce qui fut bien plus violent que le supposé choc thermique.

Tom lui replaça sa pelure sur le dos, celle-ci ayant glissé au cours du choc frontal avec la porte.
— C'est le métier qui rentre, ma chérie. La prochaine fois, prends une assurance avant de foncer droit dedans. À moins que tu tiennes tant que ça à rejoindre ce pauvre Sigurd, à Pontarlier.
— Tu me crois si gourde ? lui dit-elle, en se tenant le nez. C'est pas ça qui va me résister. Au lieu de te moquer, va plutôt me chercher un pied-de-biche.

Le monde n'est pas prêt

— Et où ça ? J'ai même pas croisé de cerf dans le coin. On est mal, Patronne, on est mal.

— Et si tu essayais avec ça, Alice ? Lui proposa Mariana, défaisant délicatement de sa queue de cheval, une agrafe à cheveu avec jointure en métal.

— Te donne pas cette peine, lui déconseilla Tom, ce truc ça marche jamais,

La suite lui donna tort. Alice effectua si bien la manœuvre, que la serrure céda. Les trois entrèrent, quand brusquement, Tom ressortit pour prévenir les autres qu'ils avaient réussi.

— Venez, leur cria-t-il.

— Va te faire foutre, fucking french guy, lui envoya Kinsey.

— Soyez bons perdants, au moins. Reconnaissez que les jaunes ont gagné. Je vous demande même pas de vous prosterner devant notre génie.

— Qu'est-ce que tu fabriques, Tom ? Dit une voix à l'intérieur.

— Je leur demande de venir Alice, mais ils veulent pas. Ils sont trop sur le cul, tellement on est bon.

— Gueule pas trop fort. Pour le moment on est toujours dans les cartons.

— Je savais pas que tu déménageais, Alice. Tu comptes vraiment t'installer chez moi ?

— Compte pas faire un carton avec cette vanne-là, et aide-nous d'abord à avancer.

— Alice a raison. Viens nous aider à dégager tout ça, Tom, si on veut progresser.

Le monde n'est pas prêt

Tom entra, et s'interrogea sur le tas imposant de marchandises entreposées ici. Il ne put s'empêcher d'en déballer l'une d'entre elles, au passage.

— Pourquoi tu fais ça ? Lui demanda Alice. Si on cherche quelqu'un ici, il fait pas trente centimètres.

— Hey, t'as entendu ça, Rocco Siffredi ? Ces filles sont pas là pas pour toi. Tu peux ranger ton paquet.

— À qui il parle ? demanda Mariana.

— Laisse-le, il divague.

— VAGUE ! hurla Tom en riant.

— Qu'est-ce qu'il est bruyant mon mec, et il s'appelle même pas Aristide, ajouta Alice. Ce qui ne manqua pas d'étonner le français de l'érudition de sa compagne.

Tom venait d'éventrer plusieurs cartons empilés devant lui.

— Une girafe. Une deuxième girafe, et en bois en plus. Je connais des tas de mamans et de bébés qui vont écrire à *UFC Que Choisir* pour porter plainte, parce qu'elles font pas pouet pouet quand on presse dessus.

— C'est normal, murmura une voix d'homme.

— Meufs, vous avez mué ? leur demanda Tom. Répondez c'est pas drôle. Le coin commence à devenir chelou ici. Surtout avec toutes ces girafes.

— Cette voix… Tu l'as entendue, toi aussi ? Lui dit Mariana.

— À moins d'être sourd ou me boucher le nez, ça t'en bouche un coin, Mariana.

— C'est normal, reprit la voix.

Au passage, ils découvrirent la Corvette qui avait été dissimulée à la hâte sous une bâche.

Le monde n'est pas prêt

— Il y a encore les clés dessus, dit Tom, elle va pouvoir nous servir.

— Vérifiez la jauge de carburant avant de la taxer, ajouta la voix de l'inconnu, ce qui ne manqua pas une nouvelle fois de les faire sursauter.

— Ça vient de derrière les cartons, leur annonça Alice. Tous les deux, aidez-moi à les dégager.

— Monsieur, appela Mariana, essayez de nous guider vers vous.

— Ici la voix, fit la voix. Vous avez deux minutes pour atteindre le bouton rouge, avant que tout s'écroule.

— Pourquoi ? Crièrent-ils.

— Parce que le bâtiment a été construit sur une faille sismique. Et que tout peut se péter la gueule, à tout moment.

Après avoir appuyé en vain, sur le bouton en question qui ne servait à rien, si ce n'était à intimider les intrus, Tom, Alice et Mariana trouvèrent enfin la voie de la voix. Ils défirent les cordages, qui entravaient l'homme à terre à qui elle appartenait, le relevèrent et l'entraînèrent vers l'extérieur.

— Vous voyez bien que c'était du flan, dit Tom en claquant la porte derrière lui.

Il y eut un énorme bruit, et plus rien. Un épais silence venait de remplacer le boucan de la secousse ressentie. Au travers l'épais nuage de poussière, difficile de distinguer ce qui était advenu des trois jeunes, et du patron de l'entreprise Fourbois…

Le monde n'est pas prêt

56.

Hélicoptère de Serguëï – Site de l'usine Fourbois – 23 mai – 15h24

Depuis les commandes de son appareil, Serguëï assistait impuissant, à ce qui venait de se produire sur le site de l'entrepôt jurassien. Plus loin, c'était l'affolement le plus total. L'équipe des rouges appelait celle des jaunes. Quand ils virent un homme au visage hagard, sortir des décombres, et zigzaguer face à eux, comme s'il venait de fêter sa dix-huitième tournée au bar des Amis, avec quelques habitués du coin.

— Tout a pété d'un coup. Boum... Plus de girafes.
— Vous avez vu ma sœur ? s'inquiéta Peter. Où se trouvent son copain et Mariana ?
— Pfuitttt, répondit Fourbois, qui n'avait toujours pas recouvré ses esprits.
— On tirera rien de ce guy, dit Kinsey, il est totally drunk.
— Kinsey, Il est pas saoul, il est juste sous le choc, lui expliqua Matteo. Fonce au bureau, et va voir si tu peux lui trouver un peu d'eau.
— J'y go.
— Serguëï ! l'avertit Peter. Coupe ton rotor, tu vas gaspiller du carburant pour rien. Viens plutôt nous donner un coup de main, pour les retrouver.
— J'arrive.

Le monde n'est pas prêt

Rejoint par le pilote, ils avançaient parmi les amas de tôle, de cartons, et de cous de girafes étêtés.

NDLR
Ne pas confondre avec les cous de girofle. Ce qui pour le cou, ne serait pas celui du spectacle.

Il ne restait rien de la Corvette. Celle-ci avait été pulvérisée par la chute de la toiture.

Subitement, ils entendirent la voix d'Alice.

— On est par là...

— Par là ? S'assura Matteo, en partant dans la mauvaise direction.

— Parle à mon cul, lui cria Tom, qui avait déjà retrouvé son sens de la dérision, ce qui était plutôt bon signe.

Le suisse fit demi-tour, et les découvrit près de la sortie de l'ex hangar, ensevelis sous des cartons, qui avaient miraculeusement résisté à l'effondrement du bâti, et les avait ainsi protégés d'une mort certaine.

— Nous deux, ça va. Le rassura Tom, on est juste un peu paf. Est-ce que vous avez retrouvé Mariana ?

— Pas encore, répondit Serguéï, qui avait rejoint les rouges pour porter secours aux autres.

Quand Peter les appela…

— Elle est là ! Elle a été projetée plus loin dans les broussailles. Elle est pas blessée, juste quelques ecchymoses, mais elle sait plus trop où elle habite.

— Laisse-moi faire, lui dit le pilote.

Le monde n'est pas prêt

Sergueï s'approcha de la jeune fille, et tenta de la rassurer, en lui déclamant dans sa langue natale, quelques vers de Tchekhov. En l'entendant parler russe, Mariana reprit doucement conscience auprès de lui.

— Où je suis ?
— En sécurité, Mariana.
— Qu'est-ce qui s'est passé ?
— Tout s'est effondré, on a rien compris.
— Attends... Dis rien. Ça me revient maintenant.

Elle faisait des phrases courtes, et tentait de lui expliquer ce qui s'était produit.

— Le bouton rouge... Tom a appuyé... Et puis plus rien... Tout s'est effacé...

— Fallait pas appuyer, lui reprochait le père Fourbois, qui s'était rapproché d'elle. Je vous avais pourtant prévenue.

— Vous, vous nous devez des explications, l'apostropha Peter.

— Toi l'inconnu, tu vas nous cracher le morceau, le menaça Sergueï, tu as failli tuer une de mes compatriotes, alors si tu crois que tu vas t'en tirer aussi facilement... Fais tes prières.

Alice, qui s'était relevée entre temps, lui rabaissa le bras qu'il venait de lever, pour frapper le patron de l'usine.

— Pas besoin de ça. La violence ça sert à rien, juste à envenimer les choses. Cet homme va nous dire qui il est, et à quel trafic il se livre.

— Comptez pas sur moi, lui rétorqua Fourbois.

— Si vous préférez la méthode de Sergueï, au choix. Je vous laisse entre ses mains expertes, mais vous l'aurez voulu.

— C'est bon, je vais tout vous raconter.

Le monde n'est pas prêt

— Croyez-moi, c'est bien plus sage.
— Je m'appelle Guillaume Fourbois. J'ai soixante et onze ans, et comme vous voyez, j'ai un dépôt de jouets en bois.
— Tu avais, l'interrompit Serguei, en pointant du doigt les décombres.
— Attendez. On a bien vu du ciel, votre banderole à l'entrée du site, avec marqué en gras, USINE FOURBOIS, lui rappela Alice, alors pourquoi vous appelez ça un dépôt ?
— C'est pour la version officielle, reprit Fourbois, du temps où la crise n'était pas encore passée par ici. La fabrique tournait à plein régime. On avait huit employés. Faire du jouet en bois avec les forêts toutes proches, était devenue notre spécialité. On approvisionnait tous les géants de la grande distribution, mais peu à peu, on s'est rendu compte que les Chinois grignotaient les parts du marché, avec des objets identiques et fabriqués en grande quantité, à des prix redoutablement bas. J'ai été obligé de licencier mon personnel. Il y a deux mois, j'ai même dû me séparer d'Ivan Rebrorovitch, mon plus fidèle ouvrier.
— Avec un nom pareil, il vient de chez moi, affirma Serguei.
— C'est juste. Malgré tous les moyens de pression mis en œuvre à l'époque, pour empêcher la population de s'échapper de l'ex-URSS, ses parents avaient réussi à fuir le régime de Leonid Brejnev. Ils s'étaient réfugiés à quelques kilomètres, dans un petit bourg, pas très loin de la Fresse, où il a reçu une éducation à la française.
— Cherchez pas à nous embrouiller, Fourbois. Le mit en garde Tom, qui s'était mêlé de la conversation. On est pas là pour s'apitoyer sur vos malheurs.

Le monde n'est pas prêt

— Mon mec a raison, enchaîna Alice. À qui étaient destinées les girafes, made in China ?

— Aux boutiques d'un parc animalier. Les rares commandes que je passe aujourd'hui, sont des produits que je fais importer d'Asie. J'ai plus personne, pour façonner les objets sur place. Juste avant que vous arriviez, ils m'ont enlevé Justine, ma secrétaire.

— Hein ? Fit Tom.

— Quelqu'un est venu ici ? demanda Alice.

— Des Russes qui cherchaient Ivan. Ils l'ont embarqué avec eux, dans le camion qui devait me livrer les éléphants.

— Des éléphants ? Vous travaillez pour le PS ? s'étonna Tom.

— C'est pas ce que vous croyez. Les miens d'éléphants, devaient partir pour le 44. Je devais juste vérifier la cargaison, avant de remettre au chauffeur sa feuille de route.

— Et elle est où maintenant, cette feuille ? insista Alice.

— C'est Justine qui doit l'avoir. Quand j'étais retenu prisonnier, je l'ai entendue ressortir du bahut, accompagné par un homme à l'accent russo-italien, au moment de quitter l'usine…

— Les Karamazov, s'écria Peter. Et où sont-ils maintenant ?

— Sur la route, toute la sainte soirée, leur bredouilla Fourbois.

— Pas la peine de rester là, leur affirma Tom. Ils vont chez moi.

— Chez toi ? S'interrogea Alice.

— Fais tourner tes rotors, Serguéï, on se barre.

— Et moi, se plaignit Fourbois, qu'est-ce que vous allez faire de moi ?

Le monde n'est pas prêt

— Toi, tu restes là, lui répondit sèchement Sergueï. Tu préviens les secours, et tu expliqueras tout ça aux gendarmes, qui manqueront pas de s'intéresser à ton cas, de très très près.

— C'est trop injuste, se lamenta Fourbois.

— Courez à l'hélico, leur cria le pilote. Tout le monde est là ? On embarque.

Au moment de décoller, la voix de Matteo se fit entendre.

— Arrêtez tout ! il manque Kinsey...

Le monde n'est pas prêt

57.

Hélicoptère de Serguei – Site de l'usine Fourbois – 23 mai – 15h46

Matteo venait de signaler l'absence de sa chérie au pilote. Ce qui forcément contrariait ses intentions de décoller.
— Qu'est-ce que t'attends, pour aller la chercher ? Lui reprocha Serguei.
— Faut l'excuser, il est suisse, ajouta Tom. Le temps que ça lui monte au cerveau, tu as le temps de voir pousser deux nouvelles banques à Genève. Continue à calculer, Matteo, je prends ta place.
En descendant, il s'assura que Serguei n'allait pas se barrer sans lui.
— T'inquiète Tom, le rassura Alice. Ils vont pas pouvoir te laisser là, puisque t'es le seul à savoir où vont les Russes.
Le jeune homme descendit, et se dirigea vers le bureau, où il se mit à appeler l'Américaine...
— Kinsey... Réponds, si tu m'entends.
Soudain il l'entendit rire...
— Come on boy, je suis là, ah ah ah.
— Où ça ?
— Dans la réserve du patron. Viens goûter.
Il approcha de l'endroit où elle se trouvait assise au sol, une bouteille de cognac, millésimé soixante-et-onze à la bouche.

Le monde n'est pas prêt

— Tu crois que c'est le moment de siffler le pinard de Fourbois, alors qu'on t'attend pour foutre le camp ?

— Il y en a pour toutes les deux, Honey. Aide-moi... Je vais pas pouvoir finir tout ça toute seule. Hips ! Faut que tu m'aides. Come on !

— Arrête tout de suite la vinasse, et lève-toi.

— Je peux pas. Hips ! Je crois que je suis pompette, John. C'est bien comme ça qu'on pronounce en french ?

— D'abord, moi c'est pas John mais Tom.

— Help me Major, je tiens plus deboute.

— Accroche-toi, et lâche cette putain de bouteille.

— Attends !

— Quoi encore ?

— J'en embarque une pour le pilote. Cadeau.

Il finit par lui taper sur la main, qui cherchait à agripper un autre cru classé, et la traîna comme il put jusqu'au reste de la bande qui s'impatientait.

— Elle est dans un état, annonça Tom à l'équipe, je vous raconte pas.

— Le cinquante et unième d'America, c'est moi qui l'ai découverte, et pas Christopher Colombe. Yep !

— Elle en tient une sévère, va falloir à la mettre à la diète, Matteo.

— Qu'est-ce qu'on fait d'elle si elle gerbe en plein vol ? Demanda Tom.

— J'ai pas de parachute, lui répliqua Serguëi, ça ira plus vite.

— Allonge-là à l'arrière, proposa Matteo inquiet, je vais m'occuper d'elle.

Le monde n'est pas prêt

À seize heures, l'hélicoptère quitta le site. Ce n'est qu'une fois avoir pris de la hauteur, que l'équipe jaune put constater ce à quoi elle avait miraculeusement échappé.

— Tu sais vraiment où je dois mettre le cap, Tom ?

— Sergueï, tu fonces plein Ouest. On sera là-bas bien avant eux.

— Comment tu peux dire ça, toi ? Le questionna Alice.

— Fourbois a parlé du 44.

— Et alors, c'est quoi ? Une adresse ? On a même pas le nom de la rue, ni la ville.

— Quand j'étais petit, mamie m'a appris tous les départements français, avec leurs préfectures.

— Ça a dû la changer des mots fléchés, se moqua Alice.

— Et du sudoku, ajouta Peter.

— Déconnez pas la famille Kardachiants, les reprit Tom, si vous saviez comme ça peut être utile.

— Au temps du GPS. Faudrait grandir un peu, Tom, s'en mêla Mariana.

— Si vous vous êtes tous ligués contre moi, comme une équipe de foot, j'arrête là et vous vous démerdez.

— Arrête ton seum, Tom, et balance la suite, s'excusa Alice, qui venait de réaliser qu'elle venait de piquer au vif son homme. On sait que tu sais, et nous aussi on veut savoir.

— C'est simple, Alice. Quand j'ai lâché qu'ils allaient chez moi, c'est parce que le 44, c'est la Loire Atlantique.

— Chéri, tu m'as seulement dit que tu avais un studio d'enregistrement, dans la banlieue de Nantes. Alors où est le rapport ?

— Nantes est le chef-lieu de la Loire Atlantique.

— C'est grand comme département ?

— Assez, ouais.

Le monde n'est pas prêt

— Bravo Tom, ça va nous aider, le félicita Peter. On va pouvoir concentrer nos recherches.

Le frère d'Alice, se mit à ouvrir l'ordi portable dérobé à Horten, et se fit rapidement une idée plus précise de la région, où allaient les débouler les Karamazov.

— On va examiner le terrain ensemble, lui proposa Peter.

— Doucement. On a tout le temps qu'il faut. Ils sont en camion, et nous on vole, lui dit Tom, et pas que des ordis.

Ce qui fit sourire Peter. Le dénouement approchait, et il avait comme un parfum de Pays de Loire.

Le monde n'est pas prêt

58.

Camion de Piotr – département de la Creuse – 23 mai – 19h02

À l'arrière du semi-remorque, des signes d'agitation se faisaient sentir.

— On crève la dalle, protesta Justine. C'est pas une manière de traiter des otages, Roberto.

— T'as qu'à te plaindre à Grishka. C'est pas moi le chef.

Elle se mit à frapper aux parois. Ce qui réveilla Vesperov, qui avait fini par s'endormir, bercé comme un bébé par la route.

— C'est quoi ce tapage ? Demanda celui-ci. Le petit déjeuner est servi ?

Roberto décida d'informer son frère par SMS. La réponse ne tarda pas à arriver.

— C'est bon, annonça-t-il aux deux autres, il accepte enfin de faire une pause.

— C'est pas trop tôt, lui répondit Justine.

— Dans trois kilomètres, on s'arrête à l'aire des Monts de Guéret. La route ça creuse, alors tout le monde va pouvoir se restaurer et boire un coup. Mais attention, les prévint-il, à la moindre tentative d'évasion, la punition va tomber.

— Et ce sera quoi ? Une fessée j'espère, s'écria Justine, j'aime beaucoup ça.

- 325 -

Le monde n'est pas prêt

— Celle-là, elle est plus chaude qu'un sauna finlandais, lui dit le professeur, qui avait vu clair dans le jeu de la jeune femme.

Quelques minutes plus tard, sous l'ordre de Grishka, Piotr quitta la route Centre Europe Transatlantique, pour parquer son camion à quelques mètres du self. Sous active surveillance, il ouvrit les portes arrières de son véhicule, et tous les occupants en descendirent.

— Roberto, tu t'occupes de commander les plats, lui ordonna Grishka. Je garde le prof avec moi. On va visiter ensemble la boutique de l'office du tourisme.

— Compte sur moi frangin, je vais assurer.

— Et pas de folie, steak-frites salade pour tout le monde.

— La cuisson, tu la veux bleue, saignante, ou à point ?

— Je sais pas. Improvise !

Un peu plus à l'écart, une salle présentait des spécialités du terroir. Ce qui mettait en appétit l'épicurien professeur Vesperov, qui s'en était approché pour admirer la vitrine.

— Il y a d'excellentes choses ici.

— Mais elles vont rester dans les rayons, lui dit Grishka qui l'avait déjà rattrapé. À moins que…

— Que quoi ?

— Tu nous livres le secret de ta boite à doucha.

— C'est très tentant, mais vous savez bien que j'ai échoué à Chillon. Louis-Bertrand n'a rien pu faire non plus, vous avez été témoin.

— Pas de boîte, pas de miel de ruche, Youri.

— Arrêtez, c'est trop dur.

— Pas de confitures de myrtilles, et de figues.

— Criminel ! Vous m'arrachez le cœur.

Le monde n'est pas prêt

— Et encore moins de cidre framboise, et bières artisanales.

— C'est inhumain ce que vous me faites subir. Je me plaindrai à Cyril Lignac.

— À qui ?

Grishka savait que sa victime était cuite à point, et qu'elle accepterait de reprendre ses expériences, en échange de quelques spécialités creusoises grâce auxquelles il lui avait donné l'eau à la bouche. Quand une jeune employée leur indiqua la porte.

— C'est fermé. Revenez demain, leur dit-elle, en les repoussant alors qu'ils s'apprêtaient à entrer, tout en fermant à double-tour devant eux, ce palais aux délices.

Grishka maudissait cette fille trop zélée, qui venait de lui casser son plan. Il n'eut d'autre choix qu'aller retrouver Roberto et Justine, qui avaient déjà passé commande.

Quelques instants plus tard à table.

— Je peux avoir ta salade, Grishka ? Demanda Roberto, plongeant sa main dans l'assiette de son frère.

En guise de réponse, son frère lui planta sa fourchette en pleine paume de sa main.

NDLR
— *L'auteur ne précise même pas si Roberto est tombé dans les paumes.*
— *C'est le jeu, Edmond-Kevin. Pas besoin d'effacer ce passage.*

Le monde n'est pas prêt

Grishka hurla comme un décérébré, ce qui fit se retourner les autres clients.

— Vous voyez de quoi il est capable ce fou ? leur cria-t-il, après avoir pris à partie toute la salle.

— C'est un grand malade, acquiesça Justine, réclamant une serviette à la caisse, pour lui bander la main.

— Disparaissez, ou j'appelle la police, leur ordonna l'hôtesse de caisse, en leur tendant un chiffon de service.

— Mes frites ! protesta Vesperov, j'ai pas fini mes frites.

Grishka, fou de colère, les fit tous remonter dans le camion, que Piotr, toujours sous la menace des frangins, remit en route. Le voyage allait encore être long.

Le monde n'est pas prêt

59.

Hélicoptère de Sergueï – Agglomération Nantaise – plus tôt dans l'après-midi – 23 mai

Au nord-ouest de Nantes, Sergueï venait de poser son engin dans un champ voisin du studio d'enregistrement de Tom.

— Merci Sergueï pour tout ce que tu as fait pour nous, lui dit Alice.

— Vous m'invitez pas à rentrer ? Répondit celui-ci, interloqué d'avoir servi de simple taxi volant.

— Excuse. J'ai pas encore récupéré toute ma tête, s'excusa Tom, je suis toujours en plein jetlag. Bien sûr que tu es le bienvenu chez moi, pour partager l'ivresse, les jours, les peines et les joies.

— T'en fais pas un peu too much, Tom ? Le reprit Alice.

— Rien n'est assez fort pour les amis. Allez ! Tout le monde à l'intérieur. Peter, tu peux m'aider à déplacer les deux racks de synthé, on va faire un peu de place.

— Tu bosses encore avec des DX7, Tom ?

— Je sais que ça peut te paraître curieux, mais j'aime les sons vintage, et le retour aux années 80. C'est ma mère qui m'avait acheté mon premier clavier.

— C'est toi qu'as raison. Rien ne vaut du bon sound à l'ancienne.

Le monde n'est pas prêt

— Désolé de taper l'incruste, c'est bien comme ça qu'on dit ? s'assura Alice. Est-ce qu'on pourrait avaler un morceau avant de discuter passion ? Je crève la dalle, moi.

— Je crois qu'il reste de la saucisse, lui dit Tom, en lui faisant un clin d'œil appuyé.

— Qu'est-ce que tu peux être es lourd, toi. Je te dis que j'ai faim, c'est tout.

— Pardon chérie. Une fois qu'on commence à parler métier, tu comprends… La cuisine est juste à l'arrière. Tu dois pouvoir trouver quelques conserves dans le placard du bas.

— Attends Alice ! Avec Kinsey, on va t'aider à préparer un truc, proposa le suisse.

— Où t'as vu que je savais faire ça, Matteo ? Lui dit l'Américaine. Ma spécialité c'est décongeler les burgers, et sortir les potatoes des boîtes. Va falloir t'habituer au régime US, mon little suisse.

— Je reste avec les DX boys, intervint Mariana.

— OK, enchaîna Matteo, alors si c'est comme ça, nous on va rester entre filles. Ce qui ne manqua pas d'amuser Kinsey et Alice.

— J'ai un appétit d'ogre, enchaîna Sergueï, je viens avec vous.

— Sergueï, ça peut pas attendre un peu ? On a envie de discuter stratégie avec toi.

— Je réfléchis mieux quand j'ai l'estomac plein. C'est une question de transit.

— De transat. Lui rétorqua Tom. Va te poser sur la banquette, tu l'as mérité.

Le m*o*nde n'est pas prêt

Peter, Mariana, et le p*i*lote, avaient pris place sur le canapé seventies, que Tom avait dû récupérer dans une brocante des environs, tellement les ressorts avaient pris cher. Lui, s'était confortablement calé dans son fauteuil de chef, d'où il dominait les opérations, et contemplait ses fidèles grognards, avant la dernière bataille qu'il s'apprêtait à livrer cette nuit même, contre les cosaques du Tsar.

NDLR
On s'égare... d'Austerlitz.

Tom tapota son micro, pour être certain que tout le monde l'entende, et même en cuisine.
— C'est bon, lui gueula Alice, tu vas pouvoir performer Tommy.
— On a de l'avance sur les autres, leur annonça Tom.
— Sur qui ? demanda Serguéï.
— Les Karamazov, lui dit Peter.
— Désolé, quand j'a pas mangé, mon cerveau fait la sourde oreille.
— On avait compris, Serguéï. Voilà mon plan, leur exposa Tom, on va les attendre là-bas.

Il pointa le doigt sur son tel, qui leur indiquait la carte de la ville.
— Tu peux agrandir Tom ? Le pria Mariana.
— C'est mieux comme ça ?
— Là, c'est parfait. Dit l'adolescente, mais c'est quoi exactement ce lieu ?
— l'Île de Nantes, s'exclama Peter. Tanja et Magda, deux copines de cheval, m'en avaient déjà parlé. Un projet fou.

Le monde n'est pas prêt

— C'est exactement ça, Peter. Mais avant de vous parler de mon plan, il faut que je vous explique comment cette idée de ouf est née.

— Oui raconte ta belle histoire, Tonton Tom, ironisa Alice, en train de préparer le repas. N' oublie pas tous les détails le temps que ça chauffe. Après on s'en fout.

Tom fit pffff dans le micro, puis reprit son récit.

— Au départ, on l'appelait l'île Baulieu. Depuis toujours elle est reliée à la Loire, grâce à treize ponts. Si vous voulez, j'ai les noms.

— Mais qu'il est pont, se moqua Alice.

Tom ignora ses railleries et poursuivit son histoire.

— C'est là que François et Pierre, deux fans de Jules Verne et de Léonard de Vinci, eurent une idée extraordinaire. Ils occupèrent les locaux désaffectés, à l'emplacement des anciens chantiers navals, pour y bricoler leur truc digne des plus grands studios de ciné du monde.

— *Bullshit*, Tom, lui balança Kinsey, rivaliser avec les states, tu peux toujours courir, Forest.

— *Shut up*, lui retourna le français. Ces mecs sont juste des génies, et toi Miss American Wine, tu ferais mieux d'écouter la suite.

Il poursuivit son récit.

— Les deux associés eurent l'idée de créer de leurs mains, un univers fantastique et animé. C'est comme ça que sont nées leurs incroyables machines. Aujourd'hui, tu peux même visiter leur dinguerie, et grimper dans plusieurs d'entre elles. Et il y en a une, qui a tout de suite connu un succès phénoménal avec le public.

— Laquelle ? demanda Peter intrigué.

Le monde n'est pas prêt

— Celle qui m'a fait comprendre que tout allait se passer ici.
— C'est quoi ? Dit Mariana.
— Vous êtes bien pressés, les fit languir Tom, on pourrait peut-être manger avant.
— Tu mangeras, quand tu nous auras tout raconté, lui envoya Alice depuis l'office.
Il se mit donc à table...

Le monde n'est pas prêt

60.

Studio d'enregistrement ATOM 44 – Agglomération Nantaise – 23 mai

Tous attendaient maintenant que Tom leur explique son plan.

— Ce qui m'a mis sur la piste, c'est quand Fourbois a parlé d'éléphants.

— Et rien pour les girafes ? Lui demanda Mariana.

— L'animal ! le critiqua Alice, il peut pas s'empêcher de faire de la ségrégation animalière.

— Vous vous croyez où, les filles ? À l'Assemblée Nationale ? Si vous me laissiez en placer une, je pourrais peux être tenter de vous expliquer.

Au vote à main levé, il fut décidé à l'unanimité des voix sauf une, de le laisser s'exprimer. L'orateur nantais reprit le micro.

— J'ai tilté, quand il a dit que les cartons qu'il attendait, contenaient des pachydermes. Devinez un peu quelle est l'attraction numéro un de l'île de Nantes ?

— Le Grand Éléphant, dit Peter.

— Vingt et un mètres de long, douze de hauteur. Un véritable monstre de bois et d'acier animé, sur lequel se précipitent les visiteurs. Le tout, soutenu par une soixantaine de vérins, dont plus de la moitié sont hydrauliques. *La*

Le monde n'est pas prêt

monnaie de Paris a même fait fabriquer une pièce à son effigie. Et il y a pas que ça, la bête peut accueillir plusieurs dizaines de personnes sur sa terrasse.

— Il peut bouger, ou il est fixe ? demanda Alice.

— C'est toi qui as les idées fixes, Falbala. Bien sûr qu'il avance. Il peut même faire du trois kilomètres à l'heure en vitesse de pointe.

— Un peu comme toi au sprint, Tom.

— Laisse-le nous expliquer, Alice, lui dit son frère. C'est hyper intéressant.

— Au départ, il était bien plus bruyant, reprit Tom, mais depuis quelques années après plusieurs semaines de maintenance, ils l'ont équipé d'un moteur hybride et donc…

— Moins polluant, rajouta Peter, véritablement ingénieux.

— Comment tu sais tout ça, Tom ? demanda à son tour le Suisse.

— Mattéo, je te rappelle que je suis nantais, et fier comme un breton.

— Nantes n'est pas en Bretagne, l'interpella Peter, très calé en géographie française. Toute l'agglo fait partie des Pays de Loire.

— Administrativement seulement, Peter. Nous on est resté Bretons de cœur.

— L'éléphant aussi c'est très breton, se moqua Alice.

— T'y es pas Papillonne, la coupa Tom. Il est là pour nous rappeler les Indes, et le célèbre roman de Jules Verne.

— « Le Tour du Monde en 80 Jours », s'exclama Peter, je l'ai lu en version allemande. « Reise um die Erde in 80 Tagen ».

Le monde n'est pas prêt

— C'est bien ce que je pensais, dit Tom, ça fait tout de suite moins exotique comme ça.
— Et ma main dans ta Goethe, tu la veux, Tommy ?
— Tu deviens bonne Alice, la félicita Tom pour sa punchline. Les autres, est-ce que vous avez tout compris maintenant ? Devinez où on va se pointer cette nuit pour attendre les Kara...
— Aux entrepôts des Machines, affirma Peter.
— Ce qui nous laisse assez de temps pour préparer notre coup. Si j'ai bien compté, avec moi on est sept. Eux ne sont que deux, ça devrait le faire.
— Attention, Tom, le mit en garde Peter, ils ont quand même deux otages, Justine, la secrétaire de Fourbois, et Piotr le chauffeur du semi.
— Exact, et va falloir les récupérer presto les prévint le français.
— Et tu crois qu'elle va prendre ta sauce presto ? lui cria Alice, depuis la cuisine.
— Vaudrait mieux pour nous, sœurette, lui confirma Peter. Du coup on serait neuf contre deux.
— On va former des équipes, proposa Tom . Sergueï et Alice, Kinsey et Matteo, Peter et Mariana. Pour ma part, j'agirai seul.
— On pourrait y aller en hélico, suggéra le pilote.
— Négatif, Papa-Tango-Sergueï. Tu pourras pas le planquer. On va plutôt prendre un *Über*, quitte à se serrer un peu à l'arrière. Ils nous déposera discrètement sur les quais.
— Tout ça c'est bien beau, dit Mariana qui reposait sa fourchette, mais est-ce qu'on pourrait profiter un peu du studio en attendant ?

Le monde n'est pas prêt

— Bien sûr que oui, s'exclama Tom, j'y avais même pas pensé. Qui veut tenter sa chance ?

— Je parlais pas de moi, dit Alice visée par le regard de Tom, faisant semblant d'être occupée à autre chose, tout en tripotant son smartphone.

— J'ai l'impression que la belle de Saint-Pétersbourg, en brûle d'envie, lui dit Peter.

Sans lui laisser le temps de changer d'avis, Tom saisit l'occasion pour la tester.

— Tu veux essayer sur une instru ou Acapella, Mariana ?

— Si tu as le son de *Chandelier*, je veux bien tenter quelque chose.

— Les bougies j'ai déjà, répondit Tom, interrogeant son ordi. Je vais essayer de te trouver le moteur maintenant... Voilà, installe-toi dans la cabine chant, patiente juste deux minutes, le temps que je te télécharge la piste. Est-ce que le *Neumann* est à la bonne hauteur ?

— Le Neuquoi ? interrogea la jeune Russe.

— Je parlais de ton micro.

— C'est bon, je viens de le baisser à l'instant.

— Test. Dis-moi quelque chose, que je contrôle les niveaux.

— Alice t'aime.

— Un peu faiblard, mais on va régler ça.

— Comment ça faiblard ? réagit de manière épidermique, son amoureuse qui avait tout entendu.

— Laisse-nous bosser tranquille, toi. Tu te manifesteras après.

Tom lança la piste sonore du titre, et Mariana s'exécuta. Elle maîtrisait à merveille la chanson de la chanteuse Sia, qui lui allait comme une flamme à un bougeoir. À la fin de

Le monde n'est pas prêt

sa prestation, l'ingénieur du son fit une rapide mise à plat de son enregistrement, avant de le faire écouter à tous, qui ne purent qu'applaudir à tout rompre sa presta.

— Et ça c'est rien. Leur affirma Tom. Une fois que vous entendrez la version mixée, vous allez halluciner.

— Mais ce sera pas pour aujourd'hui, intervint Alice, j'ai encore une découverte pour toi. Tu veux bien tenter une audition à l'aveugle, Tom ?

— Je connais tout le monde ici, lui retourna Tom.

— Pas ce talent-là. Il faut absolument que tu lui donnes sa chance.

— Il est où ?

— Sur le net, connecté avec nous. On va se commuter en direct. Son micro est déjà pré-réglé.

— Il possède son instru au moins ?

— Il en pas besoin.

— No problemo, du moment que je peux le diriger en webcam.

— Il vient de me dire qu'il a un problème avec l'image.

— On s'en fout, c'est une *blind* audition, et qui va pas lui coûter une blinde. On lui demande juste qu'il chante, ton gus, si il y tient tant que ça.

— Il t'entend là, lui précisa Alice.

— Qui que tu sois, envoie ta voix.

Sur l'écran resté noir, on entendit un souffle, et l'inconnu se mit à chanter…

Ein Jäger aus Kurpfalz
Der reitet durch den grünen Wald,
Er schießt das Wild daher, gleich wie es ihm gefällt.
Ju ja !

Le monde n'est pas prêt

**Ju ja !
Gar lustig ist die Jägerei
Allhier auf grüner Heid
Allhier auf grüner Heid.**

Tom n'eut aucun mal à identifier la voix d'Anke Von Staller, qui persistait à tenter sa chance, malgré ses conseils avisés à Vaduz.

— Tu n'as pas besoin d'aller, jusqu'au bout Anke, lui conseilla-t-il, je la connais ta chanson maintenant.

— Merci Tom. Au fait…

— Quoi ?

— Tu as le bonjour de Xenia.

— Xenia ?

— Ma grand-mère.

— Excuse Anke, j'avais oublié son prénom à l'influenceuse. Je peux te donner un dernier conseil ?

— Avec plaisir.

— Oublie-moi, et apprends le tricot.

Il eut maille à se défaire de l'apprentie-chanteuse, et finit par s'en débarrasser malgré tout. Juste après avoir raccroché, il hurla…

— Alice !!! Putain mais comment t'as pu me faire ça ? Tu veux ma mort ?

Alice et le reste de la bande éclatèrent de rire, tant qu'il était encore temps. Dans quelques heures, leur sort à tous allait peut-être bien basculer.

Le monde n'est pas prêt

61.

Site des Machines de l'Île – Nuit du 23 eu 24 mai

Peu avant Minuit, comme prévu par le plan, leur chauffeur Hubert avait déposé Tom et sa bande, à quelques mètres des entrepôts. Serrés comme des sardines, au fond de cette boîte de vitesse, ils s'en extrayaient comme ils le pouvaient.

— Je sais pas si c'est très légal, dit leur taxi driver, mais je peux comprendre. Moi aussi, j'ai été jeune et fauché. Bonne merde à tous.

— Restez poli quand même, lui reprocha Alice.

— C'est pas ce que vous croyez, leur répondit Hubert, chez nous en Belgique ça veut dire bonne chance, et je crois que vous en aurez sacrément besoin, Godverdomme.

S'étant assuré, qu'ils en étaient tous sortis, il remit son véhicule en route, et tel un démon de Minuit, disparut au bout de la nuit. Tom prit rapidement les opérations en main.

NDLR
— *En main, parce qu'au pied il en était incapable. Ce qui nous crispe dans son récit, c'est l'accumulation de poncifs.*
— *Et vos interventions inutiles, Edmond-Kevin.*

Le monde n'est pas prêt

— Ils sont à l'intérieur, confirma Tom, collant son oreille aux parois de l'atelier des machines. J'entends du bruit. On fait comme on a dit. J'entre le premier, et je vous ouvre les autres issues.

— Sois prudent Tommy, lui recommanda Alice, ils sont armés et toi tu n'as que ta grande bouche pour faire feu.

— Je t'ai déjà imité le bruit du char d'assaut, quand il défonce un baraquement de G. I. ?

— Je crois pas.

— C'est bien ce que je pensais. Alors laisse-moi faire.

Ayant repéré l'endroit, où s'étaient introduits les Karamazov dans l'atelier des Machines, Tom s'y glissa sans peine. Éclairé par la LED de son smartphone, il progressait dans les différents espaces, tantôt croisant une énorme araignée mécanique, tantôt des colibris géants, ressentant planer au-dessus de sa tête, l'ombre d'un héron de huit mètres d'envergure.

Certes, il avait déjà visité l'endroit de jour, mais dans la semi-obscurité, avec les formes chimériques projetées sur les murs, l'endroit lui semblait encore plus démoniaque. Procédant méthodiquement, il fit entrer le reste de la bande.

— Les meufs, chuchota-t-il, surtout pas de cris de terreur, ils pourraient vous entendre.

— Parle pour toi, grand nigaud, lui asséna Alice qui venait d'entrer, accompagnée de Sergueï.

— Tu les as vus ? Lui murmura celui-ci.

— Pas encore, mais ils sont plus très loin. J'ai entendu le professeur tousser.

Sur sa droite, le rejoignaient Peter et Mariana.

— On regarde partout, lui dit la jeune Russe.

Le monde n'est pas prêt

— Surtout faites rien tomber, leur recommanda Tom. Une seule connerie, et on est tous repéré.

Dans une autre aile du bâtiment progressaient Kinsey et Matteo.
— J'ai peur.
— Des trucs comme ça, tu as pas dû en voir beaucoup à Montreux, darling.
— La créature du Loch Léman n'est pas encore au programme de la croisière de « L'Esprit du Lac », lui répondit-il, en tentant de se rassurer.
— Matteo, tu es un Delorenzi. Pense à ta famille. Tu crois que ça leur plairait de te voir te liquéfier comme une fiotte, devant des fucking monsters de movies ?
— Je crois pas.
— Contente-toi d'avancer !
Quand l'improbable se produisit…

Le monde n'est pas prêt

62.

Site des Machines de l'Île – 24 mai – 0h01

À l'instant, le téléphone d'Alice venait de sonner. Sous le coup de la surprise, celle-ci avait décroché, avant de malencontreusement laisser tomber l'objet au cœur d'une serre de faux végétaux.

— Alice, c'est moi, hurla la voix au tel. Tu te fous de moi, Liebling. On est le vingt-quatre, et t'es toujours pas réapparu à la boutique. J'en peux plus, moi. Qui c'est qui va encore se taper solo, la coloration de la panthère tachetée de Frau Hesswing ? Si tu reviens pas ce matin, neuf heures pétantes, je démissionne moi.

— Moi aussi j'ai la hess, murmura Tom en colère, j'en peux plus de cette folle. Trouvez le tel et détruisez-le au plus vite, et sans bruit.

— Sergueï, éclaire par là, supplia Alice, il doit être tombé dans la verdure.

— Ah d'accord, alors comme ça Mademoiselle Weingantz se tape un grand russe dans un bois, s'époumonait de rage Verena, et tu crois que je vais laisser passer ça, Alice ?

— Je l'ai trouvé. J'ai plus qu'à me pencher, et je l'aurai, lui murmura Sergueï.

Le monde n'est pas prêt

— T'épancher sur son papillon, gros pervers, reprit Verena, qui les entendait chuchoter ensemble. Dis plutôt à ton obsédé de gros cosaque, d'aller se faire mettre, Aliiiiice.

— Qu'est-ce qu'elle est vulgos, ta copine. Au fait, elle entend quoi par papillon ? lui demanda le pilote russe ?

— De quoi il se mêle, Gagarine? poursuivit Verena, dans son élan. Qui lui a demandé son avis à celui-là ?

— C'est quoi ce bordel ? chuchotèrent en chœur les autres, alertés par tout ce boucan.

— Ah d'accord. Je comprends tout maintenant, reprit Verena, et comme si ça suffisait pas, t'as fait venir des swingers, et tout ça va finir en orgie forestière. Attention Liebling, trop d'olives au même endroit tue le goût de la pizza.

Au bout de multiples efforts, Sergueï réussit à mettre la main sur le tel, et couper le clapet à l'intruse. Mais il était déjà trop tard.

*

Dans la salle d'à côté, les Kara avaient tout entendu.

— Je savais qu'ils seraient là en embuscade, constata Grishka. Avec tout le temps qu'on a perdu avec ce foutu camion, c'était certain qu'ils arriveraient avant nous.

— On reste ici et on les attend ? demanda Roberto à son frère.

— J'ai mieux. Grimpe à bord de l'éléphant avec les otages, on va se barrer avec le monstre.

— Vous ne leur échapperez pas, les mit en garde Vesperov. Vous êtes foutus.

Le monde n'est pas prêt

— Tais-toi Youri la science, et avance, le menaça Roberto. C'est valable pour la fille aussi.
— Elle s'appelle Justine, lui annonça le professeur.
— Elle est de la famille Bieber ? demanda Roberto, parce qu'elle pourrait lui demander une dédicace pour moi, j'ai tous ces albums depuis...
— Roberto ! L'interrompit Grishka.
— C'est bon, je sais. Et le pilote, je le fais monter avec les autres ?
— J'ai mieux. Il vient avec moi.

Menacé par le Lüger de Grishka, Piotr dut s'installer aux commandes du mastodonte.

— Les trente-cinq tonnes je sais conduire, mais ce type de bestiau, je connais pas.
— Bouge surtout pas, tu risquerais de le regretter. Je reviens tout de suite.

Alors qu'il était allé fouiller dans le bureau voisin, Grishka s'en revint avec les plans de l'appareil.

— Voilà, tu lis ça, et tu mets en marche.

Heureusement pour Piotr qui ne lisait pas le français, le document était fait de multiples croquis détaillés et explicatifs.

Quelques secondes plus tard, l'éléphant se mit à actionner ses immenses pattes. La sortie était toute proche. Il y eut un impressionnant barrissement de l'animal, ce qui ne manqua pas d'énerver Grishka.

— T'es con ou quoi, Piotr, tu veux alerter toute la ville ?
— Je peux pas m'empêcher, s'excusa le chauffeur, j'ai toujours aimé actionner le klaxon.

Le monde n'est pas prêt

— C'est la dernière fois, où je te promets des minutes incandescentes, quand tu vas entendre la détonation. Bien capté ?
— Da.
— On se traîne, là. Tu peux pas mettre la cinquième ?
— Impossible. Moteur bridé.

Le monde n'est pas prêt

63.

Salle des Machines de l'Île – 24 mai – 0h04

À l'arrière, les autres venaient de réaliser le problème.

— Ils sont en train de nous échapper, et prendre le large avec l'éléphant, s'écria Tom.

NDLR
— *C'est vrai qu'avec une coccinelle, l'expression aurait moins de valeur. #lotionpointsnoirs*
— *Edmond-Kevin, n'interrompez pas l'action, avec vos sornettes d'alarme.*

— Vite, une idée Tom, dit Mariana en s'approchant du leader des opérations.

— J'ai ! Lança Peter au groupe. J'ai repéré plus loin une autre machine. C'est peut-être encore qu'un prototype, mais ça vaut le coup d'essayer de la mettre en marche.

— On a plus rien à perdre Peter, intervint Matteo, autant tenter le coup.

Tous s'introduisirent dans le local d'expérimentations. Une énorme bâche recouvrait le nouvel animal, qu'était en train de développer les créatifs de l'endroit. Kinsey et Alice, qui n'en pouvaient plus d'attendre, soulevèrent la protection. Quelle ne fut pas leur admiration de découvrir…

— Trop bien, s'exclama Alice.
— C'est quoi ? L'interrogea Tom.

Le monde n'est pas prêt

— Me dis pas que tu l'as pas reconnue.
— En tout cas je vois pas c'que c'est.
— Une licorne !
— Elle est magnifique, Tom, lui dit Mariana admirative, pourquoi tu critiques ?
— Je critique pas, je constate. Et on y grimpe comment ?
— Regarde, lui montra Peter, c'est par là qu'on entre.
— Sergueï, tu sais piloter une licorne ?
— Je peux tenter le truc. On est pas obligé de voler ?
— Non, on va juste l'emprunter, lui répondit Peter.

Une deuxième couche de peinture, et une autre de vernis, s'avéraient encore nécessaires pour lui donner plus de clinquant. Mais l'esthétisme comptait bien peu aux yeux des garçons. Il suffisait que la licorne soit fonctionnelle. Ce dont ne tarda pas à se rendre compte Sergueï, en démarrant l'engin.

— Elle est plus légère que l'éléphant, émit Tom.
— Boys, tout n'est pas perdu, s'en mêla Kinsey. Mets les gaz, Sergueï !

Dans le corps de la licorne, bien plus spacieux que l'Über d'Hubert, s'était regroupé le reste de l'équipe. La poursuite semblait inégale. À l'extérieur, le pachyderme traînait sa lourde carcasse. Ce n'était plus qu'une question de minutes, avant que celui-ci se fasse rattraper par l'agile créature de l'imaginaire. Chacun attendait ce moment avec une jubilation non dissimulée. La jonction devenait inévitable. Sergueï était à fond.

— Ils vont s'en rappeler, les prévint-il, la manœuvre que je vais tenter, exige un max de concentration, mais si je réussis…

Le monde n'est pas prêt

Il abaissa le cou de la bête, et fonça direct sur sur l'éléphant.

— Accrochez-vous où vous pouvez, leur annonça le russe. Impact dans 5 secondes, 4 secondes, 3, 2…

Le monde n'est pas prêt

64.

Site des Machines de l'Île – 24 mai – 0h13

— Impact !

Sous le choc, Kinsey bascula en arrière, retenu par les seuls bras de Matteo. La licorne venait d'encorner le postérieur de l'éléphant.

*

Au même moment – Corps du Grand Éléphant

— Ouuuuuuuuuuh, fit un des occupants de la bête, poussant un cri à déchirer la nuit.

NDLR
Quand on vous dit qu'il en fait trop, faut nous croire.

Assis à l'arrière, afin de garder un œil sur ses prisonniers, Grishka Karamazov venait de se prendre la corne de la licorne, dans le trou qui lui servait habituellement à déféquer. Et une corne dans le rectum, quand on souffre d'hémorroïdes comme lui, n'est certainement pas le remède le plus approprié, même si pourtant le plus expéditif. Celui-ci hurla de douleur, et appela son frère à l'aide.

Le monde n'est pas prêt

— Robertooooo !
— Qu'est-ce qui se passe ?
— Dégage ce truc de mon cul.
— Madre Mia, mais c'est qu'il t'a pas loupé le monstre. Bouge surtout pas, frangin. Ça pourrait s'ouvrir encore.

Profitant du choc, l'équipe de Tom venait de déplacer la plateforme, qui servait d'embarquement aux visiteurs de l'attraction. Elle la faisait rouler jusqu'aux pieds du pachyderme. Tous venaient de grimper à bord. Réalisant que la situation était sous contrôle, Tom leur dit…

— Peter, Kinsey, prenez ce que vous trouvez, et attachez-les solidement.
— Euh Tom !
— Quoi ?
— Regarde sur ta gauche, lui dit Alice qui venait d'entrer, Grishka s'est fait embrocher par la licorne.
— T'as plus qu'à rajouter l'huile.
— On est pas dans une rôtisserie ambulante, Tom, lui rappela Matteo, on doit le tirer de là.

Vu l'urgence de la situation, Tom et Peter le happèrent par les bras, et les filles se mirent à pousser la face arrière.

— C'est très humiliant, gémit Grishka. Roberto, tu pouvais pas faire ça tout seul ?
— Ma… c'est quand même pas mia colpa[20], si tu t'assois où il faut pas, toi.
— Je te maudis pour l'éternité, connard.
— On y est presque les filles, leur cria Tom, poussez fort !
— Il se croit où, Doc Gynéco ? lui répondit Alice.

---
[20]Ma faute, en italien. A ne pas confondre avec la coppa. C'est pas l'heure de manger.

Le monde n'est pas prêt

— Tais-toi et pousse, Alice ! Je sens que ça glisse.

— Tu crois vraiment qu'il va te régler la première consultation Tom ? Rajouta la jeune franco-allemande, qui avait maintes fois écouté l'album « Première Consultation » du Doc, que sa mère possédait dans sa collection de vinyles.

— Humiliant, je suis déshonoré, gémissait Grishka.

— Déshonoré, mais désincarcéré, se félicita Tom.

— Bravissimo, la squadra da Tom, le complimenta Roberto, en l'applaudissant pour avoir sauvé son frère.

— Faut pas le laisser comme ça, dit Alice, ça doit lui faire un mal de chien.

— De loup, crut bon de hululer Grishka, sous la lune.

— Je crois que j'ai un tube de Biafine, constata Alice fouillant sa poche arrière, je le garde toujours sur moi à cause des coups de soleil, quand je vais me baigner à Schwabing.

— C'est où ? Lui demanda la jeune Russe.

— C'est vrai que tu connais pas Mariana. Qu'est-ce que t'en penses Tom, on pourrait l'emmener avec nous à L'Englischer Garten ? Elle est pas bonne, mon idée ?

— Commence d'abord par t'occuper de ce cul nu, Alice.

— Roberto ! hurla Grishka, prends-lui le tube. Je préfère que ce soit tes doigts, plutôt que ceux d'une inconnue.

— Désolé fratello, elle a l'air plus experte que moi.

— Laissez Roberto, intervint Justine la Jurassienne, je sais comment faire, moi. Je m'en suis déjà occupée avec mon patron. Je vous ai pas raconté la fois où…

— Une autre fois, Justine.

— Humilié, totalement humilié, soupirait Grishka, en se laissant soigner par la secrétaire de Fourbois, qui le tartinait avec doigté et douceur.

Le monde n'est pas prêt

— Les autres… tournez-vous c'est pas un spectacle pour vous.

— C'est vrai, le vanna Tom. Ici c'est pas le grand Cul Barré du Monde.

Chacun laissa Justine administrer les soins d'urgence à Grishka, dont la douleur finit par s'apaiser. Ce n'est qu'enfin celle-ci calmée, que les deux frères furent attachés avec les moyens du bord. La folle poursuite s'achevait dans un bain de sang, mais pas celui auquel on s'attendait.

Le professeur Vesperov avait récupéré sa boite à doucha, et jurait qu'il allait abandonner ses recherches, pour ne plus jamais vivre pareille mésaventure.

— Youri, tu peux pas tout lâcher, mais pas ça, lui dit Mariana.

Au même moment, des bruits de pas se faisaient entendre sur les marches de la passerelle. Quelqu'un approchait…

Le monde n'est pas prêt

65.

Site des Machines de l'Île – 24 mai – 0h16

Redoutant que suite au barrissement de l'animal, quelqu'un du site ait été alerté d'une activité inhabituelle, Tom angoissait d'avoir à affronter le visiteur nocturne, et devoir lui expliquer toute son incroyable aventure, depuis sa rencontre le dix-huit mai dernier avec Alice, dans les alpes bavaroises.

NDLR
Nous aussi.

Dans quelques secondes, se présenterait l'individu à l'entrée du corps de l'éléphant. Tom proposa donc à Youri de synthétiser toute l'histoire. De par son expérience de la vie, le professeur était le plus habilité à s'adresser à celui-ci.

Quand il se trouva en face de la personne, qui franchit le seuil de l'entrée celui-ci fit un malaise et tomba à la renverse, la tête amortie par le bide de Grishka, qui avait déjà eu son lot d'épreuves cette nuit.

— Qui es-tu ? demanda Piotr, le chauffeur du semi-remorque, qui avait pris le relais de Youri, momentanément indisposé.

— Mon nom est Tatiana.

Le monde n'est pas prêt

*

Cinq mois plus tôt – Pokrovskaya Hospital – Saint-Pétersbourg – 4 janvier 6h30

— En place, tout le monde en place. Boutonne ton costume d'infirmière, Kinsey, t'as les seins qui dépassent du cabas.
— Monsieur Fleckenstein, l'interrompit Tatiana, la scène... on pourrait pas la répéter une dernière fois ?
— Elle commence à me les gonfler celle-là. Vous l'avez trouvée où ?
— Arnie... C'est elle qui nous paie, chuchota Kinsey à l'oreille du cinéaste.
— Pas assez.
— Elle a pas de budget. Elle a que seize ans.
— N'empêche qu'elle connaît pas son texte.
— Parce qu'il y en a pas. Tu sais bien qu'elle doit juste faire semblant d'agoniser, pas de parler.
— Ah, mais c'est différent. Si c'est pour un rôle muet, ça change tout, elle va nous coûter moins cher.
— Bordel, t'as toujours rien capté, toi. Les sous, c'est elle.
— Et elle doit faire quoi comme scène, au juste ?
— C'est pas possible, tu lis jamais les scripts, toi ?
— Pas le temps pour ce *boring shit*. Le timing, Kinsey le timing. Putain, mais où sont passées les mandarines ?
— Les quoi ? demanda Tatiana, effrayée par son comportement.

Le monde n'est pas prêt

— Monsieur Fleckenstein, intervint son assistant, on a pas besoin d'éclairage indirect, on a laissé les mandarines en back room. Je vous rappelle que ce tournage est bidon. On fait que simuler.

— *Mother fucker*, tu aurais pu le dire avant, crétin.

— Descends d'un ton Fleck, lui intima Kinsey, qui avait pris soin de faire répéter la scène à Tatiana. Je me suis occupée de tout.

— Est-ce qu'elle sait au moins jouer, la môme ?

— Elle va donner son best.

— Nan, mais mate ça ! Elle a l'air autant à l'agonie, que Cotillard dans *Batman*.

— Fleck, je t'assure qu'elle connaît son rôle par cœur.

— Greeson... c'est ça que vous appelez maquiller ? S'en prit le réalisateur à la fille chargée du make up.

— Monsieur... votre comédienne est tellement bronzée, qu'on pourrait croire qu'elle passe ses nuits dans un *Point Soleil*. Je peux pas faire plus blanc que blanc, avec le matériel que j'ai à disposition, s'excusa celle-ci, en disparaissant dans le couloir pour éviter sa colère.

— Fleck, je t'avais dit de pas commander les produits sur des sites chinois, osa lui envoyer Kinsey.

— *Fuck off* ! Puisque tu peux pas t'empêcher de l'ouvrir, je vais te la fermer ta grande gueule. T'as qu'à prendre sa place.

— T'est pas bien Arnie, t'as fumé la moquette ?

— Si tu insistes, la porte est là.

— Calme-toi, Mad Max. je vais te la tourner ta scène.

— Kinsey, l'étage a été louée par la fille pour combien d'heures ?

— Deux seulement.

Le monde n'est pas prêt

— Tu te fous de ma gueule ? On aura jamais le temps.

— Coco, je te rappelle que si tu dépasses d'une minute, le reste de la facture est pour ta pomme. Déjà que mon Sugar Daddy n'est pas au courant de ton trafic. Si tu préfères que je le mette au parfum, je peux tout lui balancer.

— Monte pas sur ton iceberg, Kinsey ! Installe-toi dans le lit, et attend la maquilleuse.

— OK Boss.

— Greeeson ! hurla-t-il en rappelant la fille du make-up. Qu'est-ce qu'elle branle encore celle-là ? Sans doute en train de faire une gâterie à l'interne de service.

Vu comme le real s'excitait, Kinsey s'approcha de la jeune Russe pour la consoler.

— Navré Tatiana, mais c'est le boss qui commande ici. Quitte la chambre, rhabille-toi, et va retrouver les autres dans la pièce d'à côté. On va t'équiper de *ear-monitors*[21], tu vas pouvoir entendre tout ce qui se passe en live.

Celle-ci, dépitée de ne pouvoir jouer son propre rôle, quitta le plateau en dévisageant le metteur en scène.

— Elle est toujours pas là, la Banskiette[22] ? Pesta Fleckenstein. Je vais lui faire quitter son pinceau, moi. Elle s'occupera des finitions plus tard.

Penaude, La jeune femme refit son entrée dans la pièce, avec sa valisette de service.

— J'ai failli attendre, s'impatienta le metteur en scène. Alors cette fois, tu nous badigeonnes de blanc, la gueule de la moribonde. Et vas-y à fond sur la couleur. Son père doit pas pouvoir la reconnaître. Du moins pas avant l'autopsie, ajouta-t-il, histoire de faire un bon mot qui tomba à plat.

---

[21]Écouteurs intraauriculaires
[22]Allusion à l'artiste de street art Bansky

Le monde n'est pas prêt

— Mais c'est pas sa fille, c'est Kinsey Wallace, s'étonna Greeson, Tatiana je viens de la voir sortir en larmes, y'a pas deux minutes.

— Quand on t'aura demandé un cours de généalogie, tu généaloréagiras, reprit le réalisateur. Puis, avisant son assistant... Et toi, reste pas là comme un diplodocus à rien faire. Surveille la rue, et préviens-nous dès qu'ils entrent dans l'hosto.

— Bien Monsieur.

À quelques pas de là, Mariana et Youri Vesperov s'apprêtaient à faire leur entrée dans l'établissement de soins...

Le monde n'est pas prêt

66.

Pokrovskaya Hospital – Saint-Pétersbourg – 4 Janvier 6h43

— Ils viennent d'entrer dans le hall d'accueil, leur annonça l'assistant de Fleckenstein, tout en refermant la fenêtre du dernier étage.
— Tout doit se passer comme la cuisson d'un cheeseburger, dit Fleck à l'équipe.
— Reste une heure et deux minutes, s'empressa de l'informer Kinsey.
— *Bitch*, c'est pas ton fric. Alors toi tu te contentes de crever quand on te le dira.
— L'ascenseur est en route, le prévint l'assistant, qui, après avoir squatté à la vitre, faisait à présent le guet dans le couloir.
— Kinsey, tu sais ce que tu sais ce qu'il te à faire, lui répéta le réalisateur.
— Ben rien.
— Alors au moins fais-le bien.
— Compte sur moi, crapule.
— Au signal, tout le monde se casse. On se retrouve tous à côté, avec Tatiana. Assurez-vous de tirer le volet en partant. Moins il y aura de lumière, plus la scène sera crédible.

Le monde n'est pas prêt

Fleckenstein sortit une corne de brume, version stade de foot, pour avertir en toute discrétion son staff. Au son de celle ci, tous s'éclipsèrent d'un pas pressé.

Il était temps. L'ascenseur venait de s'arrêter au dernier étage, et les portes coulissantes s'ouvraient à l'instant. Le professeur Vesperov et Mariana, allaient bientôt faire leur apparition dans la chambre de la fausse Tatiana.

Dans le long couloir…

— Tu as entendu ce bruit indécent ?

— Comme toi, Youri. Je trouve qu'ils pourraient au moins respecter la fin de vie des gens.

— Soutiens-moi, Mariana. J'ai peur de pas tenir le coup.

— Tu peux me faire confiance. Je vais pas te laisser tomber.

En pénétrant dans la chambre placée en semi-obscurité, le vieil homme savait que l'heure était venue. Au moment où la jeune malade allait rendre son dernier souffle, il posa le coffret à sur le lit, et caressa une dernière fois son visage, les yeux emplis de larmes.

— Tatiana, ma chérie, c'est toi qui me l'a demandé, *malyshka*. C'est plus fort que moi. Pardonne-moi. Le monde n'est pas prêt.

Se redressant en pleurant, et se tournant vers la jeune femme restée sur le pas de la porte, il supplia…

— Fais-le pour moi. Je m'en sens pas la force.

Il ajouta...

— Qu'est-ce qu'elle a a changé. Cette foutue maladie l'a complètement affaibli. J'arrive à peine à la reconnaître. C'est vraiment trop dur...

Le monde n'est pas prêt

A l'encontre de Vesperov, l'adolescente s'était rendue compte de la substitution d'actrice, décidée par la prod au dernier moment. Elle ne manifestait aucun signe d'étonnement, et continuait à jouer son rôle à la perfection.

— Fais-lui tes adieux, Youri. Elle t'attendait pour partir. Imagine ce que ça a dû lui coûter comme effort.

Le professeur se pencha sur ce qu'il croyait être sa fille, et lui déposa un baiser sur le front. Tout tremblant, il tira la boite de sa poche, qu'il se contenta de poser sur le lit de la mourante.

Depuis la porte, Mariana observait Vesperov, totalement pétrifié par la peur d'accomplir son geste.

Dans le couloir, elle sentit la main de l'assistant lui glisser quelque chose entre les mains.

— Monsieur Fleckenstein se doutait bien qu'il allait craquer, lui confia celui-ci, on active le plan B. Tu t'arranges pour le distraire et…

— Tu crois que c'est le moment, là ? Il est en train de perdre sa fille unique, et toi tu me demandes de le distraire.

— Le patron vient de me dire qu'on doit absolument faire l'échange des coffrets. Donc, tu reprends le sien, qu'il a laissé traîner sur le drap, et qui est vide, et surtout, tu conserves bien précieusement celui que je t'ai remis à l'instant.

— Vous avez buté qui, là-dedans ?

— T'inquiète, personne que tu connais. Fleck a soudoyé un employé du troisième, qui bosse également pour un autre hosto. Le mec s'est emparé de l'âme d'une centenaire, qu'il a coffrée à l'intérieur. Un voyage, qu'il a juste abrégé de quelques heures.

— Vous êtes vraiment prêts à tout.

Le monde n'est pas prêt

— On est pro, ou on l'est pas.

Elle allait lui répondre, quand Vesperov d'une faible voix, l'interpella.

— Mariana, à qui tu parles ?

— À personne. Je réfléchissais tout haut, lui répondit-elle, faisant signe au complice de la prod de se tirer vite fait.

Elle pria le père de Tatiana de l'attendre en dehors de la chambre. Sans dire un mot, Mariana le vit passer devant elle, la tête voûtée. Une fois Vesperov éloigné, elle pénétra dans la pièce, et s'attarda quelques instants au chevet de la fausse Tatiana. Le temps qu'il lui serait officiellement nécessaire, pour accomplir sa besogne.

Kinsey qui s'impatientait, lui chuchota…

— Je crois qu'il est mûr, là. Tu t'es pas plantée de boîte au moins ?

— L'assistant m'a certifié que c'était la bonne.

Une fois avoir récupéré la véritable boite à doucha, rigoureusement identique à l'autre, elle retrouva Youri quelques minutes plus tard, en pleine perte de repères. Le malheureux s'accusait d'avoir failli aux dernières volontés de sa fille.

Ensemble, ils se dirigèrent vers le lift. Une fois avoir activé le bouton, l'ascenseur se remit en marche. Ils entendirent une seconde fois, résonner la corne de brume de Fleckenstein à tout l'étage. Cette fois, le vieux professeur n'avait plus réagi. Honteuse d'avoir trahi la confiance du père de sa meilleure amie, Mariana regrettait déjà l'action qu'elle venait de commettre.

Le monde n'est pas prêt

67.

Nantes – Dans le corps de l'éléphant – 0h29

— Voilà. Je vous ai tout raconté, leur dit Mariana, qui venait de leur livrer la vérité. C'est comme ça que les choses se sont réellement passées. Maintenant vous en savez autant que moi.

Choquée par le récit de Mariana, Alice se tourna vers la fille de Vesperov, et voulut en apprendre plus sur les motivations qui avaient poussé celle-ci, à infliger une telle douleur à son père.

— Pourquoi tu lui as fait subir cette épreuve Tatiana ? S'interrogea Alice.

— Papa savait qu'il était susceptible de changer le monde, mais il avait peur de ce que pourrait engendrer son geste. Une peur panique, de bouleverser l'ordre établi depuis des millénaires. Rappelez-vous qu'au vingtième siècle, on brûlait encore les sorcières, pour moins que ça.

— Regardez ! Les interrompit Matteo, Youri revient à lui.

Le professeur reprenait péniblement ses esprits. L'air hébété, il rouvrait les yeux, et les tournait en direction de sa fille, qu'il venait de prendre pour un fantôme, quelques instants plus tôt. Alice et Tom, l'aidaient à se relever, avant de l'installer sur un des bancs du pachyderme, où il pourrait récupérer.

Le monde n'est pas prêt

— Tatiana… tu es vivante ? C'est bien toi, ma fille ? Dis-moi que je suis pas en train de rêver.

— Da papa. Je suis bien ta malyshka.

— Et ta maladie… Comment tu as pu t'en sortir puisque la science t'avait condamnée ?

Sa fille ne répondait pas. Elle baissait la tête honteusement, comme une enfant prise en faute qui cherchait un endroit où se cacher. Sauf qu'il n'y avait aucun rideau pour l'abriter.

Tom prit alors la parole.

— Professeur, il n'y a jamais eu de maladie. Les deux ados se sont jouées de vous. C'est le moment de passer aux aveux, Mariana. Balance tout ce que tu sais !

— Lâche là, Tom. C'est moi la responsable de tout ça, s'interposa Tatiana. Je dois trouver le courage de lui dire.

Vesperov exigeait de connaître la vérité. Serait-il capable de la supporter, et pardonner à la chair de sa chair, d'avoir monté une telle machination ?

— Papa… Tout a commencé, quand tu m'as averti que tu étais sur le point de faire la plus importante découverte de toute l'histoire de la science.

— Tu veux parler de mes travaux sur l'âme humaine ?

— C'est bien ça.

— J'étais allé trop loin, petite poupée. Tu sais bien que je ne pouvais me résoudre à ôter la vie à un individu, dans le seul but de poursuivre mes recherches. C'était contre tout principe humain. Est-ce qu'au moins tu comprends ça ?

— Dans les camps il ont fait bien pire, papa. Argumenta la jeune fille. Rappelle-toi le docteur Mengélé, et ses expériences abominables. Tu m'as raconté tant de trucs affreux, à table.

Le monde n'est pas prêt

— La différence, c'est que moi je ne suis pas un bourreau.

— Faut pas croire ce que disent les journaux, ironisa Tom.

— Tom, le rappela à l'ordre Alice, tu crois vraiment que c'est le moment ?

Le français s'excusa pour sa balavanne, en lui faisant comprendre d'un geste, que c'était plus fort que lui.

— Papa, tu savais bien que tous tes efforts resteraient vains, si tu apportais pas au monde la preuve de ce que tu avançais comme théorie.

— *Ich kann nicht*, lui répondit-il en allemand, empruntant une phrase culte du film de Fritz Lang « M le Maudit »

— Il a perdu la raison, affirma l'adolescente. Tu peux traduire, Alice ? Ça m'a tout l'air d'être de l'allemand.

— Tatiana, il dit qu'il peut pas. Est-ce que tu saisis ?

— C'est impossible, jura Tatiana. Il avait pas le droit d'abandonner, à cause d'un dernier obstacle. Pas lui.

— Pourtant c'est ce qui s'est passé, intervint Tom. Seulement toi et ta copine, vous avez décidé de vous passer de son avis.

— Quand on a compris qu'il n'irait pas jusqu'au bout, il ne nous laissait plus le choix, s'excusa Mariana.

— Tais-toi, la supplia-t-elle, n'aggrave pas la situation. C'est moi qui ai tout comploté depuis le début. Papa... la lettre c'était pour me tenir à distance de toi. Je savais dès le départ, que tu n'oserais pas franchir le seuil de cet hôpital, parce que tu en avais une peur bleue. Peur qu'ils te gardent prisonnier, d'une société que tu supportais plus. Puisque tu n'aurais pas le courage de t'approcher de ma chambre, Mariana allait jouer le rôle de l'entremetteuse entre toi et moi. Tu sais qu'au début, elle m'a beaucoup reproché de te faire subir tout ça. Elle savait que tu allais énormément en souffrir, parce que tu m'aimais plus que tout au monde.

— J'aime te l'entendre dire pa la pa pa, fredonnait doucement Tom, en reprenant le refrain du titre, qui avait révélé Pascal Obispo aux yeux du public français.

Alice le regarda droit dans les yeux, et il cessa sa mélopée sur-le-champ, alors que Tatiana poursuivait ses aveux.

— D'accord, l'idée est venue de moi, mais je pouvais pas agir toute seule. J'étais sûre de pouvoir compter sur Mariana pour s'occuper de Papa, et assurer, en toute discrétion, son exil. Je savais que son secret serait convoité. Très vite, elle a confirmé mes prémonitions. Elle m'a fait part que beaucoup de gens influents s'intéressaient à sa future découverte, et qu'ils étaient prêts à tout pour s'en emparer. Il fallait à tout prix le protéger.

— Qui a eu l'idée de la cache au fond du tunnel, à Prypiat ? demanda Alice.

— C'est moi, affirma Mariana. Grâce à un étudiant ukrainien qui s'était inscrit à l'académie de ballet Vaganova, dans la classe d'Elena Vostkaïa. Précisément le cours où j'étudiais. Michka m'avait révélé l'existence de cet abri, où il s'entraînait en cachette. Ses parents ignoraient tout de son homosexualité, et de sa passion pour la danse classique. Après les cours, je l'hébergeais en secret dans ma dormitory room. Michka leur faisait croire que j'étais devenue son amoureuse, et qu'il était tombé raide dingue de moi. D'où son déménagement à Saint-Pétersbourg.

— Tout s'explique, dit Alice à Tom.

Le monde n'est pas prêt

— On a appris très vite que vous vous intéressiez à la découverte de papa, quand Piotr m'a confié que tu étais à la recherche de ton frère, Alice. On savait très bien que ta démarche n'était pas celle d'une voleuse. Toi ce que tu voulais, c'était seulement retrouver Peter.

— Si j'ai bien tout compris, lui dit Tom, Piotr est également votre complice.

— Je t'arrête tout de suite Tom, reprit Mariana. Il y est pour rien lui. Quand Tatiana qui suivait votre route, a vu l'hydravion de Peter se poser tout près de la nationale déserte qui menait à Saint-Pétersbourg, elle m'a appelé pour voir comment je pouvais vous aider. C'est là que j'ai contacté ma prof de ballet, qui vous a envoyé Piotr et son camion.

— Il a bien failli nous écraser, se rappela Tom.

— C'était pas dans le scénario initial, s'excusa Tatiana, il devait simplement vous retrouver sur le bas-côté de la route. Après vous avoir embarqués tous les deux, il n'a fait que vous déposer chez Elena, où vous avez passé la nuit.

— Et Elena nous a mis en rapport avec Mariana, poursuivit Alice. Un heureux hasard.

— Le hasard n'existe pas Alice, lui dit Tatiana, appelons plutôt ça de la providence.

— Et les Karamazov c'est aussi de la providence ? leur demanda Peter.

— Ceux-là on les a pas vu arriver, lui expliqua Tatiana. Ils ont débarqué de nulle part. Mariana, qui était seulement là pour vous accompagner dans Saint-Pétersbourg, a compris très vite qu'on pourrait pas s'en débarrasser aussi facilement.

Le monde n'est pas prêt

— C'est pourquoi j'ai accepté de vous mener à Tchernobyl, ou se cachait le père de Tatiana, leur révéla Mariana. Après, tout s'est encore compliqué. On a du improviser. Je savais que Fleckenstein était en tournage sur le site de Prypiat. Voyant que les Karamazov nous suivaient, je l'avais recontacté en douce, pour éloigner Roberto de son frère, en lui faisant signer un faux contrat d'acteur. Depuis qu'on avait tourné la scène de l'hôpital, on avait gardé des liens. Quant à Igor, j'avais un plan pour lui aussi, mais je n'ai pas eu à le développer, car ce trouillard avait préféré rester à l'extérieur du site. C'est Kinsey, qui a failli tout faire échouer, car elle ignorait tout de notre deal.

— Totally exact, confirma l'Américaine.

— En faisant éclater le trio, insista Mariana, je diminuais les risques. Hélas il a fallu que ce fou de Grishka poursuive son frère dans l'hélicoptère de Serguéï, et prenne tout le groupe en otage. La suite, vous la connaissez.

*

Youri, qui avait repris ses esprits depuis un petit moment déjà, assistait médusé à la reconstitution de toute l'histoire.

— Papa, se vanta Tatiana, sans l'aide précieuse de Mariana j'aurais été incapable de faire tout ça.

— Et tu cherches quoi ? s'exclama Vesperov en colère, la médaille du mérite ? Je sais pas ce qui me retient de t'en coller une…

— Une médaille ? demanda Tom.

Le monde n'est pas prêt

— Arrêtez ! Baissez ce bras tout de suite ! S'interposa Alice, exerçant une pression, à l'aide de son pouce et de son index, sur son avant-bras.

— Elle a raison, papa, tu as eu assez d'émotions comme ça. C'est mauvais pour ton cœur.

— Mon cœur ? s'écria le professeur, tu as failli me tuer à l'instant, et maintenant tu te soucies de mon cœur ?

— Mais j'y pense, l'interrompit Alice, sans le morceau de journal trouvé dans la poubelle de la chambre de Peter à Bastøy, on serait jamais allé en Russie.

— Quand les choses doivent se produire, elles se produisent quels que soient nos efforts pour les réduire à néant, reprit Vesperov. Vous tous ici, n'avez encore rien compris à la vie. Je suis prêt à vous donner des leçons d'existence, moi.

— Pas maintenant Papa, j'ai pas fini. J'aimerais savoir comment ces deux-là ont eu vent de tout ça ? Dit-elle, pointant du doigt les deux frangins Kharamazov, qui avaient été ligotés au sol à l'aide de leurs longs lacets de chaussures.

— C'est simple, ajouta Peter, au début ils étaient trois. Trois pontes de la mafia russe qu'on avait découverts dans une cave à Leningrad, avec Markus et Tobias.

— T'as vu Roberto ? dit Grishka à son frère, ils parlent de nous. On est tellement célèbre qu'ils vont peut-être en faire une série *Netflix*.

Peter poursuivait son histoire, tout en ayant aperçu la réaction des hommes à terre.

— Trois gros bonnets du crime, dont un qui pouvait même plus s'asseoir, tellement il avait mal au cul.

— T'as vu ? Il parlent de toi, se moqua Roberto.

— Roberto !

Le monde n'est pas prêt

— Quoi ?
— Ta gueule !
Tom enchaînait…
— C'est parce qu'ils étaient aussi discrets que les ultras du PSG, qu'on a réussi à retrouver leurs traces dans le Jura, jura-t-il aux autres.
— Grishka ! lui murmura Roberto.
— Quoi encore ?
— Tu crois vraiment qu'ils vont le faire ce film ? Parce que si c'est vrai, je pourrais tenir le rôle du professeur.
— Roberto, ta mère a du t'accoucher à la vaseline. C'est pas possible d'être ultra con comme ça.
— Ben, pourquoi ?
— Tu pourras jamais jouer le rôle du professeur, puisqu'il a des lunettes.
— J'y avais pas pensé, frérot. Je m'en tape, je jouerais celui d'Alice.
— Roberto ! Toi tu fais pas de bonnet D.
— Oui mais avec une perruque, ça va passer.
— Ho ! On peut redevenir sérieux deux minutes ? Pesta Tom, que plus personne n'écoutait, occupés à rire des âneries des deux frangins.
— Pour une fois qu'on te vole la vedette, plaisanta Alice, fais pas ton kéké. D'ailleurs maintenant on a tout capté.
— Donc plus besoin de s'étendre sur le sujet.
— Et sur moi, mon cochon ?
— Si t'es sage, ça peut s'envisager.
— J'ai encore quelque chose d'important à dire, leur annonça Tatiana, au risque de briser leur élan amoureux…

Le monde n'est pas prêt

68.

Nantes – Tête de l'éléphant – 0h44

L'adolescente s'avança sur la plateforme à l'arrière des oreilles de l'animal, et se retourna pour faire face à son public, quand elle fut interrompue par Tom...

— Oh non, pas une nouvelle Anke Von Staller, on a pas encore de vaccin contre ça, Ju Ja.

— Si elle veut chanter, laisse-la s'exprimer Tom. Tout le monde a le droit à son quart d'heure de célébrité sur cette Terre. Éclairez-là avec vos portables !

— Ça va faire des dégâts, Alice. Je t'aurais prévenu.

— Je m'en fous, je me porte caution.

— T'es ouf ! Si elle se met à brailler, faut s'attendre au pire, avec le corps de l'éléphant qui fait caisse de résonance.

La situation commençait à perturber Tatiana, qui hésitait à se lancer. Elle cherchait à présent quelques regards approbateurs dans l'assemblée, évitant de croiser celui du français qui perturbait sa courageuse initiative.

— Je vous assure que je vais pas chanter, leur déclara-t-elle.

— Ouf, se contenta Tom, expirant bruyamment.

Il s'épongea le front avec un Kleenex qui avait déjà servi, et qu'il avait oublié de balancer, occupé qu'il était, à tenter de faire échouer la prise de parole de la jeune fille.

Il y eut un moment d'extrême gênance, et Tatiana, un genou à terre, se lança dans un élan de spontanéité.

Le monde n'est pas prêt

— Mariana, ma chérie... Veux-tu m'épouser ?
Le professeur vacilla une nouvelle fois sur ses jambes, et manqua de s'écrouler, retenu au dernier moment par les bras de Tom.
Profitant de la situation, les frères Karamazov, qui avaient réussi à se défaire en partie de leurs liens, prenaient la fuite en direction des anciens chantiers navals nantais.

Le monde n'est pas prêt

69.

— Fais quelque chose Tom, lui hurla Alice, tu vois pas qu'ils sont en train de se tirer ?

Tom déposa sur le banc Vesperov, toujours en état de choc, et demanda en sortant de la bête...

— Est-ce que quelqu'un peut me faire la courte échelle ?

— Moi, proposa Mariana qui l'avait suivi, tu veux faire quoi, Tom ?

— M'agripper à la trompe.

— Tu crois que c'est vraiment le moment d'essayer la varappe, chérie ? Lui lança Alice.

— Laisse-moi faire !

N'écoutant que sa bravitude, telle une royale Ségolène lancée à l'assaut de la Grande Muraille de Chine, il domina son vertige et se hissa avec difficulté, sur l'appendice nasal de l'animal. À moitié livide, il s'approcha d'une des défenses, et se mit à tirer de toutes ses forces à l'aide de ses deux mains, sur celle de droite.

Il y eut un gros **Plop**, et celle-ci se retrouva entre ses bras, manquant de le déstabiliser de sa monture.

— Je le savais, éclata de rire Alice, qui avait assisté toute tremblante à la manœuvre. Il est trop jaloux d'Anke. Il en rêvait de son trophée.

Tom ne prêta pas attention aux propos de sa copine. Juché sur la tête du pachyderme, tout en essayant de se maintenir en équilibre, il brandissait sa prise de guerre à bout de bras, ignorant la peur qui pourtant le terrifiait.

Le monde n'est pas prêt

Le temps d'une dernière respiration, et la défense fendit l'air, dépassant hélas très nettement les deux fuyards.

— Raté, s'exclama Roberto, se retournant et exhibant bien haut son majeur, trop fier d'avoir vu l'engin non identifié, les contourner très largement par la droite.

Celle-ci se dirigeait maintenant vers le château d'Anne de Bretagne. Arrivée à la hauteur d'une des tours, la défense opéra un mystérieux demi-tour, et revint percuter de plein fouet l'abdomen des deux Karamazov. Sous le choc, les deux hommes firent un bon de dix mètres en arrière.

C'en était fini des exploits des frères russes.

— Quand boomerang prendre l'air, lui toujours faire retour sans billet, leur gueula Tom, effectuant le V de la Victoire. Cours de sport de Miss Martins en 2018 – Melbourne – Coupe du meilleur lancer. Ça vous la coupe hein, les Kara ?

Alertés par l'agitation inhabituelle autour du site, ordinairement si calme, les riverains avaient prévenu la police, dont les gyrophares éclairaient la nuit.

— Messieurs, annonça Tom aux flics chargés de le faire descendre, occupez-vous de ramasser ces deux individus, et trouvez leur un bon avocat pour assurer leur défense. En ce qui concerne la prime de capture, voyez ça avec Alice ma comptable.

— Il se croit où celui-ci ? Au cirque ? demanda l'agent Pouvier.

— Laissez-lui son moment de gloire, dit le professeur Vesperov, qui avait juste eu le temps d'assister à cette mémorable scène. Je suis en mesure de tout vous expliquer, ajouta-t-il, mais d'abord il me faut quelque chose à boire !

Le monde n'est pas prêt

Au petit matin, saoulées par tant de détails, et quelques rasades de vodka de plus de quarante degrés, les autorités nantaises quittèrent les quais, embarquant les deux prisonniers russes qui n'étaient pas les seuls à tituber.

Aux pieds du Grand Éléphant, une question restait en suspens.

— Tu m'as toujours pas répondu, Mariana, s'exclama Tatiana. Alors, c'est oui ?

— C'est un grand Da, mon amour.

Elles s'embrassèrent sous les acclamations du groupe.

— Mes enfants, s'exclama Vesperov, et si nous allions fêter cet événement dans le premier Teremok venu ?

— Papa, ici c'est Nantes, pas Saint-Pétersbourg.

Une musique lancinante envahissait le site des Machines.

— Les salauds, s'exclama Tom, comme dab ils viennent d'envoyer le générique, et on va même pas pouvoir entendre ma dernière réplique.

— Dommage, ajouta Alice, pour une fois qu'elle était à pisser de rire.

Tom avait vu juste. Les noms des acteurs apparaissaient sur le déroulant. Déjà, les images prenaient de la hauteur, et s'éloignaient des quais.

Il me semble préférable de les laisser savourer entre eux leur victoire, et leur amour. Nous n'avons plus rien à faire ici. Contentons-nous, vous et moi, de remercier tous les obscurs dont les noms défilent à l'écran, tous ceux, sans lesquels cette folle histoire, n'aurait jamais pu avoir lieu.

Le monde n'est pas prêt

NDLR
— *L'avantage est que de là où on est, on assiste à tout, commenta Edmond-Kevin, qui venait de faire une boulette avec sa feuille de papier absorbant, et l'expédier dans la corbeille à papiers. Et si vous n'avez pas pu voir Matteo embrasser Kinsey, vous avez raté quelque chose. En plus, elle lui a mis la langue.*

— *Edmond-Kevin, le rappela à l'ordre la responsable du service, le roman est terminé. Vous pouvez rentrez chez vous.*

— *D'accord, mais pas avant de leur dire de rester connecté jusqu'au bout. Quelqu'un vient de m'informer que le générique est à ne pas zapper, et ça risque de durer un bon moment.*

— *Qui vous a dit ça ? Dit une voix qui résonna dans son poste de contrôle.*

— *Ben toi l'auteur. Qu'est-ce que tu peux être con.*

— *Je vous permets pas cet excès de familiarité avec moi, Edmond-Kevina. D'abord si je suis con, c'est à moi de l'annoncer publiquement.*

— *Alors qu'est-ce que t'attends ?*

— *Voilà, c'est fait.*

— *Générique !*

Le monde n'est pas prêt

Clap Final

« Il faut pour élever les hommes, autre chose qu'une grue orange de chantier. Là où l'ascenseur émotionnel est en route, l'être humain n'a pas encore trouvé le bouton où appuyer »

Victor URGO
Les Misérables font du ski

...

Un film de Thierry Brenner

Scénario et Dialogues
Encore lui – **Encor'net productions**

Casting
Caste toujours tu m'intéresse – **Lieu-dit de Menhirmontant**
Dolmaine de Carnac

Le monde n'est pas prêt

Image
David Portret – ***Peutmieuxfaire Illustrations***

Montage
Jémanie Leciso

Assistante mise en scène
Dolorès Boukémissaire

Script
Yérôme Gliffe-Champollion

Direction de Production
Philibert de Grossoux

Son
Samson Sèmieu

Maquillage
Sarah Truelle

Costumes
Givanchie Denlacolle

Cascades
Benoît Deleau

Doublure Cascade
Jérémy Lepaquet

Le monde n'est pas prêt

Seconde assistante réalisation
Victoire Lepremier

Auxiliaire à la réalisation
Jaimie Suifaite-Avoir

Assistant Casting
Hamoi Ossy

Vues aériennes
Et vous trouvez ça drone – **Cordes-sur-Ciel**

Assistante-opératrice de son
Judith Lamuette

Photographe de plateau
Claire Obskur

Troisième assistant-décorateur
Mais où sont les deux autres?

Stagiaire
Gervais Cherché-Croissant

Prestation animalière
Anne Baté

Making Of
Jeoffrey Moncor

Le monde n'est pas prêt

Musique additionnelle
Quentin Voudy-Kiennapa-Fonoucroire

Bruitages
Alex Deproute-Pourleprydun

Directeur de production des effets visuels
Gérard Manvu-Ossicon

Sous-Titres
Tom Fèsskipeu

Catering de Russie
Pavlov Pavlovnis
Restes In Peace Fast Food

Aucun poil de tapis persan n'a eu à subir de maltraitance durant le tournage de ce livre. Si vous-même ou l'un de vos proches avez connaissance de sévices subis merci de contacter au plus vite le numéro d'urgence de la production au 0869 967 973 958 2bis

Appel surtaxé 273 € la minute Conditions détaillées de l'offre et coordonnées du service disponibles sur simple appel au 0869 967 973 952 3 bisque de homard.
Appel surtaxé 147,30 € la minute Conditions détaillées de l'offre et coordonnées du service disponibles sur simple appel au…

Tourné en location dans un studio kitchenette 11 mètres carrez loi Carrée Hauteur de plafond 1m82.

*

Le monde n'est pas prêt

Équipe Munich

Supervision
Hans München-Gladbach

Merci à *Die Gold Touffe Muschi Haare Krishna* – München
pour ses précieux conseils capillaires

Doublures Alice et Verena
Die Geschwister Hofwoman

*

Équipe Norvège

Supervision
Oslo Bucco

**Récupération du Van orange de Tom, Acheminement par container spécial au port du Havre et décollage des stickers
Norvald Le Hollandais**

Merci à l'île de Bastoy pour le prêt de Solveig Prenlaportsen, un prisonnier exemplaire qui s'est révélé être d'une grande utilité sur le tournage, et d'une précision technique irréprochable sur les conditions d'évasion.

Le monde n'est pas prêt

**Depuis le tournage, Solveig est toujours en cavale, mais si nous avons vent de la plage paradisiaque où il se trouve actuellement, nous ne manquerons pas de vous le faire connaître.
Brochure et Tarifs disponibles sur simple demande.**

*

Équipe Saint-Pétersbourg

Supervision
Leonid Brejner

Surveillance équipe de tournage, contrôle sanitaire Teremok et Catering Saint-Pétersbourg
Cyril Lick

Surveillance Cyril Lick et Surveillance équipe Cyril Lick
Garde rapprochée des Services spéciaux – Moscou

Surveillance Garde rapprochée des Services spéciaux moscovites
Non précisé à la production et facturé en sus

*

Le monde n'est pas prêt

Équipe Pypiat

Supervision
Arnold Fleckenstein − *Entre2tournages Inc*

Entretien du Parc
Maisons et Jardins et Pelouses

Entretien de la Grande Roue
Ed Shiranne

Recyclage Billetterie
Igor Karamazov

Laissez-passer et sauf-conduit
Voir beau-frère de Cyril Lick à l'Embrassade de Russie

*

Equipe Rives de la Dniepr

Location Datcha 34
Jacques-Yves et Michal Bondarenko

Costumes
Zalanda Marchuk-Rev

Accessoires Bondage et Fouets
Paul Prédeau

Le monde n'est pas prêt

*

Équipe Vaduz

Supervision et Influençage
Xenia Von Staller

Location Propriété Wielfried Von Staller – Lichtenstein
Xenia Von Staller

Supplément pour occupation des toilettes en option

Voix additionnelle
Bande originale du livre disponible sur toutes les plateformes
qui le regrettent déjà amèrement. Ju Ja
Anke Von Staller

Location Appartement Wildteufel
**Actuellement 10% réduction Consultations Hypnose
Doktor Sigmund Wildteufel Junior –   Ex palier d'en face
Ascenseur toujours en dérangement
Accès personnes à mobilité réduite par hélitreuillage
offert**

*

Le monde n'est pas prêt

Équipe Montreux

Supervision
Marie-Thérèse Gorgoni née Bertholet

Responsable de la propreté et Lustrage du matériel de tournage
Gustave Propret – *No Dejection Institute* – **Chillon**

Encouragement équipe de tournage et acteurs
Hopp Schwyz Corporation – Zürich

On signale à la noyée du Château qu'elle a laissé sa petite culotte à bord. Sans manifestation de l'intéressée, la Compagnie *L'Esprit du Lac* se réserve de la conserver comme trophée de croisière, après lavage en machine à 90 degrés.

**Cette semaine Promotion chez Garage Porchet
Deux Corvettes achetées, la troisième offerte
L'offre n'est toutefois pas valable sur les abris anti-atomiques ou bien…**

*

Le monde n'est pas prêt

Équipe Doubs et Jura

Supervision
Raymond Quedeau

Entretien de la cascade
Flo Denappes
Entretien uniquement disponible sur podcast

Garde-Robe Demi-Lune
Jon Fitzgerald Kenavo
Tailleur-Saint-Claude

Location outils de taille Demi-Lune
A. D. S. O. M. P. E. B
Avec **D**es **S**cies **O**n **M**ettrait **P**oligny **E**n **B**outeilles

Location Domaine Fourbois
Nolwenn Lapoutre
La Forêt Mobilier – La Fresse

Destruction Domaine Fourbois
Bill Bosquet
Nitro-Nitropeu Demolitions – Les Frousses

Prêt du semi
Daphnée Siterne
Montmorot

Prêt de la remorque
Pierre Betaillaire-Encaur-Javaivintand

Le monde n'est pas prêt

Etvoustrouvezçadole EURL – Dole

Prêt et Aménagement cabine chauffeur
Aude Cologne
Faites l'Aubeaume Cosmétiques – Baume les Messieurs

Prêt de l'autoradio
Maude Effaime

Prêt du prêteur sur gages
Gabriel Cossion
Levy's Industries – Lons-le-Saunier

**Merci à la ferme Tabouche pour le prêt du mouton
«Skippy»
Les Fourgs**

*

Équipe Nantes

Supervision
Lulu Lécolliaire

Location Studio d'Enregistrement de Tom
Laporchery – Orvault

Aménagement intérieur
Kestennanafoutre Decors – **Saint-Herblain**

Le monde n'est pas prêt

Responsable Achats – Surveillance & Conservation des conserves
Vanessa Bonduaile
Conservatoire de Musique – Nantes

Sous-Vêtements Grishka & Roberto Karamazov
Cœur Croisic – **Corsept**

Prêt plate-forme accès Grand Éléphant
Êve Élator – Oudon

Vu que la ligne supplémentaire est facturée double à la production nous préférons arrêter là les frais. De toute manière personne ne lit jamais les génériques c'est bien trop long à déchiffrer et des fois même c'est marqué en tout petits caractères.

Le monde n'est pas prêt

AINSI NAISSENT LES HISTOIRES

Beaucoup d'entre vous se demandent ce qui me pousse à écrire des histoires de plus en plus folles. À vrai dire, j'ai du mal à y répondre. Bien souvent, j'ai l'impression d'être la victime consentante de mon imaginaire. Il est vrai qu'écrire me procure une véritable jouissance. Chaque fois qu'un nouveau chapitre s'ajoute aux autres, il m'oblige à modifier le récit.

En fait, c'est comme quand j'écris une chanson. En général, le titre m'apparaît en premier, puis c'est le tour du refrain qui s'impose comme une évidence, avant seulement d'en rajouter les couplets et les ponts. À la relecture, ce qui paraissait désordonné prend son véritable sens.

Quand j'ai commencé à écrire des romans, je pensais davantage me structurer dans la tête, ranger et ordonner les neurones de mon cerveau pour suivre un plan. Très vite, je me suis rendu compte que je ne pouvais fonctionner, comme quelqu'un de raisonné et méthodique. Quand on est né foutraque, on le demeure. Je suis donc en quelque sorte le demeuré de l'histoire.

La folie permet d'essayer des choses, que d'autres s'interdisent. C'est comme ça qu'est né « **Le Monde n'est pas prêt** ». Je suis parti avec plusieurs idées, qui se bousculaient dans ma tête. Le couple Tom-Alice, qui allait se rencontrer, parce que le destin leur avait fixé un rendez-vous bien précis. Plus ils progresseraient dans leur quête, plus ils

Le monde n'est pas prêt

seraient entourés de personnages totalement déjantés. J'ai même été rattrapé par l'actualité, ce qui m'a énormément déstabilisé. On dit que les auteurs sont souvent des visionnaires qui s'ignorent, force est de devoir l'admettre, au risque de passer pour fou.

Quand j'ai créé les personnages des frères Karamazov, Igor et Grishka Bogdanoff étaient encore en pleine santé. C'était un clin d'œil que je tenais à leur faire, pour les avoir rencontrés quand j'étais jeune adulte ou vieil ado (rayez la mention inutile), le jour où ils m'avaient dédicacé le disque 45 tours de leur émission « Temps X », que je venais de remporter à un jeu concours. En grandissant, j'allais apprécier énormément ce second degré dont ils usaient et abusaient lors de leurs apparitions télévisées. Ayant appris comme vous leur décès par les médias, et réseaux sociaux, s'est posé un véritable cas de conscience pour moi. Retirer ou non leurs prénoms. D'autant que, comme vous l'avez certainement lu dans le livre, et non pas dans les ouvrages de recettes de cuisine, leurs caractères sont particulièrement gratinés.

Les mouvements du monde m'ont réservé une autre désagréable surprise. Quelques semaines après avoir écrit la scène capitale, qui se passait au parc de Prypiat, les Russes ont envahi l'Ukraine. J'avais l'impression d'être maudit, d'autant que mes héros s'étaient préalablement arrêtés à Saint-Pétersbourg, ville natale de Poutine, ce que j'ignorais (en bon ignare), au moment où je rédigeais le chapitre.

J'en ai discuté avec d'autres auteurs, qui m'ont conseillé de ne pas abandonner. Il est vrai que renoncer à ces scènes, et devoir modifier le scénario au moment où Tom et Alice débarquaient au Liechtenstein, était devenu mission

Le monde n'est pas prêt

impossible. Trop d'infimes détails à corriger, de caractères à modifier, me rendaient la tâche insurmontable. Peut-être bien aussi par simple fainéantise, n'ai-je pas tenu à retoucher mes écrits. À la différence d'Alice, c'est mon côté poil dans la main.

Quant à la fin nantaise, étrangement je la tenais dès le départ. Un souvenir d'un moment de vacances dans les Pays de Loire, où avec mon fils et sa mère, avions embarqué à bord de ce quadrupède gigantesque pour une balade pas comme les autres. Les gens qui ont construit ces attractions, sont aussi dingues que peut l'être ma plume quand elle se sent en totale liberté. Il me restait encore à relier toute l'histoire, depuis son départ dans les Alpes bavaroises, à cette fin échevelée, en étoffant le corps du récit. Soit, aller d'un point A à un point B, en passant par tout l'alphabet, et surtout par les K, Q, W, X, Y, Z qui rapportent énormément de points au *Scrabble,* mais qui ont la faculté d'encore mieux m'embrouiller. Ronsard aurait sans doute préféré le terme d'embrumer.

Ne me demandez pas comment j'ai fait. Je l'ai fait. Il n'y a pas de quoi en faire des caisses. Des cageots, ce serait déjà pas si mal, mais il paraît qu'ils n'ont pas résisté à la disparition du hangar de Fourbois. Et pour cause, c'était écrit.

REMERCIEMENTS

À Philippe Meisburger pour son originalité, son amitié et son nouveau roman « Le livre qui parle de toi » à découvrir chez M+ Éditions. Markus et Tobias ne te diront pas merci pour sa brillante idée de dépannage, mais moi je te tire mon chapeau. Enfin quand je dis mon chapeau, c'est surtout celui qu'a trouvé Youri dans le coffre de la Corvette.

À Yasmine Ait-Yahia pour son esprit pictural créatif. Le van est très réussi. Tu as dû avoir l'idée sur l'île du levan.

À tous ceux là-haut qui m'ont inspiré ce roman totalement fou.

À mon robinet à vannes qui a coulé à flots même s'il me reste encore à inventer l'eau tiède, mais j'y travaille avec acharnement.

À Grishka et Igor Bogdanoff, d'avoir déridé ce monde. On en fera pas deux autres comme vous.

Au confinement, qui plutôt que m'abattre, m'a permis cette diversion anémique. Qui a dit anémique ta mère ? Attention j'ai les noms.

Thierry B.

Découvrez les autres romans de Thierry Brenner sur son site **https://www.thierrybrenner.fr/**

Vous avez aimé «LE MONDE N'EST PAS PRÊT»
Dans le même esprit fantasque, découvrez également...

ELLE EST LUI

Il pensait tout savoir sur Manon, elle lui cachait l'essentiel. Quel pouvoir exerçait-elle sur Thibault pour l'attirer là où son existence même serait remise en question? Dans un Mont Saint-Michel déserté point de départ d'un enlèvement, une comédie romantique mouvementée pleine de surprises et de fous-rires où l'absurde règne en maître.

Contemporain et truffé de de références à la pop culture, la geek generation et aux médias, ce livre se lit comme un film sans qu'il soit nécessaire de faire la queue au cinéma, se taper des pop-corn hors de prix et une série de pubs dont tout le monde se fout, assis derrière un mec tellement grand qu'il aurait mieux fait de participer au casting du Géant Vert.

Les lectrices en parlent ...

Je trouve enfin quelqu'un qui joue avec les mots comme il faut. Vraiment l'histoire est forte et addictive.
L'auteur nous embarque dans une aventure loufoque et incroyable.
- Alice

Une fois commencée ma lecture, il m'a été impossible de la laisser de côté, j'ai souri et ri tout le long, je viens de passer un moment de lecture qui fait du bien au moral.
- Cathy

Une disparition, une enquête, des moments rocambolesques et nous voilà partie avec Thibault sur les traces de Manon. Les péripéties s'enchaînent, le suspens aussi mais l'humour est très présent. Réalité ou imaginaire. Jusqu'au bout, je me suis interrogée.
- Elodie

J'ai eu de nombreux fou rires, je ne pouvais plus m'arrêter tellement j'avais mal au ventre.
C'est un feel good comme je les aime. J'ai beaucoup aimé la plume de l'auteur qui est vraiment fluide. J'ai aussi été transportée par le suspens haletant du livre. J'ai vraiment passé un excellent moment merci....
- Thedinoofthebooks

Éditeur :
Thierry Brenner
79330 GEAY

Imprime par Amazon

Impression a la demande.

Dépôt légal octobre 2022

Printed by Amazon Italia Logistica S.r.l.
Torrazza Piemonte (TO), Italy